Sagen des Mittelalters

SAGEN
DES
MITTELALTERS

Herausgegeben von
Erich Ackermann

Anaconda

Die Deutsche Nationalbibliothek verzeichnet diese Publikation in der Deutschen Nationalbibliographie; detaillierte bibliographische Daten sind im Internet unter http://dnb.d-nb.de abrufbar.

Umschlagmotiv: »Die Belagerung des Schlosses von Derval im 100jährigen Krieg um 1370« (15. Jh.) aus *Compilation des Chroniques et hist. des Bretons* von Pierre le Baud, Bibliothèque Nationale, Paris/akg-images/VISIOARS – »Lanzelot im Kampf mit dem Drachen« (1470), aus dem *Livre de Messire Lancelot du lac* von Gautier de Moap, Bibliothèque Nationale, Paris/ akg-images (Rahmen)
Umschlaggestaltung: dyadesign, Düsseldorf, www.dya.de
Satz und Layout: Roland Poferl Print-Design, Köln
Printed in Czech Republic 2010
ISBN 978-3-86647-471-0
www.anacondaverlag.de
info@anaconda-verlag.de

INHALT

DIE SCHÖNE DEIRDRE

In Irland lebte zur Zeit des Königs Conchobar der berühmte Sänger Fedlimid. Der König selbst achtete ihn mehr als so manchen seiner besten Krieger und war oft bei ihm zu Gast.

Während eines Festes, das Fedlimid zu Ehren des Königs gab, erreichte den Sänger die Nachricht, daß ihm ein Töchterchen geboren wurde. Alle teilten die Freude des glücklichen Vaters, nur der greise, weise Cathbad, der aus den Wolken und aus den Sternen das Schicksal der Menschen zu lesen verstand, hielt sich abseits.

Und als ihn die anderen nach dem Grund seines Trübsinns fragten, sagte er: »Der Name des Mädchens ist Deirdre, und es wird dereinst viel Blut fließen um seiner Schönheit willen, auch wenn es selbst unschuldig sein wird.«

Die tiefe Stille, die seinen Worten folgte, wurde erst von König Conchobar unterbrochen: »Ich werde dafür sorgen, daß sich die düstere Prophezeiung nicht erfüllt. Deirdre soll an einem abgeschiedenen Ort in aller Stille aufgezogen werden, und wenn sie herangewachsen ist, wird sie meine Frau.«

Und so verbrachte Deirdre ihre Kindheit fern von den Menschen, nur in Gesellschaft ihrer alten, treuen Kinderfrau Levarcham, und wuchs zu einer wunderschönen Jungfrau heran.

An einem frostigen Wintertag saß Deirdre am Fenster und schaute in den verschneiten Hof hinab, wo die Knechte gerade ein Kalb geschlachtet hatten. Da kam ein schwarzer Rabe geflogen und fraß von dem blutigen Schnee. Das

Mädchen lachte leise auf und sagte zu der Kinderfrau: »Levarcham, stell dir einen Mann vor, die Haut so weiß wie Schnee, die Wangen so rot wie Blut und das Haar so schwarz wie Rabengefieder …«

»Ich kenne so einen Mann …«, entfuhr es der Kinderfrau ungewollt, und da sie einmal angefangen hatte, mußte sie auch fortfahren: »Es ist Naisi, Usnas Sohn, und er gehört mit seinen Brüdern Ainli und Ardan zu den besten Rittern des Roten Flügels im Königspalast.«

»Ich muß ihn sehen«, flüsterte Deirdre.

Die Kinderfrau, die wohl die Prophezeiung und den Willen des Königs kannte, wollte lange nichts davon wissen. Eines Tages aber brachte sie doch die beiden jungen Menschen zusammen. Und als sie sah, daß Deirdre und Naisi in tiefer Liebe zueinander entbrannt waren, riet sie ihnen: »Flieht aus Irland, wenn euch euer Leben lieb ist, denn sonst wird euch der König verfolgen und euch vernichten.«

Noch in der gleichen Nacht vertraute sich Naisi seinen Brüdern an, und bald darauf verließen die drei mit Deirdre in einem Boot heimlich die irischen Gestade und fuhren nach Schottland. Dort lebten sie in ärmlichen Hütten an der Küste und schauten oft sehnsüchtig aufs Meer hinaus, dorthin, wo sie ihre Heimat wußten.

Eines Tages gab der König in seinem Palast Emain Macha ein Festgelage und war sehr erstaunt, daß die drei Söhne des Usna seine Gastfreundschaft verschmähten.

»Es ist nicht an dem, König«, erwiderten da die Ritter. »Usnas Söhne würden mit Freuden nach Ulster zurückkehren, aber sie fürchten deinen Zorn. Auch wir würden ihre Heimkehr begrüßen, waren sie doch der Stolz und die Zierde des Roten Flügels.«

»So mögen sie denn wieder mit uns an einem Tisch sitzen. Sie sollen alle ihre Güter zurückerhalten, und es wird ihnen kein Haar gekrümmt werden, wenn sie sich meinem Willen beugen.«

Nach dem Fest befahl der König dem treuen Ritter Fergus, Usnas Söhne unverzüglich zurückzuholen, auf daß er sie feierlich empfangen könne. Sie sollten sich aber unterwegs nirgends aufhalten lassen.

Kaum war Fergus mit seinen beiden Söhnen Ilan und Buini nach Schottland aufgebrochen, befahl der König einen anderen Ritter zu sich. Es war Barach, der an der Küste wohnte, und zu diesem sagte König Conchobar: »Bald wird Naisi mit den Seinen und mit Fergus an der Küste landen. Usnas Söhne sollen eilen, aber Fergus mußt du wenigstens drei Tage aufhalten, ganz gleich, wie du es anstellst.«

Als Fergus in Naisis Lager erschien und ihnen die Botschaft des Königs überbrachte, freuten sich die Brüder sehr. Nur Deirdre war besorgt und bat: »Laßt uns lieber hierbleiben. Ich sah im Traum drei Vögel in den Palast Emain Macha fliegen. Sie trugen jeder einen Tropfen Honig im Schnabel, doch als sie zurückkamen, waren ihre Schnäbel vom Blut gefärbt.«

Doch der treue Fergus erklärte: »Ich stehe mit meiner Ritterehre zu dem Wort, das der König gegeben hat. Und ich werde euer Leben schützen, solange meine Hand das Schwert zu halten vermag, selbst wenn ich um euretwillen gegen ganz Irland kämpfen müßte.«

Als Usnas Söhne an der irischen Küste an Land gingen, wurden sie von Barach empfangen, der Fergus in sein Haus einlud. Fergus wußte nicht, was er machen sollte, wollte er doch weder Barach kränken, noch Usnas Söhne allein lassen. Doch Naisi sagte: »Bleib ruhig hier, Fergus. Wir kennen ja den Weg nach Emain Macha.« Und so blieb Fergus bei Barach und schickte seine Söhne mit Naisi.

Deirdre aber hatte wieder einen bösen Traum gehabt und bat Naisi: »Laß uns umkehren! Ich träumte, daß wir mit König Conchobar kämpfen mußten. Buini hat uns verraten, und Ilan wurde erschlagen.« Die Männer aber gaben nichts auf Weiberträume.

Als sie sich Emain Macha näherten, hatte Deirdre ein drittes Traumbild, und noch einmal versuchte sie, Naisi zurückzuhalten: »Ich träumte, daß uns der König nicht in seinem Palast empfing, sondern im Roten Flügel, im Haus seiner Ritter. Und dort erwartet uns Verrat und Untergang.«

»Aber der Rote Flügel ist ja unser Zuhause!« lachte Naisi. »Dort kann uns nie und nimmer Verrat und Untergang drohen.«

König Conchobar hatte tatsächlich im Roten Flügel ein Gelage für die Gäste anrichten lassen. Das machte Usnas Söhne stutzig, noch mehr aber waren sie betroffen, daß der König selbst nicht zum Gelage erschien.

König Conchobar schickte die alte Kinderfrau in den Roten Flügel; sie sollte ihm berichten, ob Deirdre noch immer so schön sei wie früher. Levarcham umarmte Deirdre und warnte sie besorgt: »Seid auf der Hut! Emain Macha ist voll von fremden Kriegern!« Dem König aber erzählte sie, Deirdre hätte längst ihre einstige Schönheit eingebüßt.

»Das stimmt nicht!« rief da der Ritter Trendorn, der Usnas Söhne schon lange haßte. »Ich habe Deirdre gesehen; sie ist noch schöner als je zuvor.«

Nun wollte sich der König selbst überzeugen. Zusammen mit Trendorn kletterte er an der Mauer des Roten Flügels zu einem kleinen Fenster unterm Dach, um von dort in den Saal zu schauen. Deirdre saß gerade mit Naisi beim Schachspiel. Weil sie aber fühlte, daß jemand sie beobachtete, warf sie eine Schachfigur nach ihnen und traf damit Trendorn genau ins Auge.

»Da siehst du, König, wie schön Deirdre ist!« rief der Getroffene. »Ein einziger Blick hat mich ein Auge gekostet!«

Unbändige Eifersucht packte den König, und er rief laut: »Zu den Waffen!« Im Nu trat eine Schar Bewaffneter zum Sturm auf den Roten Flügel an. Aber die Eichenholzwände waren fest, und die Brüder bewachten Türen und Fenster und ließen keinen durch. Drinnen aber spielten Deirdre und Naisi in aller Ruhe weiter und ließen sich von dem Lärm draußen nicht stören.

»Zündet den Palast an!« befahl der König, als er sah, daß seine Männer den Palast nie würden einnehmen können. Sie trugen trockenes Holz heran, schichteten es an den Wänden auf, und bald war der ganze Flügel in beißenden Rauch gehüllt.

Fergus' Sohn Buini erbot sich, das Feuer zu löschen, und sprang zum Fenster hinaus. Das Feuer ließ wirklich nach, aber Buini kam nicht zurück. Alle meinten schon, er sei gefallen, als sie ihn der Spitze der Bewaffneten erneut Feuer an den Palast legen sahen.

»Ich sühne des Bruders Verrat!« rief Buinis Bruder Ilan

und stürmte den Feinden mit erhobenem Schwert entgegen. Er schlug sich tapfer und konnte wirklich das Feuer austreten. Doch er erlitt dabei tödliche Verletzungen. Wie ein wahrer Held warf er den Gefährten sein Schwert zu und sank tot auf den grünen Rasen.

Der Tag ging zur Neige, und der Rote Flügel hielt sich tapfer. Mit der Abenddämmerung aber kam neue Verstärkung für Conchobar. Usnas jüngster Sohn Ardan mit seinen Mannen empfing sie. Ihn löste Akin Ainli ab, und vor dem Morgengrauen trat Naisi aufs Schlachtfeld. Keinem einzigen von des Königs Mannen war es gelungen, in den Roten Flügel einzudringen.

Doch Usnas Söhne wußten, daß sie sich nicht mehr lange würden halten können. Deshalb beschlossen sie, sich den Abzug zu erkämpfen und Deirdre unter dem Schutz ihrer Schilde in Sicherheit zu bringen. Und das wäre ihnen auch gewiß gelungen, wenn nicht plötzlich König Conchobar persönlich auf dem Platz erschienen wäre und gerufen hätte: »Frieden! Frieden! Legt die Waffen nieder!«

Usnas Söhne und ihre Mannen legten vertrauensvoll die Waffen ab und traten vor den König. Der aber übte abermals Verrat. Er lachte grimmig und befahl: »Bindet sie! Dafür, daß sie sich mir widersetzt haben, sollen sie sofort geköpft werden!«

Keiner aber wollte das Schwert erheben gegen Usnas Söhne. Bis sich ein Fremdling fand, der ihnen mit einem Schlag die Köpfe abschlug.

Deirdre warf sich über die leblosen Körper und klagte: »Ach, warum habt ihr mich verlassen! Naisi, dir habe ich mich für immer angetraut, und ohne dich kann ich nicht leben. Schaufelt ein Grab für vier; denn nur neben Usnas Söhnen finde ich ewige Ruhe!« Und nach diesen Worten brach der schönen Deirdre das Herz.

Usnas Söhne und Deirdre wurden wirklich in einem gemeinsamen Grab beigesetzt. Und zum ewigen Gedenken leuchten noch heute ihre Namen auf dem schneeweißen Grabstein.

GRENDELS MORDTATEN. König Hrodgar, der mächtige Herrscher der Dänen, ließ einst eine gewaltige Halle bauen, größer als je eine seit Menschengedenken gewesen war. Hirschhalle hieß sie nach den Geweihen auf ihren Giebeln. Dort kamen nun die Dänenhelden jeden Tag zusammen und schmausten und tranken von dem Bier und Met des Königs, lauschten auch wohl dem Schall der Harfe und dem Gesang des Dichters, um schließlich auf den Bänken der Ruhe zu pflegen. Aber einer war, der ihre Freude stören wollte, ein grimmiger Unhold, der im Moor hauste, Grendel geheißen. Zn tiefer Nacht schlich er heran und fand die Edelinge drinnen nach dem Schmaus schlafend. Dreißig von ihnen griff er und würgte sie und schleppte sie als Beute mit sich in seine Behausung. Da erscholl lauter Weheruf, als am andern Morgen die grausige Tat bekannt wurde. In der nächsten Nacht aber geschah neues Morden, und in jeder folgenden ebenso, bis schließlich keiner von den Recken mehr im Saal zu weilen wagte. Zwölf Winter lang stand die Hirschhalle leer.

ANKUNFT BEOWULFS. Von diesem Unglück erfuhr im Land der Gauten Beowulf, König Hygelaks Gefolgsmann, der stärkste der Männer. Auf der Stelle ließ er sich ein tüchtiges Wogenschiff zurichten und fuhr mit vierzehn Begleitern hinüber ins Dänenland. Dort begrüßte sie der Wächter, der alle Tage am Strand Ausschau hielt, und wies sie zur

Burg seines Königs. Wie freute Sich Hrodgar, als er den Helden vor sich sah, von dessen Ruhm er schon so viel gehört hatte. War Beowulf es doch gewesen, der einst tagelang im Meer schwamm und mit den Ungeheuern der Tiefe kämpfte, bis alle tot am Strand lagen und die Seeleute wieder Ruhe vor ihren Feinden hatten. Nun begann der Ankömmling also zu sprechen: »Heil dir, Hrodgar, Gebieter der Dänen! Verweigere es mir nicht, nachdem ich aus der Ferne gekommen bin, daß ich mit meinem Gefolge die Hirschhalle vom grimmigen Feind säubere! Wohl habe ich gehört, daß Grendels Haut hart ist wie Eisen und fest gegen Hieb und Stich. So will ich denn ohne Schwert und Schild, nur mit der Faust den Gegner angreifen, zum Kampf auf Leben und Tod. Falle ich, so härme dich nicht um mich, sondern sende meine Rüstung ins Gautenland zu den Meinen zurück! Seinem Schicksal entrinnt keiner.« Hrodgar erwiderte: »Sei mir willkommen, teurer Held! Möge dir ein holderes Schicksal lächeln als denen, die vor dir den Kampf wagten. Oft saßen die Recken am Abend im Saal und erboten sich, den Feind mit dem Schwert in der Hand zu erwarten. Wenn aber zur Morgenzeit die Sonne erstrahlte, dann floß jedesmal der Boden von dem Blut der Gefallenen. Doch nun setze dich zuerst mit uns zum Gelage!«

Da ward das Bier in Krügen aufgetragen, und der Sänger ließ sein Lied erschallen. Auch Hrodgars Gattin kam herein, um den unerschrockenen Mann zu begrüßen. Unvermerkt kam die Stunde, wo die Dänen die Halle verlassen mußten. Bewegten Herzens verabschiedeten sich der König und die Königin von Beowulf und wünschten ihm Heil und Sieg; nie zuvor hatte Hrodgar die Wacht Seiner Burg einem Fremden anvertraut. Als Beowulf mit den Seinen allein war, entledigte er sich der Waffen – unbewehrt wollte er ja dem Gegner entgegentreten – und legte sich zur Ruhe. Rings um ihn lagerten im Kreis seine Getreuen.

Kampf mit Grendel. In der dunklen Nacht kam den nebligen Pfad vom Meer daher Grendel geschritten. Mit Macht rannte er gegen die Tür des Saales und sprengte die Eisenbänder. Dann trat er ein, furchtbare Blitze aus seinen Augen schießend. Das Herz lachte ihm im Leib, als er die Helden im Kreis liegen sah, alle schlafend. Nur Beowulf wachte und gab wohl acht, aber ehe er sich's versah, hatte Grendel doch schon einen der Schläfer ergriffen: er zerriß ihm den Leib, er schlürfte das Blut, er schlang mächtige Bissen und hörte nicht eher auf, als bis alles verzehrt war. Nun schritt er an Beowulf heran und reckte den Arm gegen ihn. Der aber packte fest zu und drückte dem Unhold die Hand, daß ihm die Finger brachen. Da merkte Grendel, daß er seinen Meister gefunden habe, und suchte sich loszureißen. Ein Ringen erhob sich, daß der Saal erdröhnte; wäre er nicht drinnen und draußen mit Eisenbändern fest umschmiedet gewesen, er wäre in Trümmer gestürzt. Wohl schwang mancher von den Mannen Beowulfs sein Schwert zum Schutz des Herrn, aber keines Eisens Schneide vermochte dem Gegner zu schaden. Den Dänen erstarrte das Herz, als sie den Lärm und die Weherufe des Riesen hörten. Es hielt ihn einer fest, der so stark war wie dreißig Männer. Plötzlich gab es einen gewaltigen Krach – und an Grendels Achsel sprangen die Sehnen und barsten die Gelenke: Grendel stürzte hinaus, aber den abgerissenen

Arm behielt Beowulf als Kampfpreis in der Faust. Zum sichtbaren Zeichen des Sieges befestigte er ihn am Pfeiler des Daches.

Am Morgen kamen die Dänen herzugeströmt, um sich das Wunder anzuschauen. Staunend verfolgten sie die Spur des Verwundeten bis zum Meer hin, wo die Fluten mit rotem Blut vermischt aufwallten. Aus aller Munde erscholl das Lob des Mannes, der der tapferste sei auf dem Erdenrund. Auch der König und die Königin kamen und sahen voll Verwunderung Grendels Hand. Waren doch die Nägel an ihr wie von Stahl und die Haut so fest, daß selbst das schärfste Eisen nicht hindurchdringen konnte. »Dank sei dem Allvater«, sprach Hrodgar, »daß ich dieses Anblicks teilhaftig wurde. Du hast getan, was vor dir keiner vollbracht hat, und dir Ruhm erworben für alle Zeit. Sei mir hinfort wie ein Sohn und nimm die Gaben, die ich dir dankbaren Sinnes zu überreichen gedenke!« Beowulf entgegnete: »Hätte ich doch den Gegner mit der Stärke meiner Faust festhalten können. So aber entrann er mir und ließ nur Hand und Arm und Achsel zum Pfand. Freilich meine ich, daß nach solchem Verlust seine Tage gezählt sind.«

Nun wurde die Halle, die noch vom nächtlichen Kampf verwüstet war, feierlich geschmückt und zum Festmahl hergerichtet. Fröhlich saßen Dänen und Gauten beieinander und sprachen dem Metkrug zu. Beowulf erhielt vom König zum Lohn ein güldenes Siegesbanner nebst Helm und Brünne und Schwert, dazu acht Rosse, deren eines den herrlich geschmückten Sattel des Königs trug. Auch den Begleitern Beowulfs ließ der Fürst kostbare Schmuckstücke überreichen. Als die Nacht hereinbrach, entfernte sich Hrodgar mit seinen Gästen. Von den Dänen aber blieben viele wie vor Zeiten in der Halle, um dort der Nachtruhe zu pflegen. Denn Gefahr schien nicht zu befürchten.

Grendels Mutter rächt ihren Sohn. Noch lebte eine, die willens war den Tod des Riesen zu rächen, Grendels Mutter. Heimlich schlich sie in nächtlicher Stunde aus ihrem Moor zur Hirschhalle. Wie erschraken da die Männer als die Entsetzliche im Saal erschien. Wohl wehrte sich jeder mit Schild und Schwert, so gut er konnte, aber einen von ihnen hatte sie doch gepackt, ehe sie wieder zum Moor ging. Auch die blutbefleckte Hand ihres Sohnes nahm sie mit sich.

Am andern Morgen ließ der tief bekümmerte König unsern Helden, der im abgesonderten Gemach geschlafen hatte, zu sich rufen. Mit wuchtigen Schritten ging Beowulf dahin, daß die Halle erdröhnte. Hrodgar erzählte ihm, was geschehen war, und fuhr fort: »Nicht selten sahen unsere Landsleute zwei gespenstige Unholde am Moor dahinschleichen, den einen, Grendel genannt, von Mannes Gestalt, den andern einem Weib ähnlich. Sie hausen im dunkeln Moor, wo der Bergstrom in die Tiefe rauscht und schaurige Haine mit ihren Bäumen weithin die Fluten überdachen. Da kann man in Nächten unheimliches Feuer im Wasser leuchten sehen. Selbst der Hirsch, der von den Hunden verfolgt wird, gibt eher sein Leben dahin, ehe er den Sprung in die Flut wagt. Nun ist es wieder an dir, uns zu helfen. Wagst du den Kampf und kommst davon, so soll es dir an Lohn nicht fehlen.«

Nicht einen Augenblick besann sich Beowulf, das Abenteuer zu bestehen. Unter Hrodgars Führung zogen Gauten und Dänen dahin, über steile Abhänge, bis plötzlich der Bergwald sich zeigte und zu seinen Füßen das trübe Gewässer. Traurig ward da den Dänen zu Mut, als sie das Haupt ihres in der Nacht ermordeten Gefährten auf einer der Seeklippen erblickten. Im Moor selbst tummelten sich oben auf der Fläche allerhand seltsame Seedrachen und Wildtiere. Die stürzten erbittert davon, als einer von den Mannen mit Macht in sein Horn stieß. Eines freilich von den Ungeheuern traf der Gautenheld mit dem Pfeil, daß ihm die Kraft ausging. Da durchbohrten es die Mannen mit Spießen und zogen es zum Ufer und staunten den gräulichen Gast an.

KAMPF MIT GRENDELS MUTTER. Ernst verabschiedete sich Beowulf vom König und empfahl ihm, falls er nicht wiederkehren sollte, seine Mannen. Dann sprang er mit kühnem Sprung in die Tiefe. Schon war er zum Grund hinabgetaucht, als er sich mit schrecklichem Griff gepackt fühlte. Es war Grendels Mutter, die ihn in ihre Behausung zog. Endlich merkte er, daß er in einer Halle war, und sah in dem hellen Schein eines flackernden Feuers das Meerweib vor sich stehen. Nun griff er zu seinem Schwert; aber wie sehr er auch zuschlug, die Haut der Unholdin war undurchdringlich. Da bewährte Beowulf seinen Heldenmut. Zornig warf er sein Schwert von sich, daß es klirrend zu Boden fiel, und packte Grendels Mutter mit der Faust und schwang sie, daß sie zu Boden stürzte. Doch sie erhob sich auf der Stelle und warf sich auf ihn, daß er strauchelnd daniedersank. Dann setzte sie sich auf den Gegner und zog ihren Dolch, um den Sohn zu rächen. Hätte den Recken nicht seine gute Brünne geschützt, es wäre sein letztes Stündlein gewesen. So aber kam er davon und sprang wieder auf seine Füße. Da erblickte Beowulf an der Wand ein altes Riesenschwert, ein scharfgeschliffenes, mächtiger freilich, als daß ein anderer Mann es hätte erbeben können. Das faßte er mit der Kraft der Verzweiflung und hieb so zornig drein, daß es der Riesin in den Hals drang und die Wirbel durchschlug. Tot fiel sie auf den Boden, und der Held freute sich seines blutigen Werkes.

Erschreckt sahen die Helden, die oben am Ufer standen, daß die Brandung sich blutrot färbte. Unzweifelhaft schien es, daß der kühne Recke im Kampf mit dem Ungetüm sein Leben verloren habe. Schließlich ritten die Dänenhelden nach Hause, während die Mannen Beowulfs sich immer noch nicht von der Stätte trennen konnten und traurig in die Flut starrten. Beowulf schaute sich unterdessen in der Behausung der Riesin um und sah den entseelten Grendel auf dem Lager liegen. Den traf nach dem Tod noch ein harter Schwertschlag von des Helden Hand, daß das Haupt abflog und der Rumpf in die Höhe sprang.

Ungezählte Kostbarkeiten lagen überall aufgehäuft, aber Beowulf nahm nichts mit sich außer dem Haupt Grendels und dem Griff des Riesenschwertes; die Klinge selbst war in dem heißen und giftigen Blut der Unholdin geschmolzen. Dann schwamm er zurück durch die Flut. Laut auf jauchzten die treuen Gauten, als sie ihren Herrn ans Land steigen sahen, und beeilten sich, ihn von seiner Rüstung zu befreien. Nun zog man zu Hrodgars Palast; vier Männer hatten Arbeit genug, Grendels Haupt auf einer Stange zu tragen. Furchtsam schauten die Dänen drein, als man den gräßlichen Kopf an den Haaren hereinzog. Wahrhaftig, der Mann, der ihnen Rat vor ihren Feinden geschaffen hatte, verdiente ihre Bewunderung und ihren Dank.

Beowulfs Ende. Viele Jahre waren seit Beowulfs Kampf mit Grendel und Grendels Mutter verflossen. Reich mit Geschenken beladen war der Held in die Heimat zurückgekehrt und hatte dort seinen Herrn, dem König Hygelak und dann dessen Sohn Heardred, treulich gedient. Als Heardred im Kampf gefallen war, ohne Leibeserben zu hinterlassen, machten die Gauten Beowulf zum König. Fünfzig Jahre regierte er schon in Frieden sein Volk, als ein unseliger Zufall die Ruhe des beglückten Herrschers störte. Tief in der Höhle eines Felsens hauste nämlich ein furchtbarer Drache und hielt Wache bei einem gewaltigen Schatz. Lange Zeit hindurch hatte das Land von dem Unhold nichts gemerkt, bis einst durch Zufall ein umherirrender Mann in die Höhle geriet. Als dieser den Drachen inmitten der Schätze schlummern sah, schreckte er anfangs furchtsam zurück; dann aber überlegte er, daß er mit einem einzigen dieser Stücke die Huld seines Herrn gewinnen könne, und nahm einen goldenen Becher an sich. Als der Drache erwachte, ward er sehr böse, denn er merkte sofort, daß jemand sich an seinen Schätzen vergriffen habe. Eilig verfolgte er die Fußspur und umkreiste immer von neuem den Berg, aber der Eindringling war verschwunden. Ungeduldig wartete der Drache, bis der Abend kam, und fuhr nun mit Feuer über das Land hin. Da brannten überall die

Höfe, und kein Wesen, das ihm in die Hände fiel, blieb am Leben.

So ging es Nacht für Nacht. Immer größer ward die Not, und selbst Beowulfs Königssitz ging in Flammen auf. Jetzt beschloß der treffliche Fürst, so betagt er war, der Not seines Volkes ein Ende zu machen. Weil er wußte, daß ein Schild von Holz der feurigen Lohe doch nicht standhalten würde, ließ er sich einen solchen von Eisen fertigen und machte sich dann mit elf Begleitern auf den Weg. Den Ort mußte der Mann zeigen, der dem Drachen das Kleinod entwendet hatte. Als sie an den Eingang der Höhle kamen, schlug ein so gewaltiger Flammenstrom heraus, daß niemand in das Innere hätte gelangen können. Da ließ Beowulf die Stimme zum Kampfruf ertönen und die Worte hell hineinschallen in das graue Gestein. Und der Unhold vernahm den Ruf und kam fauchend und Feuer speiend hervor, daß der Erdboden erdröhnte. Beowulf hielt den Schild vor sich zum Schutz gegen die Flammenglut und schwang den Kampfstahl zum wuchtigen Schlag. Aber die Kraft des Hiebes brach sich an der knochenharten Haut des Untiers, und dieses schoß zu erneutem Angriff vorwärts und spie seine Flammen mit doppelter Wut. Voll Entsetzen waren alle Begleiter Beowulfs in den Wald davongeflohen; – nur einer, der Heldenjüngling Wiglaf, des Königs Freund, schämte sich vor dem Vorwurf der Feigheit und harrte bei seinem Herrscher aus. Den Glutatem des Drachen konnte er freilich nicht vertragen, sondern mußte Zuflucht hinter Beowulfs Eisenschild suchen. Wohl führte dieser jetzt mit aller Macht den zweiten Streich, aber wiederum umsonst – an der Beinhaut des Drachen zersprang das beste der

Schwerter, und diesen Augenblick benutzte der Wurm und bohrte seine Zähne dem Heldenkönig in den Hals, daß das Blut in Strömen hervorquoll. Nun aber in der höchsten Not bewies Wiglaf seinen angestammten Mut. Ohne Furcht vor dem dräuenden Gegner holte er zum Stoß aus und trieb, wenn ihm auch von der Glut die Hand verbrannte, das Schwert dem Tier tief in die Weichen. Auf der Stelle verlor der Flammenodem des Drachen seine Kraft. Jetzt gewann auch der König seine Besinnung wieder und zog das schneidend scharfe Schwert, das ihm an der linken Seite der Brünne hing. Ein kräftiger Schnitt – und der Wurm fiel in zwei Hälften auseinander.

Wohl war der Sieg errungen, aber um welchen Preis! Die Wunde Beowulfs begann von dem Drachengift zu brennen und zu schwellen, und der Held wußte auf der Stelle, daß ihm die Schicksalsstunde bevorstehe. Todesmatt ließ er sich auf einen Steinsitz nieder, während der treue Wiglaf Wasser herzutrug, um den Blutüberströmten zu laben. Noch einmal raffte sich der Held auf und bat den Gefährten, ihm das erbeutete Gold und Edelgestein aus der Höhle hervorzubringen, damit er sich wenigstens an dem Anblick erfreue. Eilig ging der Jüngling hinein, raffte zusammen, was er nur von den Kleinoden tragen konnte, und legte es vor Beowulf hin. Da dankte der Alte dem Himmelskönig daß er, bevor das Ziel seines Lebens erfüllt sei, das erbeutete Gut noch mit eigenen Augen habe schauen dürfen. Dann reichte er dem Jüngling Helm und Rüstung, damit er sie zum Andenken behalte und starb.

Tiefe Trauer herrschte auf dem Königssitz der Gauten, als die Mär vom Tod des Herrn verkündet wurde. Alle eilten hinaus zum Drachenfels, um von dem geliebten König den letzten Abschied zu nehmen. Da floß manche Träne, als sie den Toten im Sand ausgestreckt sahen. Auch der Wurm lag da, an die fünfzig Fuß lang, ganz verbrannt von der Glut, die er selbst entzündet hatte. Den stießen sie hinunter von der Klippe in die wogende See, wo er alsbald versank.

Dem König wurde am Strand des Meeres, wo die Walfischspitze vorspringt, ein hoher Holzstoß geschichtet und sein Leichnam nebst den erbeuteten Schätzen oben daraufgebettet. Nun zündeten sie den Holzstoß an, und bald schlug die Flamme hoch empor, während alle, die herumstanden, laut zu klagen begannen. Als das Feuer verglommen war, wurde auf der Brandstätte der Grabhügel errichtet, Beowulfs Berg genannt, hoch aufragend als Wahrzeichen für die Seefahrer. Zum Schluß ritten zwölf Edelinge um das Mal und stimmten nach der Sitte der Vorfahren dem Abgeschiedenen den Leichengesang an. Das Drachengold aber ruht mit der Asche des Helden tief in der Erde, den Menschen so unnütz, wie es zuvor schon gewesen war.

WIELAND DER SCHMIED

Im hohen Norden wohnten vor Zeiten drei Brüder, die dem Elfengeschlecht entstammten: Wieland, Egil und Schwungfeder waren ihre Namen. Sie liefen auf Schneeschuhen und jagten das Wild den ganzen Tag, bis der Abend anbrach. Dann kehrten sie in ihr Heim zurück, das tief im Tal am Wolfssee lag.

Einst kamen Walküren geflogen, drei an der Zahl, die ihres blutigen Amtes in der Schlacht gewaltet hatten. Sie ließen sich am Seeufer nieder, um der Ruhe zu pflegen, und legten ihre Schwanenhemden ab. Wieland aber und seine Brüder schlichen sich heimlich heran und nahmen ihnen die Hemden. Da konnten die Mädchen nicht fortfliegen und wurden die Gemahlinnen ihrer Bezwinger. Acht Winter saßen sie am Wolfssee, dann aber hielten sie es vor Sehnsucht nicht mehr aus und suchten, bis sie ihre Flughemden fanden. Nun schwangen sie sich empor und flogen durch den dunklen Wald dahin, um von neuem das Kriegshandwerk zu treiben.

Als die Brüder von der Jagd heimkehrten, fanden sie das Nest leer. Auf der Stelle machten sich Egil und Schwungfeder auf, um die Verlorenen zu suchen; Wieland aber blieb daheim und wartete seines holden Weibes, ob es vielleicht von selbst wieder zu ihm käme. Um sich die Zeit zu vertreiben, fertigte er Ringe aus rotem Gold und funkelndem Edelgestein und reihte sie alle an langem Bastseile auf. Kein Mensch lebte auf Erden, der es Wieland in der Schmiedekunst gleichgetan hätte.

Nun hielt nicht weit von Wielands Wohnung König Nidung seinen Hof. Als dieser hörte, daß der kunstfertige Held einsam am Wolfssee sitze, zog er zu nächtlicher Stunde mit seinen Mannen aus, um ihn in seine Gewalt zu bringen. Hell blinkten im Schimmer des Mondes die Schilde der Dahinreitenden. An Wielands Haus machten sie Halt, fanden aber den Wirt nicht daheim, denn er war auf die Bärenjagd gegangen. Nun gingen sie in den Saal und erblickten dort auf Bastseil gezogen die Ringe, siebenhundert im ganzen. Um nicht Verdacht zu erregen, ließen sie den Schatz an seiner Stelle; nur den schönsten von den Ringen nahm König Nidung an sich, damit er ihn auf jeden Fall für seine Tochter sichere.

Plötzlich ertönten draußen Schritte, und schnell versteckten sich die Feinde. Wieland trat ein und zündete sich ein Feuer an, um das Fleisch der erlegten Bärin zu braten. Während die Flammen emporschlugen, saß er auf dem Bärenfell und zählte die Ringe. Sofort bemerkte er, daß einer ihm fehlte, gerade sein Lieblingsring, derselbe, den sein liebes Weib getragen hatte. Schon glaubte er, daß die Walküre zurückgekehrt sei, und saß lange in dumpfem Brüten, bis er endlich einschlummerte. Freudlos sollte sein Erwachen sein, denn als er wieder zu sich kam, fühlte er schwere Fesseln an Händen und Füßen.

»Wer war es, der mich Wehrlosen in Bande schlug?« fragte ingrimmig Wieland. »Sage mir zuvor, wie du zu dem Gold gekommen bist, das mir gehörte!« rief Nidung dagegen. Und so hoch auch Wieland beteuerte, daß alles im Saal Befindliche sein Eigentum sei, er wurde doch als Gefangener an den Hof des Königs geschleppt. Nidung nahm das

Schwert an sich, das der Held bis dahin getragen hatte, und gab seiner Tochter Bathilde den Goldring, der vordem der Walküre gehört hatte. Auch des Königs Gemahlin trat herzu und sprach, als sie den Gefesselten erblickte: »Nicht freundlich ist der Mann, der aus dem Wald kommt. Stechend ist sein Blick wie der einer Schlange, und er knirscht mit den Zähnen, wenn er das Schwert und den Ring Bathildens sieht. Zerschneidet ihm die Kraft seiner Kniesehnen und setzt ihn an den Ort aus, der Seestatt heißt!« So geschah es, und Wieland saß nun mit zerschnittenen Kniesehnen zu Seestatt am einsamen Meeresstrand. Dort schmiedete er für Nidung allerhand Kleinode, und niemand von den Männern außer dem König getraute sich zu ihm zu gehen. Nidung war von Herzen froh, daß Wieland ihm nicht entrinnen könne, und glaubte sich wohl beraten zu haben. Aber Wieland sann, während er den Hammer schwang, unaufhörlich auf Rache.

König Nidung hatte vier Kinder, drei Söhne und eine Tochter. Eines Tages kamen die beiden jüngsten Söhne des Königs mit ihren Bogen in Wielands Schmiede und baten ihn, Pfeile für sie zu schmieden. Aber Wieland entgegnete, daß er ohne Befehl des Königs keine Arbeit machen dürfe. »Wenn ihr aber«, fuhr er fort, »durchaus etwas gefertigt haben wollt, so kommt wieder, wenn frischer Schnee gefallen ist, und geht rückwärts von der Königshalle bis zur Schmiede! Auch sollt ihr niemandem von eurem Vorhaben etwas sagen!« Den Knaben war es einerlei, ob sie vorwärts oder rückwärts gingen. Es war aber zur Winterszeit, und in der Nacht darauf fiel reichlicher Schnee. Am nächsten Morgen also machten sich die jungen Fürsten in aller Stille auf den

Weg und gingen so, wie Wieland es ihnen geboten hatte. Als sie in der Schmiede angekommen waren und den Meister an sein Versprechen erinnerten, tat dieser, als ob er ihnen zuvor seine Schätze zeigen wolle, führte sie an eine Kiste und schlug, während sie sich über den Rand beugten, den Deckel mit solcher Gewalt zu, daß ihre Köpfe heruntergerissen wurden. Die Leichname warf er unter seine Schmiedebälge in eine tiefe Grube.

Am Königshof wunderte man sich, als die Knaben nirgends zu sehen waren. Anfangs glaubte Nidung, das sie in den Wald gegangen seien, um Vögel und Tiere zu jagen, oder an den Strand, um Fische zu fangen. Als aber die Mittagsstunde herannahte und sie immer noch nicht kamen, wurde er unruhig und ließ überall suchen. Auch bei Wieland fragte man an, ob die Knaben in die Schmiede gekommen wären. Wieland sagte, sie seien bei ihm gewesen und dann wieder fortgegangen. Zugleich zeigte er auf die Fußspuren, die heimwärts gingen, und reinigte sich so von Verdacht. Als alles Nachforschen vergeblich war, nahm man zuletzt an, die Kinder seien im Wald oder am Strand verunglückt, und ergab sich in das Unabänderliche. Nur Nidung härmte sich ohne Unterlaß und lag nachts vor Kummer schlaflos auf seinem Lager.

Eines Tages zerbrach die Königstochter Bathilde ihren Goldring und fragte ihr Mädchen, was da zu tun sei. Das Mädchen antwortete: »Wieland wird den Schaden leicht ausbessern«, und brachte den Ring zur Schmiede. Wieland erklärte, daß er ohne des Königs Gebot keinerlei Geschmeide anfertigen dürfe. Wenn aber Bathilde selbst zu ihm komme, so werde er tun, was ihm gut scheine. Nun kam die Königstochter selbst und trug Wieland ihr Anliegen vor. Dieser aber verriegelte die Tür, so fest er konnte, und tat der Jungfrau Gewalt an. Dann besserte er den Ring aus und sandte sie nach Hause. So grimmig rächte der Gelähmte sein Leid.

In dieser Zeit kam der junge Egil, Wielands Bruder, an den Hof König Nidungs, weil Wieland ihm Nachricht zugesandt hatte. Egil konnte besser mit dem Bogen umgehen als irgendein anderer Mann und war so geschickt, daß er einmal seinem eigenen Sohn einen Apfel vom Haupt herunterschoß. Freilich vollbrachte er das gefährliche Kunststück nicht aus eigenem Willen, sondern weil Nidung, herrisch und verfinstert wie er seit dem Tod seiner Söhne war, es so wollte. Als der Schuß getan war, fragte der König, warum Egil im ganzen drei Pfeile zu sich gesteckt habe. Egil antwortete: »Herr, ich will euch nicht belügen. Wenn ich mit dem einen Pfeil den Knaben getroffen hätte, so hätte ich die anderen für euch bestimmt.« Da schämte sich Nidung und ließ den Schützen ungestraft.

Diesen Egil bat Wieland eines Tages, ihm allerlei Federn zu verschaffen, große und kleine, denn er wolle sich ein Flughemd anfertigen. Egil ging in den Wald und erlegte Vögel und gab sie Wieland. Nun machte sich dieser ein Flughemd, das so aussah wie das abgestreifte Federhemd eines Geiers. Dann bat er Egil, mit dem Hemd durch die Luft zu fliegen und zu versuchen, ob es tauge. Zögernd sagte Egil: »Ich weiß nicht, wie ich es anfangen soll, um emporzukommen und mich in der Höhe zu halten und dann wieder ohne Schaden herniederzufliegen.« Aber Wieland ermutigte ihn und sprach: »Du mußt dich gegen den Wind emporheben. Wenn du oben in der Höhe bist, so beschreibe nur eine lange und breite Bahn und laß dich schließlich mit dem Wind nieder!« Da fuhr Egil in das Federhemd und flog hinauf in die Luft, so leicht wie der geschwindeste Vogel.

Als er aber landen wollte, wurde er mit dem Kopf zur Erde geschleudert, daß er beinahe nichts mehr von sich wußte: So tönte es in seinen Ohren und Schläfen. Nach einer Weile fragte ihn Wieland, wie er über das Flughemd denke. Egil erwiderte, indem er sich noch immer den Kopf rieb: »Könnte man mit ihm ebenso gut landen wie emporfliegen, so wäre ich jetzt anderswo, und lange könntest du nach mir ausschauen.» Da lachte Wieland und sagte, er wolle den Schaden ausbessern. Nun fuhr Wieland mit Beistand seines Bruders in das Federhemd und schwang sich in die Lüfte und sprach: »Falsch war es, wenn ich dich mahnte, mit dem Wind zu landen. Denn ich fürchtete, du würdest mir davonfliegen, wenn du erkannt hättest, wie gut das Federhemd ist. Wisse, daß alle Vögel sich gegen den Wind niederlassen, ebenso wie sie emporfliegen! Du aber, Bruder, sollst mir einen Gefallen tun! Ich will jetzt dieses Land verlassen und zuvor König Nidung aufsuchen, um mich mit ihm auszusprechen. Wenn er dich nun nötigt, nach mir zu schießen, so ziele unter meinen linken Arm! Dahin habe ich eine Blase gebunden, die mit Blut gefüllt ist. Schieße so, daß du mir kein Leid zufügst, wenn du etwas von mit hältst!«

Jetzt flog Wieland auf den höchsten Turm von des Königs Gehöft. Als Nidung ihn von unten aus sah, sprach er: »Bist du zum Vogel geworden, Wieland? Wunder über

Wunder erlebt man an dir.« Wieland antwortete: »Herr, bald bin ich ein Vogel und bald ein Mensch. Und ich will nun von hinnen, und nimmer sollst du mich in deine Gewalt bekommen, nachdem du mich so schändlich zugerichtet hast. Willst du aber erfahren, was aus deinen Söhnen geworden ist, so sieh doch nur unter den Schmiedebälgen nach: Dort wirst du ihre Leichname finden. Auch deine Tochter wird dir kundtun, daß Wieland sich rächen kann: sie verlor ihre Ehre, als sie heimlich bei mir in der Schmiede war.«

Als Nidung solche Worte hörte, befahl er zornglühend dem Egil, Wieland herunterzuschießen. Egil tat, als ob er die Hand gegen seinen Bruder zu erheben nicht vermöge, aber Nidung drohte, er sei ein Mann des Todes, wenn er nicht gehorche. Da legte Egil einen Pfeil auf die Sehne und schoß Wieland unter den Arm. Als nun das Blut herabfloß, meinten der König und alle seine Mannen, dies werde sein Tod sein. Wieland aber flog von dannen und nahm seinen Aufenthalt auf Seeland. König Nidung starb bald darauf und hinterließ das Reich seinem Sohn Otwin. Der söhnte sich mit Wieland aus und gab ihm seine Schwester Bathilde zur Frau. Wielands Sohn war der starke Wittich, der Gefolgsmann Dietrichs und Ermenrichs.

GUDRUN

GUDRUNS FREIER. Im Land der Hegelingen an der Nordsee herrschte König Hettel stark und weise. Seine Königin Hilde war eine Tochter des Königs von Irland. Sie hatten zwei Kinder, Ortwin den Knaben, der von dem edlen Rekken Wate von Sturmland in allen ritterlichen Sitten und Tugenden auferzogen wurde, und Gudrun, die als die schönste Maid in allen Landen gepriesen wurde.

Viele Freier fanden sich ein, um Gudrun für sich zu gewinnen, aber keinem wollte sie König Hettel geben, denn er konnte sich von seinem geliebten Kind nicht trennen. Es erschien Siegfried von Mooreland, danach Hartmut der Normanne, nach ihm Herwig von Seeland; sie wurden alle abgewiesen, schworen aber, Gudrun mit Gewalt zu erringen.

König Herwig war der erste, der mit Heeresmacht heranzog. Er überraschte die Hegelingenburg Matelane am frühen Morgen, und ein heißer Kampf entbrannte, der zum Nachteil der Hegelingen auszufallen drohte, denn sie mußten sich zurückziehen, und mit ihnen zugleich drangen auch die Feinde in die Tore der Burg ein. Hier warf sich Hettel selbst dem jungen Herwig entgegen. Mit Staunen und Verwunderung sah Gudrun vom Söller die Kraft und Gewandtheit des jungen Helden, der ihren Vater in große Not brachte, so daß sie für dessen Leben fürchtete und dem Kampf durch ihren Zuruf ein Ende machte. Sie beschied Herwig vor sich und bekannte frei, daß sie großes Wohlgefallen an ihm gefunden habe und ihm gern als sein Weib folgen wolle.

Nun hatte alle Feindschaft ein Ende und die Verlobung des jungen Paares wurde noch am selben Tag gefeiert. Die Braut als Gattin heimzuführen, bat sich die Königin Hilde aber ein Jahr Frist aus, um die Ausstattung würdig besorgen zu können, und wenn auch traurig, so doch glücklich, mußte sich Herwig fügen, hatte er doch das heiß ersehnte Ziel errungen. So zog er mit seinen Mannen wieder zurück nach Seeland, um auch dort alles glänzend vorzubereiten.

Kaum hatte Siegfried von Mooreland diesen Ausgang von Herwigs Werbung vernommen, so zog er mit Heeresmacht nach Seeland, um sich an seinem glücklichen Nebenbuhler zu rächen. Er belagerte ihn in seiner Burg und Herwig wußte sich nicht mehr anders zu helfen, als daß er Boten zu König Hettel sandte und diesen um Beistand bitten ließ. Die Bitte war nicht fruchtlos, denn mit zehntausend Mann zog Hettel heran und schlug Siegfried in drei siegreichen Schlachten, so daß dieser endlich nur noch in einem festen Lager seine Zuflucht fand, das mit einer Seite an das Meer stieß. Hier war ihm schwer beizukommen, da ihm durch Schiffe vom Meer aus stets Lebensmittel zugeführt wurden. Endlich sollte das Eingreifen des dritten Freiers den Ausschlag geben.

Hartmut von Normannenland hatte in der Nähe der Burg Matelane Späher aufgestellt, die ihn von allem unterrichten mußten, was daselbst vorging. Als er nun hörte, daß König Hettel mit seiner ganzen Macht nach Seeland gegen Siegfried gezogen sei, hielt er den Zeitpunkt für günstig, Gudrun mit Gewalt zu gewinnen. Mit einer großen Schar Gewappneter erschien er vor Matelane, überwältigte das kleine zurückgebliebene Häuflein der Verteidiger mit leichter Mühe, und trat nun in anderer Weise als Werber vor Gudrun. Doch diese verhüllte ihr Haupt, erklärte eine solche Werbung für eine ihr zugefügte unauslöschliche Schmach, und unmutig verließ Hartmut die Burg. Er befahl seinen Leuten, Gudrun mit ihren Frauen und Mädchen auf die Schiffe zu führen, und bald segelten die Normannen davon.

Königin Hilde war von ihnen vergessen worden und in Verzweiflung zurück geblieben. Sie sandte Eilboten an Hettel, und auf Wates Rat versuchte dieser noch einmal einen allgemeinen Sturm auf Siegfrieds Lager, der diesen in größte Bedrängnis brachte, ließ ihm dann aber Frieden anbieten, unter der Bedingung, daß er sich mit ihm vereinige gegen einen anderen Feind. Siegfried, der seine Niederlage vor Augen sah, ging mit Freuden darauf ein, und so wurde nun die gemeinsame Verfolgung der Normannen beschlossen.

Am Wülpensand. Obgleich in den vorausgegangenen Kämpfen viele Krieger ihren Tod gefunden hatten, so bildeten die beiden vereinigten Heere, zu denen auch noch Herwig von Seeland gestoßen war, noch immer eine den Normannen weit überlegene Macht. Da in nicht weiter Entfernung von dem Lager eine große Pilgerkarawane an Land gekommen war, welche siebzig Schiffe gegen gute Bezahlung zur Verfügung stellte, und da der alte Wate die Wasserstraße kannte, welche die Normannen ziehen mußten, um in ihr Land zu kommen, so waren die Vorbereitungen zur Verfolgung bald getroffen und das Heer stach in See.

Mitten im Meer lag eine unbewohnte Insel, der Wülpensand genannt, die oft Seeräubern zur Zuflucht diente.

Hier hatten die Normannen die Anker ausgeworfen, um von der Seefahrt auszuruhen, und hier wurden sie von dem nachsetzenden Heer ereilt. An ein Entrinnen war nicht zu denken, und wenn auch Hartmut wie sein Vater Ludwig, welcher an dem Raub Gudruns teilgenommen hatte, einsahen, daß sie der Übermacht der Verfolger würden erliegen müssen, so nahmen sie den Kampf doch mutig auf, und bis zum sinkenden Tag wurde auf beiden Seiten mit der größten Erbitterung gefochten, wurden Wunder der Tapferkeit getan. Schon begann die Dämmerung ihre Schleier über das Kampfgefilde auszubreiten, als Hettel den König Ludwig erblickte und auch von diesem erkannt wurde. Sofort stürmten beide aufeinander los, und ein gewaltiges Ringen begann, das ringsum den andern Kampf fast ganz zum Stocken brachte. Lange schwankte die Waage, da endlich erhielt König Hettel von seinem gewaltigen Gegner den Todesstreich. Laut auf schrien die Hegelingen bei dem Fall ihres Königs. Seinen Tod zu rächen war es aber zu spät, denn die mondlose Nacht kam mit dichter Finsternis herbei, so daß niemand mehr den Freund vom Feind zu unterscheiden vermochte. Der Kampf war für heute zu Ende, der neue Tag erst konnte die Entscheidung bringen, und die ganze Nacht hindurch hörten die müden Streiter den Lärm aus dem Normannenlager.

Der Tag brach an, rachegierig rüsteten die Hegelingen zum letzten Kampf, aber das Normannenlager war leer. Um dem Untergang zu entgehen, hatten Ludwig und Hartmut zu einer List gegriffen: der nächtliche Lärm im Lager wurde nur von wenigen Zurückgebliebenen erzeugt, alle übrigen waren zu Schiff gegangen und mit den gefangenen Frauen davongesegelt. Sie noch einzuholen, war unmöglich, ihnen in ihr Land zu folgen, nicht ratsam, denn dort konnte ihnen König Ludwig eine Macht entgegenstellen, der sie nicht mehr gewachsen waren. Es blieb einstweilen nichts weiter übrig, als die Toten zu begraben und zurückzukehren.

Unsäglich war der Jammer der armen Königin Hilde, welche gleichzeitig die Tochter und den geliebten Gatten verloren hatte. Dennoch mußte die Rache auf spätere Zeit verschoben werden, denn die vielen gewaltigen Kämpfe hatten die Reihen der Kämpfer derart gelichtet, daß vorläufig an einen Rachezug gegen die Normannen nicht zu denken war.

Gudruns Erniedrigung. Jahre gingen darüber hin, Jahre, welche auch für die gefangene Gudrun eine Zeit der schwersten Leiden, der tiefsten Demütigung bedeuteten. Hartmuts unausgesetztem Werben setzte sie unbeugsamen Widerstand entgegen, So daß der verzweifelnde Werber sie endlich seiner Mutter Gerlind überließ, die geschworen hatte, die widerspenstige Jungfrau zu zähmen und fügsam zu machen.

Gudrun und ihre Begleiterinnen, Frauen und Töchter der edelsten Geschlechter des Hegelingenlandes, wurden unter die Mägde gereiht, mußten sich die roheste Behandlung gefallen lassen, sich mit der ärmlichsten Kleidung begnügen und die niedrigsten Dienste verrichten. Und als auch das nicht half, Gudrun vielmehr alles mit unsäglicher Geduld ertrug und in ihrem Widerstand gegen Hartmut nicht zu beugen war, ersann die böse Gerlind eine noch tiefere Demütigung. Sie ließ Gudrun vor sich kommen und herrschte sie an: »Da dein trotziger Mut sich noch immer nicht beugen will, so wirst du von heute ab die schwerste Arbeit verrichten: Du wirst meine Gewänder täglich an den Strand tragen und dort für mich und meine Dienerinnen waschen; hüte dich aber, daß man dich müßig finde.« Und so geschah es.

Nachdem Gudrun im Burghof das Waschen gelernt, ging sie nun täglich mit der Wäsche der Königin hinunter an den Strand, und verrichtete die ihr zugeteilte Arbeit. Und sie tat es gern, denn vom Meer her mußte ihr ja die Rettung kommen, wenn solche noch möglich war. Hier konnte sie also ihren Gedanken nachhängen, von niemand gestört, und als nun gar die treue Hildburg, die ihr liebste unter ihren Unglücksgefährtinnen, es anzustellen wußte, daß sie zu derselben harten Arbeit verurteilt wurde wie ihre Herrin, da fühlte sich Gudrun fast glücklich in ihrem Elend, denn sie war ja nun nicht mehr allein. Lichtblicke in ihrem Leid brachte ihr außerdem noch Hartmuts Schwester, die liebliche Ortrun, die ihr stets freundschaftlich gesinnt blieb und sie in ihrem Elend gar oft zu trösten und aufzurichten wußte. Unendlich dankbar war ihr Gudrun dafür.

So standen die beiden Wäscherinnen auch eines Tages bei der Arbeit und beklagten ihr hartes Los, als sie zwei fremde Männer in einem Kahn mit gewaltigen Ruderschlägen daherfahren sahen. Sie wollten fliehen, aber die Männer waren schon zu nahe, als daß sie das noch unbemerkt hätten tun können.

»Sagt an, ihr Mädchen«, begann der eine der Männer, nachdem sie ans Land gekommen waren, »wem gehört dieses Land, das uns fremd ist?«

»Hartmut heißt der eine der Fürsten«, antwortete Gudrun, den Fremden aufmerksam und mit leuchtenden Augen betrachtend, »und König Ludwig der andere.«

»Sie gerade suchen wir, um ihnen eine Botschaft zu bringen. Wo finden wir sie?«

»Über Nacht waren sie noch in jener Burg dort, umgeben von vielen ihrer Mannen.«

»Wozu brauchen sie in ihrem eigenen Land einen solchen Schutz?«

»Sie mögen wohl Feinde fürchten aus einem Land, das Hegelingen genannt ist.«

»So künde mir noch eines, Mädchen. Ist aus jenem Hegelingenland nicht vor langer Zeit eine edle Maid Gudrun hierher gefangen geführt worden?«

»Wenn ihr diese sucht, so habe ich sie wohl gesehen im tiefsten Leid.«

Aufmerksam hing das Auge des Fremden an dem leuchtenden Gesicht vor ihm, und leiser wendete er sich an seinen Gefährten: »Seht doch, Herr Ortwin, hat jemals eine Maid der Verlorenen geglichen wie diese hier?«

»Und ihr gleicht einem, der mir einst diesen Ring gab zum Treuegelöbnis, und der mich nun aus den Banden der Knechtschaft erlösen wird.«

Und jubelnd warf sie sich in seine Arme, denn sie hatte ihren Verlobten längst erkannt wie auch in seinem Begleiter ihren Bruder Ortwin.

Ja, sie waren gekommen, die Hegelingen und ihre Verbündeten, ein gewaltiges Heer, und die Flotte lag versteckt in einer tiefen, von Wald umgebenen Meeresbucht. Herwig und Ortwin waren auf Kundschaft ausgezogen und hatten Erfolg gehabt. Am liebsten wären die Mädchen nun gleich mit ihnen entflohen, aber sie mußten der Überlegung der Männer nachgeben, denn auch ihre Gefährtinnen mußten ja noch befreit und Rache mußte genommen werden für das Leid, das die Normannen über die Hegelingen gebracht, wie für die unsägliche Schmach, die sie der edlen Gudrun und ihren Frauen angetan hatten.

So kehrten denn die Männer allein zu dem Versteck ihrer Schiffe zurück, und die Mädchen zur Burg. Hildburg wollte zwar noch die Arbeit schnell vollenden, doch Gudrun rief stolz: »Der schmachvollen Arbeit werde ich nun nicht mehr walten«, und zum Entsetzen ihrer Gefährtin warf sie Gerlinds Gewänder ins Meer.

Gudruns Errettung. Böse freilich war der Empfang, den die Mädchen bei Gerlind fanden. »Wo ist die Wäsche, ihr Mädchen?« keifte sie.

»Sie ist am Strand liegen geblieben und mag wohl fortgeschwommen sein«, entgegnete Gudrun kalt, »die Bürde war mir zu schwer.«

»Das sollst du büßen, trotziges Ding«, schnaubte die Königin, »bindet Dornen und Ruten, daß sie für böse Tat bösen Lohn erhalte.«

»Halt, Frau Königin!« rief aber Gudrun, sich hoch und stolz aufrichtend, »Von jetzt ab wähle ich mir einen Herrn, der schon lange um mich warb, und bald werde ich wie ihr eine Königskrone tragen.«

Sprachlos starrte Gerlind das Mädchen an. Dann aber lief ein Freudenstrahl über ihr Gesicht, denn sie konnte diese Worte ja nur auf ihren Sohn Hartmut beziehen. »Ist dein stolzes Herz nun endlich bezwungen?« rief sie fast jubelnd, »So mögen tausend Gewänder fortschwimmen, es soll mir gleich sein.«

»So laßt mir den König Hartmut rufen, daß ich mit ihm rede!« und Hartmut folgte dem Überbringer dieser Freudenbotschaft auf dem Fuß. Er wollte Gudrun umarmen, doch diese trat zurück und sprach kalt: »Es würde dem Normannenkönig schlecht anstehen, wollte er eine zerlumpte Bettlerin umfangen.«

»So sprich, Gudrun«, antwortete Hartmut, rasch zurücktretend, »womit kann ich dir dienen? Dein Wunsch soll sofort erfüllt werden.«

»Die unwürdige Behandlung, welche wir von der Königin erfahren, soll aufhören. Laß mein Gesinde zusammenrufen und den Frauen Bad und Kleider geben, wie es sich ihnen gegenüber schickt.«

Hartmut gab die nötigen Befehle, und es geschah alles, was Gudrun gewünscht hatte. Ihren Begleiterinnen wurde ein Bad bereitet, sie erhielten gute Kleider, und nach dem Bad wartete ihrer, ein reiches und gutes Mahl.

Gudrun aber wurde zu Ortrun, der Schwester Hartmuts geführt und von dieser liebreich empfangen. »Ich danke dir, liebliche Maid«, sagte Gudrun mit innigem Gefühl, »und ich werde nie vergessen, was du stets an mir getan hast in meiner Erniedrigung, und werde deine Güte lohnen, soweit es in meinen Kräften steht.«

Lange noch plauderten die beiden Königstöchter miteinander. Doch als Gudrun dann mit ihren Gefährtinnen allein war, bereitete sie dieselben heimlich auf die bevorstehende Befreiung vor.

Der Morgen kam, und die Normannen, die sich über die vermeintliche Ergebung Gudruns in glückliche Träume gewiegt, sahen mit Schrecken schon im Dämmerlicht von allen Seiten Feindesscharen gegen die Burg heranziehen. Sie erkannten, daß es die Hegelingen und ihre Verbündeten waren, denn Hartmut waren die Banner Wates, Ortwins, Herwigs, Siegfrieds und vieler anderer Fürsten wohlbekannt. Kein Zweifel: Sie waren gekommen, um endlich Rache für all das ihnen zugefügte Leid zu nehmen, unerbittliche Rache; da gab es keinen andern Ausweg als siegen oder sterben.

Groß war die Bestürzung, groß die Verwirrung in der Burg, aber nur minutenlang schwärmte alles wie in einem Bienenkorb durcheinander, dann hatten König Ludwig und Hartmut ihre Scharen geordnet und brachen aus allen vier Toren zugleich gegen die Feinde hervor. Das hatte Wate, der zum Führer des Hegelingenheeres erkoren war, vorausgesehen und seine Streitkräfte danach verteilt. So entbrannte denn der Kampf rings um die Burg zu gleicher Zeit, tiefe Wunden wurden geschlagen, und der Tod hielt reiche Ernte. Die Übermacht der rächenden Feinde aber war zu groß, als daß die Normannen, so verzweifelt sie auch kämpften, lange hätten widerstehen können.

Auch König Ludwig lag bereits unter den Erschlagenen. Als nun aber die Normannen zur Burg zurückdrängten, war ihnen Wate zuvorgekommen, empfing sie am Tor, und zwischen ihm und Hartmut entspann sich der letzte grimmige Kampf, denn beide waren sich gleich an Kraft und Geschicklichkeit im Schwertkampf. Dennoch wäre auch wohl noch Hartmut erlegen, wenn nicht Gudruns Zuruf, die mit den Frauen von den Fenstern der Kemenate aus die Entwicklung des Kampfes verfolgte, dem Streit ein Ende gemacht hätte.

Als Ortrun ihren Vater fallen sah, war sie verzweifelt Gudrun zu Füßen gestürzt und hatte sie angefleht, wenigstens noch den Bruder zu retten. Gern gewährte Gudrun die flehentliche Bitte, und ihr Ruf, Hartmut, ihren Beschützer in der Not, vor dem Tod zu bewahren, bewirkte die Einstellung des Kampfes. Herwig warf sich mit eigener Lebensgefahr zwischen die erbitterten Recken, und Hartmut, der aus Erschöpfung den Streit nicht mehr fortzusetzen vermochte, mußte sich mit achtzig seiner Mannen gefangen geben.

Inzwischen hatten sich die Hegelingen auch in die Burg ergossen und töteten alles, was ihnen mit Waffen in der Hand entgegentrat. Auch Wate stürmte durch die Räume. Er wollte aber nur die böse Gerlind finden, entdeckte sie endlich inmitten der Frauen, unter denen sie sich versteckt hatte, und keine Bitte Gudruns konnte den grimmigen Recken bewegen; an den Haaren zog er sie hervor und schleifte sie hinaus, wo er ihr den Kopf vor die Füße legte.

Der Kampf war zu Ende, der glühende Rachedurst gekühlt, und in der Heimat wußte nun die milde Gudrun die noch vorhandenen widerstrebenden Gegensätze vollends zu versöhnen. Wie in ihrer glücklichen Wiedervereinigung mit Herwig, so stiftete sie durch die Verbindung ihres Bruders Ortwin mit Ortrun, des Helden Hartmut mit Hildburg, des Königs Siegfried mit Herwigs lieblicher Schwester einen ewigen Frieden, so lange die Geschlechter dieser Fürsten auf Erden blühten.

OFFA

Der König der Angeln, Warmund, herrschte viele Jahre in Frieden. Er war schon betagt, als spätes Glück ihm einen Sohn schenkte. Aber Offa, scin Sohn, wuchs zwar so kräftig heran, daß er bald alle seine Altersgenossen überragte, jedoch an Geist blieb er stumpf, daß er zu nichts nütze schien. Von Kind an nahm er an keinem Spiel teil, sprach kein Wort und lächelte niemals. Es schuf dem Vater tiefen Kummer, daß er einen trägen und blöden Herdhocker gezeugt haben sollte, der nie imstande sein würde, das Land zu lenken und zu schirmen; und seine Sorge wuchs, je schwerer ihn selbst die Bürde des Alters drückte.

Als er aber gar erblindete, brach die Not grimmig über ihn herein. Denn der König der Sachsen hielt die Zeit für gekommen, das Reich der Angeln an sich zu ziehen. Er schickte Botschaft an Warmund und ließ ihm sagen: »Länger als sich gebührt hältst du die Herrschaft fest, übergib sie mir, damit das Land wieder einen Herrn und Beschützer hat! Nennst du aber einen Sohn dein eigen, der Anspruch auf die Nachfolge erhebt, so mag er mit meinem Sohn um das Reich kämpfen. Schlägst du beides aus, dann werde ich mit meinem Heer kommen und dir das Land mit Gewalt nehmen.« Warmund kränkte es tief, daß sein Alter und seine Blindheit dem Feind zum Vorwand dienen sollten, das Reich zu rauben, und tiefer noch, daß sein Sohn untüchtig schien, die Beleidigung zu rächen. »Aber ehe ich mein Land kampflos in Feindeshand gebe, eher« – so sprach er mit großer Würde – »will ich mich selbst noch zum Zweikampf stellen!« Darauf antworteten die Gesandten mit Hohn: »Unser König wäre ein Narr, wenn er sich mit einem Blinden schlüge, von solchem Possenspiel hätte er nur Schande. Nicht den Vätern kommt der Kampf zu, sondern den Söhnen!« Darauf konnte Warmund nichts entgegnen, und auch seine Mannen im Saal wußten keine Antwort.

Während alle verlegen schwiegen, begann Offa, der Stumme, plötzlich zu reden und rief seinem Vater zu: »Darf ich antworten an deiner Statt?« – »Wer ist's, der mit mir spricht?« fragte Warmund, und seine Mannen sagten: »Offa, dein Sohn!« Da sprach er bekümmert: »Ist's nicht genug, daß der Feind mich verhöhnt? Müßt auch ihr des Blinden spotten?« Als sie aber immer wieder versicherten, es sei Offa, sagte er endlich: »Nun, wer es auch sei: er spreche!« Darauf trat Offa vor und sprach zu den Gesandten: »Unbillig ist eure Forderung; denn noch sitzt der König des Landes auf seinem Thron, und seine Mannen stehen treu zu ihm. Aber auch ein Nachfolger ist da: des Königs Sohn. Und er ist bereit, nicht nur gegen den Sohn eures Königs zu fechten, sondern noch gegen einen zweiten Kämpfer dazu, und sei es der Tapferste eures ganzen Volks!« Über diese Worte lachten die Gesandten, denn sie hielten sie für Prahlerei; aber sie vereinbarten Ort und Zeit des Kampfes.

Als sie geschieden waren, sprach Warmund: »Wer du auch seist, du bist ein kühner Mann, daß du gleich zwei zum Kampf fordertest, und lieber als dem übermütigen Feind werde ich dir mein Reich geben.« Immer noch wollte er nicht glauben, daß Offa es sei, obwohl alle es beteuerten, und er hieß ihn zu sich treten, um mit den Händen zu prüfen, was ihm die Augen nicht zeigten. Forschend befühlte er seinen Körper und erkannte an der Größe und Bildung der Glieder endlich seinen Sohn: »Du bist's wirklich, du ähnelst mir, als ich jung war.« Und er fragte ihn: »Warum hast du die ganzen Jahre hindurch nicht gesprochen, so daß wir alle dich für stumm hielten?« Offa antwortete: »Als die Klugen redeten, konnte ich schweigen; aber als ihnen die Sprache wegblieb, war das Reden an mir!«

Noch nie vorher hatte Offa Waffen getragen; jetzt befahl Warmund, den Sohn zu rüsten. Aber welche Brünne sie ihm auch anlegten, jede sprengte der Jüngling durch die Breite seiner Brust. Endlich hieß der Vater seinen eigenen alten Panzer hertragen, doch auch der war zu eng; darum ließ er ihn auf der linken Seite aufschneiden und mit Spangen heften, indem er sprach: »Links schützt dich der Schild!« Dann wurden Schwerter gebracht; aber als Offa eins am Griff packte und es durch die Luft sausen ließ, sprang die Klinge von der Wucht des Schwungs in Stücke, und auch keins der andern hielt der Probe stand. »Nun weiß ich nur noch eins«, sagte der alte König, »das ist das Schwert Scharf, das ich selbst einst trug! Es spaltet auf einen Hieb alles, was es trifft. Ich gönnte es bisher keinem und habe es, seit ich es selbst nicht mehr führen konnte, tief in der Erde vergraben. Aber ich kenne den Ort, und nun sollst du es haben!« Er ließ sich hinausführen auf das Feld und fand, fragend und die Merkmale bezeichnend, die rechte Stelle. Dort gruben sie und fanden es; aber es war von Rost angefressen, so daß Offa Zweifel in seine Stärke setzte. »Soll ich es proben?« fragte er den Vater. »Tu es nicht!« antwortete der; »denn wenn auch dieses Schwert beim Schwingen zerbräche, fänden wir nie ein anderes, das für dich paßt.«

Als Kampfplatz war eine Insel in der Eider bestimmt, zu der man nur mit dem Boot gelangen konnte. Dorthin ruderte Offa ganz allein, und von der andern Seite kam der Sohn des Sachsenkönigs, begleitet von einem erprobten Kämpen. Das südliche Ufer des Flusses säumten die Sachsen, das nördliche die Angeln, und dort war auch eine Landungsbrücke. Auf sie hatte sich der alte König tragen lassen; er saß auf einem Stuhl, nicht weit vom Rand, fest entschlossen, sich ins Wasser zu stürzen und sein Leben zu enden, wenn der Sohn unterliege. Offa aber, von zwei Feinden zugleich bedrängt, traute seinem Schwert nicht recht und fing ihre Hiebe mit dem Schild auf; er wollte erst erproben, welcher von den beiden der gefährlichere sei, um wenigstens ihn mit einem Streich abzutun.

Da Warmund den Klang seines Schwertes nicht hörte, glaubte er, Offa sei den Gegnern nicht gewachsen und habe Not, sich nur zu verteidigen; darum rückte er, nach dem Tod verlangend, immer näher an den Rand der Brücke. Inzwischen reizte Offa die Gegner. »Härter dran und drauf!« rief er dem Königssohn zu; »willst du, daß dein Mann dich beschämt?« Und zu dem Kämpen sagte er: »Hervor hinter dem Rücken deines Herrn! Oder willst du sein Vertrauen täuschen?« Der Kämpe, in seiner Ehre gekränkt, sprang zornig auf ihn zu, und mit einem sausenden Hieb schlug Offa ihn mittendurch. Da rief Warmund freudig: »Jetzt hörte ich Scharf singen! Wohin traf mein Sohn den Feind?« Als die Mannen ihm sagten, daß er den Kämpen in zwei Hälften geteilt habe, stand der König auf und trat vom

Rand zurück mitten auf die Brücke. Nun reizte Offa den Königsohn immer höhnischer, mit der Rache für den gefallenen Mann nicht länger zu säumen, und spähte sorgsam, wo er ihn treffen könne; aus Sorge, die dünne Schneide könne brechen, drehte er das Schwert um und schlug mit dem Rücken einen so gewaltigen Schlag, daß er auch den zweiten Gegner mittendurch schnitt. »Nun sang Scharf zum zweitenmal!« rief der alte König, und als er hörte, daß jetzt beide Feinde tot lagen, stürzten im die Tränen aus den blinden Augen über die Wangen.

Geschlagen und beschämt bestatteten die Sachsen die beiden Gefallenen und zogen ab. Offa aber ward, als er ans Ufer sprang, von den Seinen jubelnd empfangen. Er übernahm die Herrschaft von seinem Vater und waltete des Landes mit großem Ruhm.

IRMINFRIED UND IRING

Irminfried, der König der Thüringer, hatte zum Weib Amalberga, die Tochter des Frankenkönigs Chlodowech. Sie war böse und herrschsüchtig, unablässig reizte sie ihren Mann, durch Gewalt seine Macht zu mehren. Anfänglich teilte Irminfried das Reich mit zwei Brüdern, Baderich und Bertcher. Auf den Rat seines Weibes überfiel er zuerst den Bertcher und tötete ihn. Als er aber zögerte, gegen Baderich in gleicher Weise vorzugehen, deckte sie ihm, da er zum Mahl kam, den Tisch nur halb, und wie er fragte, was das bedeuten solle, antwortete sie: »Wem das halbe Reich genügt, dem genügt auch der halbgedeckte Tisch.« Daraufhin zog Irminfried gegen seinen zweiten Bruder, erschlug ihn in der Schlacht und ward Herr über ganz Thüringen. Doch auch dieses große Reich genügte dem Ehrgeiz Amalbergas nicht.

Als ihr Vater Chlodowech starb, hinterließ er sie als sein einziges eheliches Kind. Aber er hatte noch von einem Kebsweib einen Sohn namens Theuderich; und da die Franken einen Herrscher aus Chlodowechs Blut zu haben begehrten, salbten sie Theuderich zu ihrem König. Dieser schickte, nachdem er die Herrschaft angetreten hatte, einen Gesandten zu Irminfried, ließ ihm Frieden und Freundschaft bieten, wie es ziemlich ist zwischen Verwandten, und bat ihn, seine Wahl anzuerkennen, da sie einhelliger Wille des Frankenvolkes sei. Irminfried empfing den Boten mit Würde und Freundlichkeit und versprach, die Sache mit seinen Freunden zu beraten. Die Königin aber ging, als sie ihren

Gatten zu Frieden und Freundschaft bereit fand, zu Iring, einem kühnen und beredten Degen, der durch seine Klugheit im Rat das Ohr und die Zuneigung des Königs besaß. Zu ihm sprach sie: »Hilf mir meinen Gatten überzeugen, daß das Erbe Chlodowechs mir gebührt, die er in echter Ehe mit seiner Königin zeugte, und nicht Theuderich, der der Sohn eines Kebsweibes ist und von Rechts wegen mein Knecht!«

Iring ließ sich von ihr gewinnen, und als die Fürsten und Blutsfreunde dem König rieten, Theuderich und den mächtigen Franken zu Willen zu sein, trat Iring vor und sprach: »Gib den Franken nicht nach, König! Du hast eine gerechte Sache und bist an Land und Kriegern nicht weniger mächtig als die Franken!«

Mit soviel Nachdruck wußte er zu reden, daß Irminfried ihm beipflichtete und dem Gesandten, als er ihn zu sich entbot, hochfahrenden Bescheid gab. »Ich bleibe Theuderich wohlgeneigt«, sprach er, »aber eins nimmt mich wunder: warum verlangt er gleich das Reich und nicht lieber erst seine Freiheit? Er ist als Knecht geboren – wie kann er verlangen zu herrschen?« Da erblaßte der Gesandte vor Schreck und sprach: »Lieber wollte ich, du hättest mir das Haupt abgeschlagen, als daß du mir diese Antwort gabst! Um sie zu sühnen, wird viel Blut von Franken und Thüringern fließen müssen!«

Er kehrte zu seinem Herrn zurück und brachte ihm den Bescheid Irminfrieds. Theuderich ergrimmte im tiefsten Herzen, aber er sprach lächelnd: »So will ich mich denn beeilen, Irminfried die Dienste zu erweisen, die ich ihm als sein Knecht schuldig bin! Vielleicht läßt er mir dann wenigstens das nackte Leben!«

Mit einem gewaltigen Heer brach er in Thüringen ein und traf Irminfried am Runenberg; dort stritten sie erbittert drei Tage lang, und am dritten ward Irminfried besiegt und warf sich mit dem Rest seiner Mannschaft in die Burg Scheidungen an der Unstrut. Auch die Franken hatten große Verluste erlitten, und Theuderich zögerte, dem Feind zu folgen. Da sprach einer seiner Edlen: »Nie liebten es unsere Ahnen, etwas halb zu tun. Jetzt haben wir das Land unserer Feinde: sollen wir ihnen Gelegenheit geben, es wiederzugewinnen? Niemals darf der Sieger dem Besiegten Raum zum Sieg gönnen!« Das hießen alle gut, und sie beschlossen, um ihre Macht zu verstärken, die Sachsen, seit alters erbitterte Feinde der Thüringer, zur Hilfe aufzufordern; nähmen sie die Burg, so sollte sie nebst dem umliegenden Land ihnen als Siegesbeute bleiben.

Das vernahmen die Sachsen gern, und sie entsandten neun Tausendschaften, bärenstarke Krieger mit langwallendem Haar, in Leinenröcke gekleidet, bewaffnet mit langen Lanzen, kleinen Schilden und kurzen Schwertern. Fast schienen den Franken diese Freunde allzu gewaltig, aber Theuderich nahm sie als Verbündete auf und befahl ihnen, die Burg zu stürmen. Ohne Säumen griffen sie die Vorburg an und steckten sie in Brand, vor dem Tor der Hauptburg aber entspann sich ein grimmiger Kampf; den ganzen Tag erscholl das Geschrei der Männer, das Rasseln der Waffen und das Stöhnen der Sterbenden. Schwere Verluste erlitten die Thüringer, doch blieb die Burg in ihrem Besitz.

Am nächsten Tag, während der Kampf ruhte, bot Irminfried durch Iring dem Frankenkönig Unterwerfung und alle seine Schätze an. Iring trat vor Theuderich und sprach: »Irminfried, einst dein Verwandter, jetzt dein Knecht, bittet dich durch meinen Mund, wenn du mit ihm selbst nicht Mitleid hast, wenigstens sein Weib und seine Söhne zu schonen!«

Die Franken gingen zu Rate, und viele der Edlen waren der Meinung, man solle sich lieber mit den Thüringern vertragen, als sich weiterhin auf die unbändigen Sachsen stützen; von diesen Bundesgenossen drohe dem Frankenreich viel größere Gefahr als von den besiegten Feinden. Darum beschloß Theuderich, Irminfried zu Gnaden anzunehmen und im Verein mit den Thüringern die allzu gefährlichen Sachsen wieder aus dem Land zu jagen. Über diese Entscheidung war Iring sehr froh, er fiel Theuderich zu Füßen und dankte ihm, sandte auch sofort Botschaft an seinen Herrn; er selbst wollte die Nacht über im Lager bleiben, damit das gut Begonnene nicht doch noch eine schlechte Wendung nehme.

In der Burg herrschte große Freude, da man die Kunde vernahm; die Thüringer glaubten, nun nichts mehr fürchten zu müssen, und einer ging, als sei schon Friede geschlossen, vor das Tor und ließ seinen Falken steigen. Der Vogel schwang sich über den Fluß und ließ sich am jenseitigen Ufer auf der Hand eines Sachsen nieder, der in festhielt. »Gib mir meinen Falken wieder!« rief der Thüringer, aber der Sachse verweigerte es. Da sprach der Thüringer: »Gib ihn mir wieder, dann will ich dir ein Geheimnis verraten, das deinem ganzen Volk von Nutzen sein wird!« »Sprich, dann sollst du den Falken wiederhaben«, erwiderte der Sachse, und der Thüringer sprach: »So wisse, daß die Könige sich vertragen haben, und ihr sollt die Zeche zahlen: morgen schon sollt ihr gefangen oder niedergehauen werden. Darum macht euch beizeiten davon!« Darauf ließ der Sachse den Falken zurückfliegen, eilte ins Lager der Seinen und brachte ihnen die böse Kunde.

Als sie hörten, was ihnen drohe, riefen viele, das beste sei eilige Flucht. Aber da erhob sich ein alter Krieger voll Kraft und Mut, den die Seinen wegen seiner Heldentaten mit dem Namen Vater aller Väter ehrten, ergriff das Banner mit dem Bild des Adlers, der einen Drachen zerfleischt, und sprach hoch aufgerichtet: »Ich bin ein Greis und sah niemals meine Sachsen fliehen. Soll ich jetzt tun, was ich nie gelernt habe? Ich weiß zu kämpfen, zu fliehen verstehe und vermag ich nicht; soll ich nicht länger leben, so will ich mit meinen Freunden fallen. Aber noch scheint mir's nicht not zu sterben: die Thüringer dünken sich sicher in ihrer Burg, und wenn wir über die Ungerüsteten, Schlafenden herstürzen, werden wir wenig Mühe mit ihnen haben – dafür setze ich euch mein graues Haupt zum Pfand!« Nicht vergeblich waren diese Worte geredet. Noch in der Nacht überfielen die Sachsen die unbewachte Burg und erschlugen die überraschten Gegner; kein Erwachsener entrann ihrem Schwert, nur der König entkam mit Weib und Kindern und wenigen Mannen. Als die Morgenröte hervorschien, pflanzten die Sachsen ihr Banner auf das Tor der eroberten Burg, errichteten eine Irminsäule zum Zeichen des Sieges und teilten die Beute. Theuderich mußte, was sie getan hatten, wohl gutheißen, lobte sie als seine Bundesgenossen und gab ihnen, wie er versprochen, Burg und Landschaft zu eigen.

Am tiefsten verdroß es den Frankenkönig, daß Irminfried seinen Händen entronnen war. Voll Zorn sprach er zu Iring, der noch im Lager weilte: »Niemals werde ich sicher sein, solange dein Herr lebt, denn auf die Sachsen ist kein Verlaß! Du bist es, der ihm Gnade von mir erwirkte, deine Sache ist es, ihn nun in meine Hand zu liefern, da alles sich anders wendete!« Das wollte Iring nicht hören, daß er zum Verräter an seinem Herrn werden sollte. Aber Theuderich begann, da er mit Drohungen nichts erreichte, ihm mit Versprechungen zuzusetzen. Höchste Ehren verhieß er ihm im Frankenreich, ja, er solle über Thüringen walten an Irminfrieds Stelle, zu beider Völker Heil. Jetzt ließ sich Iring endlich verführen und sandte Botschaft an Irminfrid: ihm solle Gnade werden, wenn er zurückkehre und Theuderich zu Füßen falle.

Im Vertrauen auf den alten Freund kam Irminfried. Auf einem Sessel sitzend empfing ihn Theuderich, und an seiner Seite stand, als sein Waffenträger, Iring mit entblößtem Schwert: das erhob er, da Irminfried dem Frankenkönig zu Füßen fiel, und erschlug seinen Herrn. Da sprang Theuderich auf und rief: »Dieser Frevel macht dich zum Abscheu aller Menschen! Hinweg mit dir, Mörder deines Herrn, freier Abzug soll dir gewährt sein, aber an deiner Untat will ich nicht teilhaben!« »Du sprichst die Wahrheit«, entgegnete Iring, »ich bin zum Abscheu aller Menschen geworden, weil ich deiner Tücke diente. Aber bevor ich gehe, will ich mein Verbrechen sühnen und meinen Herrn rächen!« Damit erhob er das Schwert zum zweitenmal und schlug Theuderich nieder; über seine Leiche legte er seinen toten Herrn, damit der, der im Leben unterlag, im Tod Sieger sei. Dann bahnte er sich mit dem Schwert den Weg zur Tür und entschritt; keiner weiß, wohin. Doch scheint es, daß der Entsühnte den Weg hoher Helden ging: denn nach seinem Namen nannte man die Milchstraße am Himmel Iringsweg.

KÖNIG ROTHER

In Bari am Adriatischen Meer hielt der Beherrscher der der italischen Lande, König Rother, Hof. Er schickte eine Gesandtschaft nach Konstantinopel, bei dem griechischen Kaiser Konstantin um die Hand seiner Tochter Oda anzuhalten. Die Gesandtschaft kehrte jedoch nicht zurück, denn der Kaiser wollte seine Tochter um keinen Preis von sich lassen. Er ward über den Antrag des Königs Rother zornig und warf die Boten ins Gefängnis.

Da machte sich endlich König Rother selbst auf, begleitet von auserlesenen Recken und Riesen. Unerkannt aber wollte er bleiben, darum nannte er sich Herzog Dietrich und gab vor von König Rother aus seinem Land vertrieben worden zu sein. Das schaffte ihm bei Kaiser Konstantin doppelt freundliche Aufnahme, und Herzog Dietrich war bald überall gern gesehen und fand hier viele Freunde. Er entdeckte bald, daß seine Boten nicht getötet waren, wie er befürchtet hatte, sondern in harter Gefangenschaft gehalten wurden. Er sah auch Schön-Oda und entbrannte in Liebe zu ihr. Auch sie war für den stattlichen und liebenswürdigen Fremdling nicht minder eingenommen und entdeckte, daß er König Rother selbst sei. Sie hütete aber sein Geheimnis und mit ihrer Hilfe gedachte er die Gefangenen zu befreien. Das mußte dem Kaiser Konstantin gegenüber aber sehr listig angefangen und die Gelegenheit dazu abgewartet werden.

Eine solche fand sich, als der König Imelot von Babylon den Kaiser mit Krieg überzog. Mit einem gewaltigen Heer lagerte er schon an der Grenze des Landes, und Konstantin wollte schier verzagen. Da bot ihm König Rother seine Hilfe an, machte aber zur Bedingung, daß er ihm zu seinen Gefährten auch die gefangenen Boten hinzugeben solle, die er als tüchtige Recken kenne. Kaiser Konstantin bewilligte diese Forderung, nur müßten die Gefangenen nach beendigtem Krieg wieder in ihren Kerker zurückkehren. Das sagte Rother zu und bald lagerten beide Heere an der Grenze einander gegenüber. Während der Kaiser sich der Ruhe überließ, suchte König Rother das feindliche Lager und das Zelt des Königs Imelot auszuspähen, und noch in derselben Nacht, während ringsum alles schlief, schlich er sich mit seinem Kämpen zwischen den feindlichen Zelten hindurch bis vor das Königszelt, nahm Imelot gefangen und schlug den Widerstand der nun rings erwachenden Feinde mit so gewaltigen Streichen nieder, daß diese entsetzt zurückwichen. Dazu brach ein furchtbares Unwetter los, so daß die Babylonier, ihres Führers beraubt, in wilder Flucht davonstoben.

Am nächsten Morgen sah König Konstantin den König der Babylonier in seiner Gewalt, das feindliche Heer entflohen, und in seiner Freude, die nun ebenso groß war wie zuvor seine Verzagtheit, beauftragte er den Herzog Dietrich mit seiner Schar vorauszureiten und die Siegesbotschaft nach Konstantinopel zu bringen. Rasch entschlossen faßte König Rother sofort den Plan, die günstige Gelegenheit zu benutzen, die geliebte Oda zu entführen, und als Kaiser Konstantin eintraf, fand er die Fremden, in deren Führer er nun freilich König Rother erkennen mußte, mit seiner Tochter davongesegelt. Rother gelangte glücklich nach Italien, hielt einen festlichen Einzug in seine Stadt Bari, und noch herrlicher war die darauf folgende Hochzeit mit Schön-Oda.

Grenzenlos war Kaiser Konstantins Wut über den Verlust seiner Tochter, und als sich ein listiger Spielmann erbot, ihm dieselbe mit List wiederzubringen, falls ihm der Kaiser nur Kostbarkeiten aller Art anvertrauen wolle, die er dort als Kaufmann billig feilbieten könnte, stellte ihm Konstantin seine ganze Schatzkammer zur Verfügung und verhieß ihm selbst noch eine hohe Belohnung. Der Spielmann entnahm den Schätzen, was er erforderlich meinte und segelte nach Bari.

Hier traf er es sehr günstig, denn König Rother war gerade auf einem Kriegszug abwesend. Der listige Grieche verband sein Fahrzeug mit dem Land durch eine leichte Bretterbrücke und stellte auf dem Schiff die Kostbarkeiten billig zum Verkauf aus. Bald gab es in ganz Bari keine Frau, kein Mädchen, die nicht zu dem Griechen gelaufen wäre, um dort einen kostbaren Schmuckgegenstand für einen Spottpreis zu kaufen. Nur ein unscheinbarer einfacher Stein war nicht zu kaufen. Es war das allerdings nur ein ganz gemeiner wertloser Kieselstein, den der Spielmann am Strand aufgelesen hatte, aber er fabelte von ihm, daß ihm die wunderbarsten Heilkräfte innewohnten, die aber nur in der Hand einer Königin wirksam seien.

Er hatte richtig gerechnet, denn dies kam nicht so bald zu den Ohren der gutherzigen und mildtätigen Königin Oda, als sie auch schon beschloß, die Ausstellung ebenfalls zu besichtigen und den Wunderstein womöglich zu erwerben. Der schlaue Spielmann wußte es so einzurichten, daß sie das zur sofortigen Abfahrt schon bereite Schiff allein betrat, und augenblicklich warf er die leichte Bretterbrücke ab und segelte mit seiner schönen Beute davon.

Als König Rother bald darauf aus dem Krieg zurückkehrte, war er natürlich sofort entschlossen, seine geliebte Gemahlin wiederzuholen. Nach kurzer Ruhe segelte er mit auserlesener Mannschaft wieder nach Konstantinopel, verbarg die Schiffe in einer waldumwachsenen Meeresbucht in der Nähe der Stadt, hieß die Gefährten im Wald seiner harren und begab sich mit nur zwei Begleitern in Pilgerkleidung in die Burg, um eine günstige Gelegenheit zu Odas Entführung zu erspähen. Zu seinem höchsten Erstaunen sollte hier soeben die Hochzeit Odas mit dem häßlichen König Imelot von Babylon gefeiert werden, und die drei Pilger fanden ungehindert Eintritt in die Halle, wo das große Festmahl gehalten wurde. Sie wurden aber erkannt, überwältigt, gebunden und stehenden Fußes aus der Stadt geführt, um sogleich gehängt zu werden. Zu Odas Verzweiflung schien Rettung unmöglich.

König Rother hatte sich jedoch während seiner vormaligen langen Anwesenheit in Konstantinopel viele Freunde erworben, welche diese Gewalttat nicht dulden wollten. Schon waren die Gefangenen unter dem Galgen angekommen, da kamen jene ihnen zu Hilfe, und nun brachen auch Rothers Gefährten aus dem Wald hervor und schlugen drein. Da gab es denn bald keinen Widerstand mehr. Imelots feiger Sohn wurde gefangen und gehängt, und Imelot selbst ließ alles im Stich und ergriff mit den Seinigen die Flucht. Die Befreier drangen in die Stadt, und wohl oder übel mußte nun Kaiser Konstantin gute Miene zum bösen Spiel machen und in die Wiedervereinigung der Gatten willigen.

WALTER UND HILDEGUNDE

Einst zog der mächtige König Etzel von Hunnenland raubend und plündernd durch die deutschen Lande. Zahllos wie der Sand am Meer und die Sterne am Himmel war sein Aufgebot. Da an Widerstand nicht zu denken schien, beeilten sich alle durch freiwillige Unterwerfung die drohende Gefahr abzuwenden. So kam er nach Worms, wo damals Gibich als König der Franken saß. Auch Gibich hielt es für richtiger, Zins und Geiseln zu geben, als das Kriegsglück mit dem überlegenen Feind zu versuchen. Da sein Sohn Gunther noch in den Windeln lag, bestimmte er, daß ein jugendlicher Verwandter, Hagen von Tronje, als Geisel zu Etzel gehen sollte. Von Worms zog der Hunnenkönig nach Westen ins Land der Burgunden, über die König Heririch gebot, der Vater der lieblichen Hildegunde. Auch dieser kaufte sich durch Schatzung frei und gab sein Töchterchen dem fremden Eroberer zur Erziehung mit. Durch ganz Frankreich bis an die Grenze der Pyrenäen, wo die Aquitanier unter König Alpher ihre Sitze hatten, ergossen sich die hunnischen Scharen. Wie hätten die Aquitanier Widerstand versuchen sollen, wo sich die ruhmreichen Franken und Burgunden ohne Schwertstreich gebeugt hatten? So mußte denn Alphers Sohn Walter seines Vaters Hof verlassen und in die Verbannung zu König Etzel ziehen. Es waren aber Walter und Hildegunde von ihren Vätern in früher Jugend miteinander verlobt worden.

Nachdem Etzel von seinem Kriegszug ins Hunnenland zurückgekehrt war, befahl er, daß die drei Fürstenkinder mit größter Sorgfalt aufgezogen würden. Die beiden Jünglinge Walter und Hagen wurden in allen ritterlichen Tugenden unterwiesen und übertrafen bald die stärksten Hunnen an Kraft und Gewandtheit. Hildegunde aber wuchs unter der Obhut von Etzels Gemahlin Helche zur blühenden Jungfrau heran und fand solche Gnade vor den Augen ihrer Herrin, daß sie zur Schaffnerin über die Schätze der Hofburg gesetzt wurde und ein Ansehen fast wie die Königin selbst genoß.

Inzwischen starb König Gibich und ihm folgte auf dem Thron sein inzwischen zum Mann herangewachsener Sohn Gunther. Dieser wollte nichts von dem Vertrag mit den Hunnen wissen, sondern weigerte sogleich die Zinszahlung. Kaum hatte Hagen dies vernommen, als sein Entschluß, in die Heimat zu entfliehen, gefaßt war. Ehe die Hunnen sich's versahen, war er bei Nacht und Nebel davongewichen. Vorsichtig mahnte die Königin Helche ihren Gemahl, auf Walter bessere Acht zu geben und ihn durch Ehebündnis mit einer Hunnenfürstin fester an seine Sache zu ketten. Aber Walter erklärte rundweg, als ihm Etzel solches Angebot machte, daß er nichts von Liebe und Frauendienst wissen wolle. In der Männerschlacht werde er seinem Herrn wie bisher in aller Treue dienen.

Einst kehrte Walter von glücklicher Kriegsfahrt ruhmbedeckt an Etzels Hof zurück. Da traf er Hildegunde, wie sie in der Halle allein war und küßte sie auf den Mund und sprach: »Hildegunde, du weißt, daß wir zwei durch unserer Väter Willen zusammengehören. Kannst du ein Geheimnis hüten?« Errötend beteuerte Hildegunde, daß sie im tiefsten Herzen bewahren werde, was er verlange. Da flüsterte der Held der Jungfrau leise ins Ohr: »Schon lange steht mein Sinn darauf, aus der Fremde ins liebe Vaterland zurückzufliehen. Nur der Gedanke an dich hat mich hier festgehalten. Aber wenn du die Beschwerden der Fahrt mit mir teilen willst« – hier nickte die Jungfrau bestätigend – »so gebrauche dein Amt und nimm aus des Königs Rüstkammer seinen Helm und Waffenrock und Panzer! Auch sollst du zwei Schreine, von oben bis unten mit Gold gefüllt, mitbringen und vier Paar starke Schuhe für mich und ebensoviele für dich zur langen Wanderung beschaffen. Wenn du schließlich noch einige Angelhaken besorgst, soll es uns auf der Flucht an Fischen nicht fehlen; ich selbst will für dich Fischer und Vogelsteller zugleich sein. Heute über acht Tage gebe ich dem König und seinen Mannen das Siegesfest. Da wollen wir, wenn die andern vom Wein überwältigt sind, die Reise antreten.«

Die Stunde des Gelages war gekommen und Walter sorgte wahrlich dafür, daß der Wein an seinen Gästen nicht gespart wurde. Als es Mitternachtsstunde war, lagen der König und alle die hunnischen Edelinge in sinnlosem Rausch am Boden. Und wenn Walter den Feuerbrand in den Saal geschleudert hätte, keiner würde es gemerkt haben. Nun gab Walter Hildegunde einen Wink und diese brachte die Dinge herzu, die jener verlangt hatte. Walter aber zog aus dem Stall sein Roß, genannt »der Löwe« und hängte ihm die beiden mit Gold gefüllten Schreine um. Dann wappnete er sich vom Scheitel bis zur Sohle in Erz, band an seine linke Seite das gewaltige Schwert, an die rechte das kurze Schlachtmesser und nahm zum Schluß Schild und Lanze. So machten sich die beiden auf den Weg, die Jungfrau das Roß am Zügel führend, Walter in vollem Waffenschmuck nebenherschreitend. Nachdem sie die ganze Nacht hindurch ihre Wanderung fortgesetzt hatten, verbargen sie sich bei Tagesanbruch im dichten Gehölz, um sich ihren Verfolgern zu entziehen. So hielten sie es viele Tage lang. Bewohnte Stätten umgingen sie in weitem Bogen, und die Jungfrau fuhr schon beim leisesten Geräusch zusammen, und wenn auch nur der Wind im Holz wehte oder ein Vögelchen im Gebüsch raschelte.

Das war ein arger Schrecken, als Etzel von schwerem Rausch erwachte und seinen Walter nirgends erblickte. Die Königin Helche, die ebenso ihre Hildegunde vermißte, ahnte sofort, was geschehen sei, und brach in laute Klage aus, daß das Hunnenreich seine festeste Stütze, seinen kernhaftesten Recken verloren habe. Was nützte es nun, daß Etzel in wahnsinnigem Schmerz sein Gewand zerriß und einen ganzen Tag lang Speise und Trank verschmähte! Was nützte es, daß er in schlafloser Nacht sein Hirn zermarterte, wie er die Flüchtigen wieder einbringen könne! Wer ihm Walter gefesselt überliefere, so versprach er endliche den Hunnen, der solle soviel Geld zum Lohn habe, daß er auf der Erde stehend von oben bis unten damit bedeckt werden könne. Aber keiner von seinen Dienern verspürte Lust, sich den Preis zu verdienen, denn Walters Stärke war ihnen nur zu bekannt.

Vierzig Tage waren schon verflossen seit Walter und Hildegunde von Etzels Hof entwichen waren. In unermüdlicher Wanderung hatten sie die deutschen Lande durchkreuzt und gelangten nun and den Rhein, da wo er seine grünen Fluten an der Stadt Worms vorbeidrängt. Hier ließen sie sich von dem Fährmann übersetzen und gaben ihm zum Entgelt Fische, die Walter jüngst mit seiner Angel gefangen hatte. Der Schiffsmann eilte mit den Fischen zur Stadt, um sie dem Koch für die königliche Tafel zu übergeben. Als man Gunther die Speise vorsetzte, wunderte sich dieser und meinte, solche Fische gebe es, soviel er wisse, nicht in seinem Reich. Nun wurde der Fährmann herbeigerufen, und dieser erzählte dem König von dem seltsamen Paar, das er über den Rhein gesetzt habe, dem stattlichen Ritter und der holdseligen Jungfrau. Auch vergaß er nicht, der beiden geheimnisvollen Schreine Erwähnung zu tun, die das Roß getragen und in denen es wie von Gold und Edelstein geklungen hätte. Als Hagen solche Worte hörte, sprach er freudig: »Freuet euch mit mir! Mein Jugendfreund Walter ist aus dem Hunnenland zurückgekehrt.« Doch voll Übermutes rief Gunther: »Freuet euch auch mit mir, ihr Männer! Der Schatz, den einst mein Vater Gibich dem König Etzel als Zins zahlen mußte, ist jetzt durch Gottes Güte wieder in unser Land gekommen.« Damit sprang er auf und befahl, daß zwölf seiner Recken sich wappneten und mit ihm gegen Walter ausritten. Auch Hagen sollte zu den Begleitern gehören. Dringend beschwor dieser den König, nicht die Hand nach unrechtem Gut auszustrecken. Aber Gunther blieb gegen alle Bitten taub; es war, als wolle er mit Gewalt in sein Unglück rennen.

Walter und Hildegunde hatten inzwischen den Wasgenwald erreicht und in einer Schlucht am Wasichen- oder Wasgenstein einen sicheren Zufluchtsort gefunden, wo sie sich der nötigen Ruhe hingeben konnten. Am Morgen wurde Walter dort von Hildegunde geweckt, denn sie hatte eine Reiterschar daherkommen sehen, die sie für verfolgende Hunnen hielt, die Walter aber gleich für Franken und unter ihnen seinen alten Freund Hagen erkannte.

Noch einmal ermahnte Hagen den König, vom Kampf abzustehen und friedlichen Vergleich zu suchen. Vergebens, der König wollte den ganzen Schatz und ließ ihn durch einen Boten fordern. Walter bot erst hundert, dann zweihundert Goldspangen, doch vergebens und so mußte denn der Kampf beginnen, von dem Hagen aber abstand und grollend seitwärts ging.

Die enge Schlucht erlaubte nur den Einzelkampf Mann gegen Mann und ein Held nach dem andern, von denen jeder eine andere Kampfesweise übte, fiel unter den Streichen des ebenso starken wie gewandten Helden Walter. Endlich war nur Gunther noch übrig, doch er wagte den Kampf nicht, sondern entwich zu dem noch immer seitwärts grollenden Hagen. Ihn bat er kniefällig um Hilfe und da unter den Erschlagenen auch ein Neffe Hagens sich befand, so ließ sich Hagen endlich erweichen. Er meinte aber, dem Freund nur auf freiem Feld bestehen zu können, und scheinbar machte er sich mit Gunther auf den Rückweg, um Walter aus der engen Schlucht zu locken. Dieser rüstete denn auch wirklich nach einiger Zeit zur Weiterreise.

Nicht lange aber war er mit Hildegunde und den erbeuteten Pferden gezogen so nahten Gunther und Hagen zum Streit. Alle drei sprangen von den Rossen, und der Kampf begann. Vom Frührot bis zur Mittagsglut tobte das wütende Gewimmel. Da nahm Walter seine ganze Kraft zusammen, schleuderte auf Hagen seinen Speer, der aber dessen Panzer nicht durchdrang und stürmte auf den König ein, dem er mit furchtbarem Hieb den Schenkel von der Hüfte trennte. Schon wollte er ihm nun den Todesstreich versetzen, da warf sich Hagen dazwischen und fing mit seinem Haupt den Hieb auf, und an seinem hartgeschmiedeten Helm sprang Walters Schwert in Stücke. Zugleich trennte ein Hieb Hagens die rechte Hand Walters vom Arm. Doch Walter, der fürchterlichen Wunde nicht achtend, warf den Schild vom linken Arm auf den Stumpf des rechten, riß mit der linken Hand sein krummes Hunnenschwert heraus, das er als Notbehelf mitgenommen und zog es Hagen durch das Gesicht, so daß diesem das rechte Auge ausgeschlagen und Wange und Gebiß gespalten werden.

Das war des Kampfes Ende, denn sie hatten nun alle drei vollauf genug. Hildegunde stillte mit Gras und Kräutern die Blutung der Wunden, dann setzten sie sich versöhnt beieinander nieder und Hildegunde kredenzte ihnen den Labetrunk. Völlig versöhnt hoben sie danach den am schwersten verwundeten König Gunther auf sein Roß, und dieser ritt, unterstützt von Hagen ohne Groll nach Worms. Walter aber, der von diesem Kampf auch Walter von Wasichenstein genannt wurde, setzte mit Hildegunde die Reise nach Aquitanien fort, wo sie mit großem Jubel empfangen wurden. Hier machten sie fröhliche Hochzeit, und Walter waltete nach dem Tod seines Vaters noch dreißig Jahre lang segensvoll der Herrschaft.

DIE NIBELUNGEN

DER JUNGE SIEGFRIED. Es herrschte in Niederland ein König Siegmund aus dem Geschlecht der Wölsungen, die ihre Abstammung von Odin, dem Vater der Götter und Menschen, ableiten. Er hatte einen Sohn Siegfried, welcher die Götterkraft seiner Ahnen geerbt zu haben schien, denn an Mut und Stärke kam ihm niemand gleich. Sein Sinn war daher auch nicht auf ein ruhiges Fürstenleben, sondern auf Taten und Abenteuer gerichtet, und jung schon verließ er die Burg seiner Eltern und ging in die Welt.

Auf seiner Wanderung kam er an der Schmiede des Meisters Mimer vorüber und sah der Arbeit zu. Das schien ihm eine lustige Beschäftigung und er fragte deshalb den Meister, ob er ihn nicht in seinen Dienst nehmen und das Schmiedehandwerk lehren wolle. Dem Meister gefiel der kraftstrotzende Jüngling, und er war es zufrieden. Aber schon die Probe machte ihn wieder bedenklich, denn Siegfried schlug so gewaltig drauflos, daß das Eisen in Stücke flog und der Amboß halb in die Erde hineinfuhr. Es zeigte sich auch bald, daß mit dem Jüngling übel hausen war. Jede, auch die kleinste Unbill vergalt er durch harte Schläge, sowohl an den Gesellen wie an dem Meister selbst, und so war es kein Wunder, daß sie ihm gram wurden und sich seiner zu entledigen, zugleich aber auch sich an ihm zu rächen suchten.

Arglistig schickte ihn Mimer mit einem Auftrag an einen Köhler in den Wald, beschrieb ihm den Weg dahin aber so, daß er an einem Teich vorüber kommen mußte, in welchem scheußliche Drachen hausten, die ihn sicherlich umbringen würden. Siegfried jauchzte über diese Fahrt in den wilden Wald, schmiedete sich aber zuvor ein tüchtiges Schwert, um jedes Abenteuer bestehen zu können, das ihm begegnen sollte, und wanderte dann sorglos stundenlang in die Wildnis hinein. Endlich sah er aus dem Dickicht den Rauch des Köhlerfeuers aufsteigen, gelangte zugleich aber auch an den Teich, in welchem sich ein scheußliches Durcheinander von Drachenleibern wälzte, die giftig gegen ihn anfuhren.

Das schien dem Jüngling das höchste Vergnügen, und ohne sich einen Augenblick zu bedenken, schlug er so gewaltig darauf los, daß die Drachen heulend in ihren Sumpf zurückfuhren. Nun riß Siegfried trockene Bäume aus, die er über sie warf, so daß der ganze Sumpf davon bedeckt wurde, lief dann nach der Köhlerhütte, holte einen Feuerbrand und zündete die Bäume an. Es wurde ein ungeheures Feuer, unter dem die Drachen elendiglich ersticken mußten; ihr Geheul wurde schwächer und schwächer und verstummte endlich ganz. Da sah Siegfried das geschmolzene Drachenfett wie ein Bächlein herausfließen, tauchte einen Finger hinein und fand, daß sich dieser augenblicklich mit einer dicken Hornhaut überzog, die er nicht einmal mit dem scharfen Schwert zu ritzen vermochte. Das war eine schöne Gelegenheit, sich einen natürlichen Panzer zu verschaffen. Er entkleidete sich und badete seinen ganzen Körper in dem Drachenfett, der auf diese Weise sich sofort mit einer undurchdringlichen Hornhaut bekleidete. Nur eine kleine Stelle zwischen den Schultern blieb frei, weil ein

Lindenblatt darauf gefallen und da kleben geblieben war. Das war nun die einzige Stelle an seinem Körper, wo er verwundbar war, und man nannte ihn in der Folge nur den gehörnten oder hörnernen Siegfried.

Nachdem er sich ein wenig geruht hatte, ging er wieder zu dem Köhler und richtete den Auftrag von Meister Mimer aus. Dann ließ er sich von ihm den Weg in das nicht ferne Nibelungenland beschreiben, dessen Eingang von einem furchtbaren Lindwurm bewacht wurde. Auch diesen erlegte er nach hartem Kampf, und so fürchterlich war der Lärm des Streites mit dem Ungeheuer, daß die beiden Könige der Nibelungen entsetzt aus ihrer Felsenhöhle hervorkamen, wo sie gerade mit der Teilung ihrer unermeßlichen Schätze beschäftigt gewesen waren und nicht einig werden konnten. Staunend erblickten sie einen jungen Recken als Sieger über ihren fürchterlichen Wächter, wie er den toten Lindwurm mit den Augen maß, und riefen ihn zum Schiedsrichter in ihrem Hader um die Schätze auf, wogegen sie ihm das unübertreffliche Schwert Balmung verehren wollten. Als Siegfried das Schwert erhalten, das er mit höchstem Entzücken sausend durch die Luft schwang, ließen die Könige ihre Schätze aus den Felsenhöhlen heraustragen, und nie hatte Siegfried so unermeßlichen Reichtum geschaut. Er teilte nun ganz gerecht, dennoch glaubte sich jeder der beiden Fürsten benachteiligt, und sie fingen mit dem Schiedsrichter so heftig zu hadern an, daß Siegfried zornig wurde und in seinem Grimm beide mit dem neuen Schwert erschlug.

Nun aber trat der zauberkundige Zwerg Alberich, der Freund und Schatzmeister der Nibelungenkönige als

Kämpfer auf, und da er sich mit Hilfe einer Nebel- oder Tarnkappe unsichtbar machen konnte, so hatte Siegfried einen schweren Stand, weil er seinen Gegner nicht sah und nicht wußte, woher dessen Streiche kamen. Endlich aber erwischte er den Zwerg dennoch, entriß ihm die Tarnkappe und zwang ihn nun, ihm als König der Nibelungen die Treue zu schwören.

So wurde Siegfried König der Nibelungen und Herr des unermeßlichen Nibelungenschatzes, und da er nun mit seinen Recken viele Fahrten unternahm, so war er bald als der gehörnte Siegfried weit und breit berühmt und gefürchtet.

KRIEMHILD UND BRUNHILD. Danach begab sich Siegfried auch einmal wieder nach Niederland zu seien Eltern und hörte hier viel von der schönen Kriemhild, der Schwester des Burgundenkönigs Gunther zu Worms. Da faßte er den Entschluß, Kriemhild als Gemahlin zu gewinnen, und mit königlich ausgestatteter Begleitung ritt er gen Worms, wohin sein Ruhm auch längst schon gedrungen war. Wohl aufgenommen von König Gunther und den Seinen, unter denen Gunthers Brüder Gernot und Giselher sowie ihr Oheim, der gewaltige, finstere Hagen besonders hervorragten, zeigte sich Siegfried gar bald als aller Meister an Kraft und Gewandtheit. Auch hatte das Gerücht von der Schönheit der Burgundentochter nicht gelogen, und es wurde bald merkbar, daß der gewaltige Recke mit dem Goldhaar und den leuchtenden Sonnenaugen auch der schönen Kriemhild nicht gleichgültig blieb. Dennoch wagte er noch nicht, um ihre Hand zu werben, sondern er wollte sich ihren Bruder, den König Gunther erst durch Dankbarkeit verpflichten.

Die Gelegenheit fand sich. Fahrende Sänger wußten viel zu melden von einer nordischen Heldenjungfrau Brunhild von Isenland, die es allen Männern an Kraft und Geschicklichkeit in der Führung der Waffen zuvortat und deshalb nimmer gewillt war, eines Mannes Weib zu werden, es sei denn, daß er sie im Wettkampf besiegen würde; und vermöchte er dies nicht, so müßte er sterben, was schon so manchem verwegenen Recken geschehen wäre. König Gunther trug alsbald Verlangen an den Gewinn dieser Heldenjungfrau Leib und Leben zu setzen. Alle rieten davon ab, selbst der grimme Hagen glaubte das Wagnis nur unternehmen zu können, wenn Siegfried seine Hilfe dazu leihe. Dieser war gleich bereit dazu, doch stellte er die Bedingung, daß ihm Gunther nach glücklich vollbrachter Fahrt, seine Schwester Kriemhild zum Weib gebe. Mit Freuden willigte Gunther ein und so wurde denn die Fahrt nach Isenland beschlossen, an welcher auf Siegfrieds Rat nur vier Recken, König Gunther, Siegfried, Hagen und dessen Bruder Dankwart teilnehmen sollten.

Prachtvoll ausgerüstet fuhren die vier Helden auf einem guten Schiff den Rhein hinunter und über die See und gelangten nach zwölftägiger glücklicher Fahrt nach Isenland. Bei Brunhilds Anblick mußte selbst Hagen bekennen, daß die schwarzlockige königliche Jungfrau wohl des schwersten Kampfes wert sei. Nicht besonders freundlich wurden die Fremden von Brunhild empfangen, als sie den über alle stolz hervorragenden Siegfried zuerst begrüßte und von diesem enttäuscht wurde, daß nicht ihm, der nur ein Lehnsmann sei, sondern König Gunther der erste Gruß gebühre, der gekommen sei, um ihren Besitz mit ihr zu kämpfen. Stolz verächtlich glitt ihr dunkles Auge über den König hin, und als nun vier Männer den Schild herbeitrugen, drei andere einen mächtigen Speer, und gar ihrer zwölf einen ungeheuren Stein, die als Waffen des Kampfes dienen sollten, entsank Gunther der Mut. Doch Siegfried tröstete ihn, machte sich mittels der Tarnkappe unsichtbar, und während vor den Augen aller Anwesenden König Gunther den Speer stärker warf, den Stein weiter schleuderte und weiter darüber hinsprang als Brunhild, war es in Wirklichkeit Siegfried, der die hünenhafte Jungfrau überwand.

Brunhild mußte sich als besiegt bekennen, alle ihre Mannen dem König Gunther als ihrem neuen Herrn den Treueid schwören lassen und dem Sieger nun nach Worms folgen. Dennoch ergab sie sich noch nicht so ohne weiteres, und auch hier mußte Siegfried erst wieder unsichtbar helfend eintreten, um sie zu bändigen und ihr zu beweisen, daß der mit ihr ringende Gunther ihr an Kraft überlegen sei. Und wieder war es natürlich nicht Gunther, sondern Siegfried, der sie überwand und ihr Ring und Gürtel entriß. Da erst ergab sie sich, obwohl sie den aufsteigenden Verdacht nicht abweisen konnte, daß da ein Geheimnis obwalte, welches sie jedoch nicht zu durchdringen vermochte und auch sonst niemand ahnte; auch sah sie ja deutlich, daß Siegfried keineswegs ein Lehnsmann des Königs Gunther war, als den er sich in Isenland bescheiden ausgegeben hatte.

Eine glänzende Doppelhochzeit war der Schluß dieser Brautfahrt, denn auch Siegfrieds Werbung um Kriemhild wurde nun mit Jubel begrüßt, und er führte seine Gattin nach seiner Heimat Niederland. –

Jahre vergingen. Da geschah es, daß bei einem Besuch, den Siegfried und Kriemhild am Hof von Burgund machten, die beiden Königinnen in Streit gerieten über die Vorzüge ihre Männer und über die Frage, welcher von ihnen beiden der Vortritt gebühre. Der Streit artete in einen bitterbösen Zank aus, in welchem Brunhild ihre Gegnerin das Weib eines Lehnsmannes schalt, die ihrer Königin Brunhild Ehrfurcht schuldig sei. Außer sich über diese Zurücksetzung sprudelte Kriemhild das Geheimnis heraus, welches über der Niederlage der hünenhaften Nordländerin schwebte, und zum Beweise dessen hielt sie ihr den ihr von Siegfried entrissenen Ring und Gürtel vor Augen. Diese unerhörte öffentliche Beschimpfung der Frauenehre Brunhilds empörte selbst den König Gunther, und er forderte Siegfried zur Rechenschaft. Allerdings wußte sich dieser zu reinigen, denn er habe Kriemhild in vertraulicher Stunde nur erzählt, daß er Gunther bei seiner Werbung um Brunhild geholfen und müsse sich nun seiner Gattin schämen, und König Gunther und alle anderen gaben sich damit zufrieden und erkannten den Helden als völlig schuldlos. Nicht so aber Brunhild, denn Ring und Gürtel bestätigten den längst in ihr erwachten Verdacht, und sie durchschaute nun den Betrug, den Gunther und Siegfried an ihr verübt hatten.

Siegfrieds Tod. Nur finstere Rachepläne füllten jetzt das Herz, der in ihrer Frauenehre aufs tiefste verletzten Brunhild, und sie fand einen Bundesgenossen in dem grimmen Hagen, der ebenfalls von dem gespielten Betrug überzeugt war, da er zwar von einer Beihilfe Siegfrieds in dem Kampf mit Brunhild nichts gesehen hatte, die Kraft der Tarnkappe aber wohl kannte. Die Schmach, welche Brunhild von Siegfried angetan worden, konnte nur mit Blut abgewaschen werden: Siegfried mußte sterben. Unablässig trieb Hagen den König dazu an, lockte den schwachen goldlüsternen Gunther auch mit dem Nibelungenschatz, der dann in seine Schatzkammer fließen müßte, und da er selbst die grausige Tat auf sich nehmen wollte, so brachte er Gunther endlich dahin, daß er zustimmte und der Tod Siegfrieds beschlossen wurde.

Der verruchte Plan wurde ins Werk gesetzt. Falsche Boten mußten von den Sachsenkönigen Krieg ansagen, und nun wurde zum Schrecken der Frauen gerüstet. Besonders sorgenvoll war Kriemhild, denn eine böse Ahnung sagte ihr, daß sie den geliebten Mann bald verlieren würde. In dieser Sorge war sie glücklich, als der arglistige Oheim sich erbot in dem Kampf ein wachsames Auge auf Siegfried zu haben, und er wußte die Arglose dahin zu bringen, daß sie ihm die einzige Stelle verriet, wo Siegfried verwundbar war, und auch versprach diese Stelle auf seinem Gewand mit einem Kreuzchen zu bezeichnen. Schon war man zum Auszug bereit, da kamen wieder falsche Boten und brachten den Frieden. Waffen und Rüstzeug wurden nun in die Rüstkammern zurückgebracht und die Jagdgeräte hervorgesucht, denn nun sollte die Recken wenigstens eine große Jagd im Odenwald entschädigen.

Große Vorräte wurden in den Wald hinaus geschafft, aber auf Hagens geheime Anordnung der Wein zu Hause gelassen. Groß war die Jagdbeute und auch hier mußte Siegfried wieder der Preis zuerkannt werden. Da der Wein fehlte, so mußte der Durst mit Wasser gelöscht werden. Hagen wußte eine klare Quelle und dahin sollten nun alle ziehen, Gunther, Siegfried und Hagen vorauf. Im Wettlauf erreichten die drei Recken die Quelle, und nachdem Gunther zuerst getrunken, bückte sich Siegfried zum Wasser nieder. Da trat Hagen, der zuvor Siegfrieds abgelegte Waffen heimlich entfernt hatte bis auf den Schild, der zu des Helden Füßen lag, hinter ihn, ersah das Kreuzchen auf dem Gewand und warf mit kraftvoller Hand den Speer in des Helden Rücken, daß ein Blutstrom hoch aufschoß. Wohl ergriff der todwunde Mann seinen Schild und schlug Hagen damit nieder, aber der Schild entfiel der schon kraftlosen Hand und sterbend sank er zur Erde. Den Tag der Rache prophezeiend an Hagen und dem ganzen Burgunderhaus, das in Blut versinken würde, da seine Fürsten die Ehre vergessen und die Treue gebrochen, verschied der Held.

Groß war die Trauer um ihn, unsäglich der Schmerz Kriemhilds. Daß Brunhild die Tat angestiftet und Hagen die Tat vollbracht, war jedem klar, und der finstere Hagen leugnete es auch gar nicht, sondern rühmte sich dessen noch, und es war dem schrecklichen Mann gleichgültig, daß ihm jeder scheu auswich. Nachdem der tiefste Schmerz überwunden, versöhnte sich Kriemhild zwar mit ihrem Bruder Gunther, dachte aber Tag und Nacht nur daran, wie sie Siegfrieds Tod an den Schuldigen, Hagen voran, rächen könnte. Sie blieb in Worms, um Siegfrieds Grab nahe zu sein, ließ auch den Nibelungenschatz dahin bringen, aus dem sie mit vollen Händen reiche Gaben spendete und sich damit einen großen Anhang gewann. Das sah Hagen mit Besorgnis, doch sein Andringen, daß der König solchem

Beginnen Einhalt tun sollte, wies Gunther ab, da die Witwe Siegfrieds mit ihrem Eigentum schalten könne, wie sie wolle. Zwar wußte Hagen einen großen Teil des Schatzes zu rauben und versenkte ihn in den Rhein, aber Kriemhilds Durst nach Rache vermochte er damit nicht zu vermindern.

Kriemhilds Rache. Wieder vergingen Jahre, da kam eine Gesandtschaft des Hunnenkönigs Etzel nach Worms, geführt von dem edlen Markgrafen Rüdeger von Bechlarn, und warb um die Hand der Witwe Siegfrieds für ihren König, dessen Gattin Helche vor mehr als Jahresfrist gestorben war. Lange weigerte sich Kriemhild, doch der Gedanke, als allgewaltige Hunnenkönigin ihren Rachedurst an Hagen kühlen zu können, ließ sie endlich zustimmen. Wohl ahnte Hagen den wahren Grund der Annahme des Antrags, wohl suchte er es ihr dadurch zu erschweren, daß er nun auch noch den ganzen Rest des Nibelungenschatzes raubte, und in den Rhein versenkte, aber auch ohne diesen war Kriemhild noch reich genug, um sich nun erst recht nicht beirren zu lassen. Markgraf Rüdeger geleitete sie in das Hunnenland, und einer großen Königin würdig wurde sie an der Grenze von König Etzel eingeholt. Nach den großartigen Hochzeitsfeierlichkeiten widmete sich Kriemhild ganz ihren königlichen Pflichten. Ein Söhnlein Ortlieb entsproß dieser Ehe, ein zarter Knabe, der Liebling der Eltern.

Trotz allem verlosch das Andenken Siegfrieds nicht in Kriemhilds Herzen, obgleich dies niemand ahnte als der Held Dietrich von Bern, der zur Zeit aus seinem Land vertrieben, mit seinem Waffenmeister Hildebrand und einer Schar anderer Recken am Hof Etzels eine Zuflucht gefunden hatte. Nur er ahnte auch, was es zu bedeuten hatte, als Etzel auf betreiben Kriemhilds eine Gesandtschaft nach Worms schickte und ihre Brüder mit den Burgunder Rekken zum Sonnenwendfest einladen ließ, und er hoffte, daß sie dieser Einladung nicht folgen würden.

Auch in Worms war einer, der dringend vor der Rache Kriemhilds warnte, auf die es mit dieser Einladung abgesehen sei, das war Hagen; aber er wurde überstimmt und die Fahrt ins Hunnenland beschlossen. König Gunther, seine Brüder Gernot und Giselher, der Spielmann Volker, ein Hagen fast gleichstehender gewaltiger Held, und alle Burgunden-Recken, für die nach und nach der Name Nibelungen aufgekommen war, achteten der Warnung Hagens nicht, so daß auch dieser sich endlich dazu bereit erklärte, damit man ihn nicht etwa der Furcht zeihe. Auf seinen Rat sollten aber tausend Recken und zehntausend Knechte als Begleitung mitgenommen werden.

Die Heerfahrt, wie man diese verhängnisvolle Besuchsreise wohl nennen kann, ging über die Donau zunächst nach Bechlarn zu Markgraf Rüdeger, wo man für mehrere Tage die gastliche Aufnahme fand. Nicht minder freundschaftlich empfing König Etzel die Verwandten, denn er wußte und ahnte nichts von Kriemhilds Anschlägen. Der Empfang von seiten der Königin schien sofort die Ahnungen Hagens zu bestätigen, noch mehr die Warnungen, welche Dietrich von Bern den Freunden nicht glaubte vorenthalten zu dürfen. Und in der Tat wurde schon vor dem Sonnenwendfest ein nächtlicher Überfall der schlafenden Burgunden versucht, jedoch durch die Wachsamkeit Hagens und Volkers vereitelt.

Nun kam das Sonnenwendfest. Während die Helden in der großen Königshalle der Etzelburg beim Mahl saßen, wurde draußen das Lager der Knechte, welches von Hagens Bruder Dankwart behütet wurde, von einer ungeheuren Übermacht überfallen und alles schonungslos niedergemetzelt, so daß nur Dankwart entkam und den Gefährten in der Königshalle die Schreckenskunde melden konnte. Da fuhr Hagen jäh in die Höhe, hieb mit einem Streich dem Knaben Ortlieb das Haupt ab und ließ dann Siegfrieds Schwert Balmung, das er sich angeeignet hatte, auf die Hunnen niedersausen. Die Gefährten folgten seinem Beispiel und so begann ein furchtbares Gemetzel. Nur Dietrich von Bern und Markgraf Rüdeger mit ihren Recken erhielten freien Abzug, und in ihrem Schutz flüchteten auch Kriemhild und Etzel aus der Halle; alle übrigen fielen unter den Streichen der grimmigen Burgunden.

Nun wurde der Kampf allgemein. So oft aber auch Kriemhild neue Hunnenscharen herantrieb, sie vermochten nichts auszurichten, wenn auch mancher burgundische Recke ebenfalls seinen Tod fand. Da ließ Kriemhild die Halle in Brand stecken, aber die Burgunden hielten auch in den festen Mauern noch stand. Als endlich Markgraf Rüdeger von Etzel als sein Lehnsmann zum Kampf gegen die Freunde gezwungen wurde, und mit allen seinen Mannen erlag; als danach Dietrich von Berns Mannen gegen den Willen ihres Herrn zornmütig dreinschlugen und sämtlich ihren Tod fanden, da waren auch von den Nibelungenhelden nur noch zwei übrig: Gunther und Hagen. Da endlich griffen auch Dietrich selbst und der alte Hildebrand zum Schwert, und nach gewaltigem Kampf wurden die schon müden beiden letzten Burgunden überwältigt und gebunden vor Etzel und Kriemhild geführt.

Die Nacht hindurch wurden sie gefesselt in den Turm geworfen. Am andern Tag ward Hagen in den Saal geführt, wo Etzel, Kriemhild und die Hunnenfürsten beim Mahl saßen. Da er auf keine Schmähreden der Königin Antwort gab, nur auf die Frage nach dem Verbleib des Nibelungenschatzes versicherte, daß dies niemand erfahren würde, so lange noch ein Burgundenkönig lebe, ließ die grimmige Kriemhild erbarmungslos ihren Bruder enthaupten und sein Haupt in den Saal bringen. Aber seinem König getreu bis in den Tod sprach nun der finstere Recke, daß der Schatz auf dem Grund des Rheines liege und dort ruhen solle, bis die Welten vergehen. Da bemächtigte sich der Königin sinnlose Wut, sie ergriff den Balmung und versetzte Hagen den Todesstreich. Ein Schrei des Entsetzens brach von aller Lippen. Der alte Hildebrand aber sprang herzu, zornflammend, daß Hagen, der gewaltigste Held von Weibeshand gefallen, und streckte Kriemhild mit der Schärfe des Schwertes nieder.

KÖNIG ORTNIT

Einst herrschte in Lamparten (Lombardei) ein gar mächtiger König, dessen Reich über ganz Italien, von den Alpen bis Sizilien sich erstreckte, und dem auch viele andere Könige und Fürsten untertan und zinspflichtig waren, besaß er doch die Stärke von zwölf ritterlichen Männern. Als er nun zur rechten Jugendblüte gelangt war, rieten ihm seine Getreuen, sich nach einer würdigen Gemahlin umzusehen. Da aber alle Könige diesseits des Meeres ihm zinspflichtig waren, so sagte endlich sein Ohm, der König Ylias von Reußen: »Ich wüßte wohl eine königliche Jungfrau, die würdig wäre, Krone in Lampartenland zu tragen; leider aber ist es mit ihr so bestellt, daß jeder, der um sie freite, bisher das Leben verloren hat. Ihr Vater ist Machorel von Montabur, der mächtige Beherrscher Syriens und Jerusalems, ein wilder Heide, der jeden Freier der schönen Sidrat zu Suders (Tyrus), seiner Hauptstadt, töten läßt. Schon zweiundsiebzig Köpfe edler Werber stecken bleichend auf den Zinnen von Montabur!«

Dies Wort seines Ohms ließ Ortnit nicht mehr ruhen, und trotz aller Ermahnungen beschloß er, im kommenden Frühling die Brautfahrt zu unternehmen. Wohl suchte seine edle Mutter ihn mit allen Mitteln, mit Bitten und Tränen, von der gefährlichen Fahrt zurückzuhalten. Als aber Ortnit fest auf seinem Willen bestand, da gab sie ihm seufzend eines Tages einen schlichten Goldreif und sprach: »Nimm diesen Ring; ein Zauber ist darin eingeschlossen, den man nicht um ein Königreich erkaufen möchte. Nun reite ins Gebirge bis zum See, dann hinab ins Tal bis zu einer mächtigen Linde, in deren Nähe ein heller Quell entspringt; dort wirst du ein großes Wunder erfahren. Versprich mir aber, dieses Goldringlein nun und nimmer jemand anders zu geben.«

Ortnit tat, wie ihm geheißen, und fand auch endlich den gesuchten Ort. Ermüdet von der langen Fahrt, band er sein Pferd an einen Ast der mächtigen Linde und wollte sich eben zum stärkenden Schlummer in ihren Schatten legen, da fiel sein Blick auf einen lieblichen, kaum siebenjährigen Knaben, der nicht weit von ihm inmitten duftiger Blumen lächelnd schlummerte. »Gewiß hat sich der Arme im Wald verirrt und weiß nicht, wie er sich zurückfinden soll«, dachte mitleidig Ortnit und machte sich daran, ihn vom Boden aufzuheben. Allein plötzlich bekam er einen so gewaltigen Stoß vor die Brust, daß er beinahe zu Boden gesunken wäre. Zugleich fühlte er sich so fest von dem Knaben umschlungen, daß ihm der Atem verging, und ein gewaltiges Ringen begann zwischen dem zwölfmännerstarken Recken und dem zarten Knaben. Wohl eine Stunde währte es, bis es Ortnit gelang, den Kleinen niederzuringen, und schon wollte er erzürnt das Schwert zücken, da bat jener in so flehentlichem Ton, ihn zu schonen, daß er nicht widerstehen konnte.

Der Wunderknabe versprach nun, ihm eine Rüstung zu schenken, die wie glitzerndes Gold erglänze, dazu das herrliche Schwert Rosen, das seinesgleichen auf der Welt nicht wiederfände. Er selbst aber, fügte er hinzu, sei Alberich, der König der Zwerge; sein Reich erstrecke sich weithin unter der Erde, und er besitze mehr Gold und Silber als selbst der reichste Fürst der Welt. Noch lange plauderte der Knabe und bat endlich auch, sich den Ring, den Ortnit trug, etwas genauer betrachten zu dürfen, wobei er ihm denselben zugleich schmeichelnd vom Finger zog. Plötzlich aber war der Kleine verschwunden; unter Spottreden flogen Ortnit von allen Seiten Steine entgegen, und seinen wütenden Schwerthieben folgten nur höhnende Worte. Schon wollte sich Ortnit zu seinem Roß begeben, da rief der unsichtbare Knabe: »Bleibe, Ortnit; wenn du dich nicht rächen willst, sollst du den Ring wiederhaben!«, und als der Held gern einwilligte, fühlte er den Ring sich an den Finger gestreift, und vor ihm stand lächelnd der Knabe: »Wisse, Ortnit, ich stehe dir näher, als du glaubst. Ich errang mir einst deiner Mutter Liebe, der ich in der Gestalt eines jungen Fürsten nahte, und sie ward mein Weib. Nur kurz aber währte unser Glück, bald mußte ich meine Elfengestalt wieder annehmen, und dieser Ring ist das einzige sichtbare Zeichen unseres Bundes. Wohl aber habe ich dir unsichtbar immer treu zur Seite gestanden in allen Kämpfen und will dir auch fernerhin redlich beistehen. Sobald du meiner einmal bedarfst, drehe das Ringlein, rufe: ›Alberich!‹ und ich werde erscheinen. Jetzt aber harre hier, daß ich dich rüste.«

Verwundert hatte Ortnit alles vernommen, und noch größer wurde sein Staunen, als geschäftige Zwerge ihm Rüstung und Waffen brachten, alles so glänzend, so herrlich, wie er sie nie geschaut. Alberich aber sprach: »Nun muß ich scheiden, lieber Sohn; beschirme Gott dich und deine edle, tugendreiche Mutter!« Damit war der Zwerg verschwunden, Ortnit aber ritt frohgemut von dannen und kam endlich wohlbehalten vor Garden an, wo man den strahlenden Ritter anfangs gar nicht erkannte und er erst nach manchem Abenteuer jubelnd begrüßt wurde. Seiner Mutter aber berichtete Ortnit getreulich alles, wie es ihm mit dem Ring ergangen sei.

Im nächsten Frühjahr segelte nun eine stattliche Flotte ab ins Heidenland, und schon am zwölften Tag wurden sie von einem Sturmwind ganz nahe an Suders getrieben und mußten dort notgedrungen die Anker auswerfen, obwohl eine Menge von Piratenbarken im Hafen lagen, die, wie der erfahrene Ylias fürchtete, bald ihre Schiffe bedrohen würden.

In dieser Not drehte Ortnit den Ring und rief: »Alberich!« und siehe, sogleich stand ihm dieser zur Seite und riet ihm, er solle sich für einen reichen Kaufmann ausgeben, der herrliche Schätze des Abendlandes mit sich führe und um die Erlaubnis zum Landen bitte. Seine Bitte werde ihm sicher erfüllt werden. So geschah es auch.

Alberich aber ging als Ortnits Bote zum König Machorel auf Montabur und sprach: »Höre, was dir mein Herr, der König Ortnit, entbietet. Du sollst ihm deine holde Tochter Sidrat zur Ehegenossin geben, und sie soll Königin über Lampartenland sein. Willfährst du ihm nicht, so will er deine Stadt Suders stürmen und hierher vor Montabur rücken, sich die Braut selbst zu erkämpfen.« Machorel jedoch schäumte vor Wut und warf einen zentnerschweren Stein gegen den Zwerg, der aber plötzlich verschwunden war und unsichtbar dem Heiden ein paar kräftige Streiche auf die Wangen gab, so daß er laut aufbrüllte vor Schmerz und Wut. Nachdem Alberich von seiner Botschaft Bericht erstattet hatte, führte er in der Nacht auf den heimlich losgeketteten feindlichen Barken Ortnits Gefolgschaft ans Land, und ehe noch der Morgen graute, standen achtzigtausend wohlgerüstete Helden vor der Stadt zum Sturm bereit. Ylias ergriff die gewaltige Sturmfahne mit einem goldenen Löwen als Zeichen, Ortnit zerhieb mit seinem Schwert Rosen das starke Stadttor, und hinein stürmten die Scharen. Doch die Heiden waren tapfere Männer, und ein blutiger Kampf erhob sich.

Schon waren fünftausend der Mannen des Ylias gefallen und dieser selbst durch einen Keulenschlag zu Boden geschmettert, da brach sich Ortnit ungestüm zu ihm Bahn, und bald vermochte sich Ylias wieder zu erheben und wütete nun entsetzlich. Alles, selbst Kinder und Wehrlose, hieb er nieder; dann zerschlug er die Bildsäulen der heidnischen Götter und ruhte nicht eher, als bis die Heiden sich zur Stadt hinaus retteten und das Löwenbanner aufgepflanzt war. Nachdem die Verwundeten auf die Schiffe gebracht waren, pflegten die ermüdeten Helden der Ruhe, um sich für den nächsten Tag zum Hauptsturm auf Montabur zu kräftigen.

Am frühen Morgen versammelte Ortnit sein Heer und feuerte es in mutigen Worten an. Alsdann ergriff Alberich die Sturmfahne, schwang sich auf ein Roß und ritt ungesehen dem staunenden Heer voran, das, sich bekreuzigend, rief: »Getrost, ein Engel vom Himmel selbst führt uns zum Kampf!« Nicht weit von der Burg machte das Heer halt, und sogleich begann ein gewaltiges Schießen und Werfen aus Schleudermaschinen auf die Christen, so daß Ortnit schon bange wurde. Da plötzlich wurden von unsichtbarer Hand die gefährlichen Maschinen von der Mauer in den

Graben hinabgestürzt, infolgedessen sich der Heiden banges Entsetzen bemächtigte, ja einzelne schon zur Übergabe rieten. Machorel aber tobte in wildem Zorn und schwor, nimmermehr seine Tochter dem Christenkönig zu geben.

»Was tobst du so?« ließ sich da plötzlich Alberichs Stimme hören, »mir müßtest du sie geben, wenn ich wollte, ja dir selbst könnte ich das Leben nehmen!« Damit faßte er Machorel mit aller Kraft in den Bart und zog ihn hin und her, so daß er vor Wut heulte, und obgleich viele Hände nach dem Zwerg griffen, niemand vermochte den Unsichtbaren zu fassen; er stand bereits wieder bei Ortnit und riet ihm, sich auf baldigen blutigen Kampf gerüstet zu halten.

Kaum graute der Morgen, da stürzten auch schon die Heiden heraus aus den Pforten, und ein gewaltiges Kämpfen begann. Unterdes flehte die schöne Sidrat in dem Heidentempel für ihren Vater; da fühlte sie sich plötzlich bei den Händen ergriffen und rief erstaunt: »Bist du es, Apollo, mächtiger Gott, der mich berührt?« Allein Alberich denn er war es – sagte: »Nicht Apollo ist es, sondern ein Bote des allein wahren Gottes, sieh, wie weit mächtiger er ist als deine Götter!« Damit warf er die steinernen und hölzernen Götterbilder um, daß sie dröhnend zu Boden stürzten, ergriff Sidrat bei der Hand und führte sie hinaus auf die Mauer, von welcher sich der Kampfplatz überschauen ließ. Hier sah die Jungfrau herrlich vor allen den starken Ortnit hervorragen, und als dieser eben auf ihren Vater eindrang, da rief sie erschreckt: »Mächtiger Geist, rette meinen Vater, und ich will dir gehorsam sein!«

Blitzschnell stand Alberich neben Ortnit und rief ihm zu: »Laß ab vom Kampf, bald stehst du am Ziel!« Da senkte Ortnit das Schwert, und es gelang Machorel, sich mit den Seinen in die Burg zurückzuziehen.

Während Ortnit seinen Kämpfern die wohlverdiente Ruhe gewährte, schwang sich Alberich wieder auf Montabur und fragte leise Sidrat: »Wann willst du mir zu meinem Herrn folgen?«

»Sobald du willst und ich unbemerkt entkommen kann!« war die Antwort. »So gehe zum Graben und bete dort zu den herabgestürzten Göttern!«

Sidrat tat, wie ihr geheißen; aber alsbald ergriff sie Alberich und trug sie im Nu zu Ortnit, der sogleich in stürmischer Eile dem Meer zusprengte. Jedoch, schon war die Flucht bemerkt worden; wütend jagte Machorel Ortnit nach und holte ihn auch an einem reißenden Bach ein, nachdem jener vorher kaum Zeit gefunden, die Jungfrau in einer nahen Höhle zu bergen. Allein stand der Held Hunderten gegenüber, und obwohl sein Schwert Rosen fürchterlich unter den Feinden mähte, versagte doch dem König endlich die Kraft, er vermochte seine Waffe nicht mehr zu schwingen und rief in dieser Not: »Ich gebe mich gefangen, Machorel, so du mir das Leben läßt!«

Indes der erzürnte Heide rief: »Nein, dich rettet keine Macht der Erde vom Tod!«

Da dröhnte plötzlich der Boden, und herbei jagte Ylias mit seinen Mannen, von Alberich noch rechtzeitig gerufen. Freudig tauschte Ortnit sein Schwert mit dem des Ohms und eilte zu der Höhle, wo Sidrat den halb verschmachteten Geliebten mit Wasser kühlte und seine Wunden verband. Ihr Anblick stärkte Ortnit auch bald derart, daß er wieder freudigen Mutes zum Kampf hinauseilen konnte, nachdem er der Jungfrau versprochen, das Leben ihres Vaters zu schonen. Wieder fielen seine Streiche hageldicht, und bald wandten sich die Heiden zur Flucht, unter ihnen auch Machorel. Jetzt eilte Ortnit zurück zur Höhle, und als Sidrat ihren Vater entkommen sah, schlang sie ihre Arme um Ortnit, küßte ihn inniglich und rief: »Nun bin ich dein auf ewig!«

Eiligst ging die Fahrt gen Suders und von da in die Heimat, wo sie jubelnd empfangen wurden. Sidrat gewann bald durch ihre Anmut aller Herzen, und nachdem sie als Christin getauft worden und den Namen Liebgart erhalten hatte, wurde neun Tage lang eine herrliche Vermählung gefeiert, wozu Zwerg Alberich mit goldener Krone auf dem Haupt erschien und eine so reiche Brautgabe spendete, wie sie wohl kaum je eine Königin empfangen.

Jahrelang lebten nun die Gatten in seliger Gemeinschaft dahin, bis ihr Glück unerwartet jäh gestört werden sollte. Machorel nämlich sann auf Rache und stellte endlich folgendes an: Eines Tages erschien ein Abgesandter von ihm in Garden mit einem freundlichen Brief und reichen Geschenken, die von Liebgart freudig empfangen wurden. Zuletzt aber brachte der Gesandte zwei große Eier hervor und sagte: »Diese Eier stammen aus dem Garten Eden und sind von einer echten Abrahamskröte gelegt worden. Wenn sie ausgebrütet sind auf einer steilen Felsenwand, so bringen die jungen Kröten die kostbarsten Edelsteine der Welt hervor.«

Ortnit ließ sich täuschen und die Eier im wilden Gebirge bei der Stadt Trient aussetzen. Nach einem Jahr aber kamen junge Drachen hervor, die bald heranwuchsen und

Menschen und Vieh raubten, so daß Lampartenland schwer unter der schrecklichen Plage seufzte. Viele tapfere Helden waren schon im Kampf gegen die Ungeheuer gefallen, da machte sich Ortnit endlich selbst auf, nahm herzlichen Abschied von seiner Gemahlin und bat sie, wenn er falle, so solle sie sich dem Rächer seines Todes vermählen, der ihr die Zungen der Drachen überbringen würde.

Dann drehte er seinen Zauberring und fragte Alberich um Rat; allein dieser konnte ihm auch nichts anempfehlen, als sich vor dem Einschlafen zu hüten, und forderte den kostbaren Ring von ihm zurück, damit derselbe im Unglücksfall nicht nutzlos verlorenginge. Nun ritt Ortnit mutig aus und kam nach vielen Mühen in die Nähe der Drachenhöhle. Um sich zu dem baldigen Kampf zu stärken, beschloß er, erst unter einem mächtigen Baum sich ein wenig zu lagern. Da aber senkte sich tiefe Müdigkeit auf ihn, und bald lag er in festem Schlaf. Wohl suchte sein treuer Hund ihn beim Herannahen der Drachen durch Bellen und Kratzen zu erwecken, es war umsonst. Die Drachen aber erdrückten und erstickten jetzt den Helden und schleppten ihn in eine Höhle, wo ihre Jungen gierig über ihn herfielen, und da sie den Panzer nicht zu zerreißen vermochten, sein Fleisch und Blut durch dessen Öffnungen aussaugten. Der treue Jagdhund aber lief klagend zurück nach Garden und meldete so der zum Tode betrübten Liebgart das Entsetzliche. Noch vermochte sie der Unheilskunde nicht Glauben zu schenken; als jedoch Jahr auf Jahr verging, ohne daß der Held zurückkehrte, da konnte sie endlich nicht mehr zweifeln, daß ihrem Vater die Rache nur allzu gut gelungen war.

HUGDIETRICH

Als König Ortnit noch ein ganz junges Knäblein war, gelangte in Konstatinopel in Griechenland der junge König Hugdietrich zur Herrschaft. Er hatte von der schönen Hildburg, der Tochter des Königs Walgund, gehört und beschloß, sie als Gemahlin zu gewinnen. Das war aber nur durch List möglich, denn Hildburg wurde von ihren Eltern in einem festen Turm verwahrt, und noch nie war es einem Fremdling gelungen, sie zu sehen.

Da ersann Hugdietrich folgenden Plan. Er war zwar ein tüchtiger Recke, hatte aber in seinem Aussehen etwas Weiches, Mädchenhaftes, so daß er, wenn er sich in Weiberkleider steckte, von jedermann für ein Mädchen gehalten werden mußte. Als solches wollte er jetzt am Hof Walgunds sein Glück ersuchen. Mit unermüdlichem Fleiß erlernte er alle weiblichen Arbeiten und brachte es darin bald zu hoher Meisterschaft. Dann legte er Weiberkleider an, und sein Waffenmeister Berchtung mußte diese vorgebliche Hildegunde mit einer auserlesenen Mannschaft an den Hof des Königs Walgund begleiten. Hier begehrte er das Gastrecht, da Hildegunde vor ihrem Bruder Hugdietrich, der sie zu einem verhaßten Ehebund zwingen wollte, geflohen sei. Mit Freuden wurde die Bitte gewährt. Die Begleiter wurden mehrere Tage aufs beste bewirtet und kehrten dann zurück. Hildegunde aber blieb und Hildburg wurde der neuen Freundin bald in innigster Liebe zugetan. Was jedoch nicht ausbleiben konnte, geschah: Hugdietrich mußte sich der geliebten Hildburg doch endlich entdecken, und wenn das Paar nun auch in Liebe miteinander lebte, so erschien doch nach Monaten Berchtung wieder und brachte vorgeblich die volle Verzeihung des Bruders. Das Land daheim bedurfte dringend seines Fürsten; Hugdietrich mußte zurückkehren und konnte nur versprechen, das geliebte Weib bald nachzuholen. Doch allzu lange blieb er aus und Hildburg geriet in große Not, denn sie genas, als glücklicherweise die Eltern gerade für längere Zeit abwesend waren, eines Knäbleins, das unter dem Schutz des treuen Turmwächters, der auch das Geheimnis schon lange kannte, sorgfältig verborgen gehalten werden mußte. Als jedoch die Eltern zurückgekehrt waren und ihren Besuch bei der Tochter ankündigten, wußte der treue Mann sich nicht anders zu helfen, als daß er das Kind in einem Körbchen an einem Seil über die Mauer an die Erde hinunterließ. Aber oh Schrecken! Als die Eltern gegangen waren und das Kind nun wieder heraufgeholt werden sollte, war dasselbe verschwunden und alle Nachforschungen blieben fruchtlos.

Da begab es sich nach einiger Zeit, daß König Walgund auf die Jagd ging und einen ungeheuren Wolf bis in seinen Schlupfwinkel verfolgte. Das Tier wurde erlegt und man fand ein ganzes Nest junger Wölflein und unter ihnen ein junges Knäblein, das mit den Wölflein spielte. Als seltsame Beute brachte der König das Kind auf die Burg. Auch die Königin freute sich innig über das unverhoffte Himmelsgeschenk des kräftigen kleinen Knaben, und beide beschlossen, ihn aufzuziehen wie ihr eigenes Kind und Wolfdietrich zu nennen. Es war in der Tat Hildburgs Söhnlein, das damals von dem Wolf an der Mauer gefunden und als gute

Beute seinen Jungen zugetragen worden war. Diese aber waren gerade vollauf gesättigt, hatten den Knaben unangetastet und auch fernerhin als ihresgleichen unangetastet gelassen. Hildburgs Gebaren bei dem Anblick ihres Söhnchens, das ihr Vater schon völlig in sein Herz geschlossen hatte, brachte nun natürlich alles an den Tag. Sie erhielt jedoch um des lieben Kindes willen die Verzeihung ihrer Eltern, und als bald darauf Hugdietrich als König von Konstantinopel erschien, um seine Gattin zu holen, wurde eine glänzende Hochzeit gefeiert.

WOLFDIETRICH

Hildburg schenkte ihrem Gemahl noch zwei Söhne, und die drei Knaben erwuchsen zur Freude ihrer Eltern zu vielversprechenden Jünglingen. In einem Kriegszug wurde jedoch Hugdietrich tödlich verwundet und ehe er starb, setzte er fest, daß Hildburg das Land regieren sollte bis Wolfdietrich zum Mann erwachsen sein würde, während dessen Brüder in seinem Lehen als Fürsten walten sollten. Hildburg vertraute ihren Liebling Wolfdietrich dem Waffenmeister Berchtung zur Erziehung an und gab ihnen die Grafschaft Meran zum Wohnsitz. Die jüngeren Söhne blieben unter ihrer eigenen Aufsicht in Konstantinopel.

Die beiden Brüder liehen aber hinterlistigen Ratgebern ihr Ohr, die ihnen zuraunten, daß Wolfdietrich ein Findling und wohl gar nicht Hugdietrichs Sohn sei, also die Herrschaft auch nicht ihm, sondern ihnen gebühre. Nur zu gern hörten die Brüder auf so böse Kunde, die auch im Volk verbreitet ward, so daß sie großen Anhang gewannen, sich endlich wirklich der Herrschaft bemächtigten und ihre Mutter Hildburg nach Meran entfliehen mußte. Sofort rüsteten Wolfdietrich und Berchtung und zogen gegen die Brüder nach Konstantinopel, unterlagen aber der Übermacht und Wolfdietrich wurde auf der Flucht gänzlich von den Seinen versprengt.

Rastlos trabte er fort durch Busch und Heide, bis er die Grenze des Landes überschritten hatte. So gelangte er in das Land Altentroja an den Hof der Königin Siegeminne.

Diese hatte viel Verfolgung durch den Riesen Drasian zu leiden und geriet bei einer Jagd, als sie sich von Wolfdietrich und ihrer Begleitung getrennt hatte, in dessen Gewalt. Wolfdietrich aber gelang es, sie aufzufinden. Er kämpfte mit dem Riesen, besiegte ihn und verbrannte seine Burg. Die befreite Siegeminne erwählte nun Wolfdietrich zu ihrem Gemahl, doch hatte der gewaltige Schrekken ihr eine böse Krankheit zugezogen, der sie nach kurzer Zeit erlag. Da hielt es auch Wolfdietrich nicht länger in dem fremden Land. Nach Jahresfrist ordnete er die Herrschaft des Landes und zog von dannen, da er erfahren hatte, daß Berchtung und dessen Söhne in die Gefangenschaft seiner Brüder geraten waren und in Konstantinopel im Kerker schmachteten.

Nach langer, mühseliger Fahrt gelangte er in das Lampartenland und hörte hier, daß König Ortnit nicht mehr am Leben, sondern im Kampf mit einem gräulichen Drachen, der seit langer Zeit das Land verheere, wie auch schon viele andere Ritter, seinen Tod gefunden habe. Wolfdietrich war von Meran aus mit seinem Waffenmeister wiederholt in Garden als Gast gewesen, und die beiden jungen Helden hatten einander wert gehalten. Ihn erfüllte daher der Tod des tapferen Königs mit tiefem Schmerz. Er ritt zur Burg Garden, wurde von der trauernden Sidrat wohl aufgenommen und hörte nun, daß sie ihre Hand nur demjenigen zugesagt habe, der die gräulichen Lindwürmer erlegen würde. Viele seien schon darum ausgezogen, aber keiner zurückgekommen. Erst jetzt wieder sei der Graf Wildung im Gebirge, den sie zwar als einen Feigling kenne und verachte, vor dessen Hinterlist sie aber dennoch Besorgnis hege.

Da gelobte auch Wolfdietrich, für so hohen Preis sein Leben einzusetzen, und nachdem er sich von der langen Reisefahrt erholt hatte, zog er ins Gebirge, um den Drachen aufzusuchen. Sehr ungünstig begann sein Unternehmen, denn von einem langen Ritt im öden Gebirge ermüdet, stieg er vom Pferd, um sich auszuruhen und schlief ein. So überraschte ihn eines der Ungeheuer. Zwar wurde er von dem angstvollen Schnauben seines Rosses noch rechtzeitig geweckt, aber an dem stahlharten Schuppenpanzer des Drachen sprang sein Schwert in Stücke, und er stand dem Ungetüm wehrlos gegenüber. Nun nahm der Drache das Pferd ins Maul, umschlang den Mann mit dem Schwanz und flog damit seiner Höhle zu, wo er beide dem andern Drachen und fünf Jungen zum Fraß vorwarf. Die Ungetüme sättigten sich an dem Pferd vollauf und ließen den Mann unbeachtet. Als dieser im Morgengrauen aus seiner Betäubung erwachte, fand er die Drachenfamilie schlafend. Lauschend blickte er um sich. Da blinkte ihm in der Dämmerung aus einem Winkel der Höhle etwas entgegen, und vorsichtig dahin kriechend, fand er unter vielen Rüstungsstücken und Kleidungsresten ein Schwert, das er an dem prachtvollen Karfunkel am Griff sofort als König Ortnits Schwert Rose erkannte. Nun säumte er nicht, erstach die jungen Lindwürmer und bohrte den alten durch ihren weichen Unterleib die Klinge tief ins Herz, daß die Untiere mit furchtbarem Gebrüll tot zusammenbrachen. Dann schnitt er allen die Zungen aus, wickelte sie in ein Stück Stoff und machte sich auf den Heimweg. Aber er verirrte sich im Gebirge und es vergingen mehrere Tage bis er die Burg Garden wieder vor sich liegen sah.

Mit Erstaunen hörte Wolfdietrich daß in der Burg die Vorbereitungen zur Hochzeit der Königin Sidrat mit dem Grafen Wildung, dem Drachentöter, getroffen würden. Er verschaffte sich ein Pilgerkleid, zog es über seine Rüstung und gelangte so unbelästigt in die festlich geschmückte Halle. Hier thronte Graf Wildung in großer Versammlung auf dem Hochsitz neben der traurig dreinschauenden Sidrat und erzählte von seinem furchtbaren Kampf mit den Ungeheuern, deren Köpfe er als Wahrzeichen mitgebracht.

Da trat der Pilger vor und schalt ihn furchtlos einen Lügner, denn nicht Graf Wildung, sondern er, der Pilger habe die Lindwürmer getötet. Lautes Gelächter aller Anwesenden war die Antwort auf seine Behauptung und auch die Königin konnte nicht glauben, wie ein Pilgersmann zu solcher Heldenkraft gekommen sein sollte. Da warf dieser aber das Pilgerkleid ab und stand nun als Wolfdietrich vor der erstaunten Versammlung. Er ließ die Mäuler der Drachenhäupter öffnen, und es fand sich, daß allen die Zunge fehlte, die nun Wolfdietrich vorlegte. Mit Schimpf und Schande mußte nun Graf Wildung als Betrüger abziehen und Wolfdietrich an seine Stelle treten lassen. Er hielt mit Sidrat glänzende Hochzeit und herrschte mit Kraft und Weisheit wie einst König Ortnit.

In seinem Glück vergaß er aber nicht seine Dienstmannen im Kerker zu Konstantinopel. Bald nach der Hochzeit unternahm er einen Kriegszug dorthin und blieb Sieger über seine Brüder, die ihm nun den Eid der Treue leisteten und als seine Lehnsmänner in ihrem Reich belassen wurden. Seinen alten Waffenmeister Berchtung fand er zwar nicht mehr am Leben, aber seinen Söhnen lohnte er ihre

Treue mit ausgedehnten Landschenkungen. Herbrand erhielt die Burg Garden mit den umliegenden Landen, Berchter seines Vaters Grafschaft Meran. Wolfdietrich selbst verlegte seinen Herrschersitz nach Rom. Frau Sidrat schenkte ihm einen Sohn, den er wie seinen Vater Hugdietrich nannte und der drei Söhne hinterließ, von denen Dietmar dadurch als der hervorragendste gilt, daß er der Vater des sagenumwobenen berühmten Dietrich von Bern (Verona) geworden ist, dessen nicht minder berühmter Waffenmeister der alte Hildebrand, der Sohn des erwähnten Herbrand gewesen ist.

DIETRICH VON BERN

Der junge Dietrich. Der Stamm des Königs Wolfdietrich beherrschte das Land zu beiden Seiten der Alpen. Wolfdietrich hatte nur einen Sohn hinterlassen, den er nach seinem Vater Hugdietrich genannt hatte. Dieser aber hatte drei Söhne, Ermenrich, Diether und Dietmar, unter die er das Land teilte. Ermenrich blieb im italischen Hauptland und saß zu Romaburg; Diether, genannt der Harlung, erhielt das Land nordwärts der Alpen mit dem Sitz in Breisach; Dietmar wurde das Lampartenland zugeteilt, das Land südwärts der Alpen, wo er sich eine große und starke Burg erbaute: Bern, jetzt Verona genannt.

Von den beiden ersten weiß die Sage nicht viel zu berichten, noch dazu wenig Gutes, desto mehr aber von Dietmars Sohn Dietrich, dessen Ruhm als einer der gewaltigsten Helden weit über die Grenzen des Lampartenreiches hinausdrang, und von den fahrenden Sängern in alle Lande verbreitet wurde.

Schon als Knabe versprach Dietrich Großes. Noch nicht in das Jünglingsalter eingetreten, ritt er schon die feurigsten Pferde, schoß mit dem Pfeil den Vogel im Flug, trat auf der Jagd den wildesten Tieren entgegen und schwamm im schäumenden Strom mit den Fischen um die Wette. Furcht war seinem Herzen völlig fremd, und Gefahren zogen ihn unwiderstehlich an. Trotz aller dieser Eigenschaften, die den künftigen Helden verrieten, hatte er ein weiches Herz; er war freundlich gegen jedermann, freigiebig und mildtätig gegen die Armen, und so war der junge Königssohn der Liebling des ganzen Volkes.

Mit gerechtem Stolz blickte der Vater auf den hoffnungsvollen Knaben, erkannte aber auch, daß derselbe in strenge Zucht genommen werden müsse, wenn er dermaleinst die Hoffnungen erfüllen sollte. Dazu schien ihm niemand geeigneter als Hildebrand, der Sohn jenes Herbrand, dem Wolfdietrich als Lohn für seine Treue das Herzogtum Garden verliehen hatte. Hildebrand war schon damals ein Mann in Jahren, aber in der ganzen Ritterwelt galt er als der berühmteste Waffenmeister seiner Zeit. Als der ehrenvolle Ruf des Königs an ihn erging, ordnete er seine Angelegenheiten, ließ die Herrschaft in den Händen seiner starken Frau Ute und kam nach Bern. Bald waren der Meister und sein Zögling unzertrennlich, und das blieben sie dann auch während ihres ganzen Lebens.

Mit Feuereifer lernte der heranwachsende Jüngling von seinem Meister, und bald war er so weit, daß niemand es mit ihm aufnehmen konnte und selbst Meister Hildebrand sich alle Mühe geben mußte, wenn er dem Heldenjüngling im Kampf nicht unterliegen wollte. Nun hieß es endlich auch die Feuerprobe bestehen.

Im Westen des Landes breitete sich dichter Urwald aus. In diesem hauste der Riese Grim mit seinem unholden Weib, und dies Riesenpaar fügt dem umwohnenden Landvolk großen Schaden zu. Niemand hatte bisher gewagt, die Unholde zu bekämpfen; als aber wieder einmal die Kunde von neuen Gräueltaten nach Bern gelangte, flammte Dietrich in hellem Zorn auf und verlangte von seinem Meister, ihn dorthin zu führen, denn er wolle, wie alle Heldenkönige vor ihm, sein Land und Volk von solchen Ungetümen befreien. Hildebrand freute sich des feurigen Eifers, und da er der Kraft und Gewandtheit seines Zöglings das Höchste zutraute, so war er nach einigen, freilich nur scheinbaren Einwendungen wegen der Gefährlichkeit des Unternehmens, bereit, die Fahrt mit ihm zu wagen.

Größer noch als sie gedacht, fanden sie die Verwüstungen, welche die Riesen angerichtet hatten, und so war es gut, daß Dietrich sich mit reichen Mitteln versehen hatte, um das Unglück der Geschädigten zu mildern. Als diese aber hörten, daß die beiden Männer gekommen wären, um die Riesen für immer unschädlich zu machen, jammerte sie derselben, denn das vermöchte kein sterblicher Mensch.

Unbeirrt aber ritten Hildebrand und Dietrich in den Wald hinein und spähten nach den Spuren der Riesen. Ein Hirsch, den sie verfolgten, führte sie auf eine kleine Lichtung, die von einer so dichten und hohen Dornenhecke umgeben war, daß sie nicht durchzudringen vermochten, während der Hirsch mit Leichtigkeit darüber hinwegsetzte. Da hörten sie unter sich am Erdboden ein höhnisches Gelächter, und als Dietrich sich bückte, sah er einen Zwerg, der soeben durch eine kleine Lücke entschlüpfen wollte. Ehe ihm dies noch gelang, war er von Dietrich ergriffen, der ihn zu sich emporhob.

Dietrich war sehr zornig und wollte den kleinen Mann für sein Hohngelächter töten. Doch der Zwerg stieß ein klägliches Geschrei aus und bat um sein Leben, denn er habe es nicht böse gemeint. Er versprach ihnen nach besten Kräften zu dienen, denn er sei der kunstvolle Schmied Alberich, der Zwerge König, der auch das unüberwindliche

Schwert Nagelring und den undurchdringlichen Helm Hildegrim geschmiedet, das Schwert und den Helm des Riesen Grim.

»Was, du kennst diesen Unhold?« riefen die Reiter.

»Mehr denn zu gut, ihn und sein Weib!« antwortete der Zwerg grimmig und ballte die Fäuste. »Er hat mich zu seinem Dienst gezwungen, da ich gegen rohe Gewalt nichts vermag.«

»So kannst du uns helfen, ihn zu finden, daß wir ihn erschlagen?«

»Ihr wollt den Riesen erschlagen?« rief der Zwerg frohlockend, »da helfe ich euch gern.«

Nun ließ Dietrich den Kleinen frei, die Reiter stiegen von den Rossen, und alle drei lagerten sich ins Gras. Hier entwarfen sie Pläne für ihr Unternehmen, dessen Gefährlichkeit Hildebrand nicht unterschätzte. Auch der Zwerg warnte den jungen Recken vor allzu großem Vertrauen auf seine Kraft und Gewandtheit, denn der Riese Grim sei ein fürchterlicher Unhold, von übermenschlicher Kraft; kein anderes Schwert als Nagelring vermöge seinen felsenharten Schädel zu zerbrechen.

Dietrich aber fürchtete ihn gar nicht. »Kannst du mir das Schwert und den Helm beschaffen, so werde ich ihn sicherlich bestehen«, sagte er.

Das glaubte Alberich versprechen zu können; die Recken sollten nur die Nacht über hier harren, bis zum Morgen wolle er sehen, was sich tun ließe. Und wirklich brachte der Zwerg beim Anbruch des Tages das Riesenschwert hinter sich hergeschleift, den Helm jedoch hatte er nicht erlangen können. Dietrich probierte das Schwert in der Luft und an armdicken Baumästen und glaubte mit dieser Waffe allein, wie er nie eine gesehen, jeder Gefahr trotzen zu können.

Nun wurden die Rosse fest an Bäume gebunden, und der Zwerg schob ein Gebüsch beiseite, das einen Ausweg aus dem Dornenzaun verdeckte. Sie waren wieder im dichten Wald, bald aber wurde die Gegend felsig und immer felsiger.

Endlich stand Alberich still. »Wir sind am Ziel«, sprach er, »es ist noch früh am Tag und ihr werdet die Riesen vielleicht noch im Schlaf überraschen. Nur noch um diesen Felsen herum, und ihr steht am Eingang zu ihrer Höhle. Ich aber werde den Kampf nicht abwarten, sondern mich davonmachen.« Und mit diesen Worten verschwand er im Gebüsch.

Als die beiden Kämpen um den Felsen herumbogen, standen sie vor dem Eingang der Höhle, aus der ihnen aber Feuerschein entgegenblinkte; die Riesen waren also bereits wach. Leise traten sie ein und sahen nun Grim am Feuer hocken, eine Gestalt von mehr als doppelter Mannesgröße, wie er einen armdicken Ast in Brand setzte. Die Riesin war nicht zu sehen. Dietrich wollte alsbald hinzuspringen, aber der Riese hatte die Männer schon bemerkt, sprang empor und brüllte: »Ha, ihr kommt mir eben recht zum Morgenbrot!« Erschrocken zwar sah er die Stelle and der Wand, wo Nagelring sonst hing, leer, ergriff aber den brennenden Baumast und schwang ihn über Dietrichs Haupt. Die kleine Zögerung jedoch wurde sein Verderben, denn ehe die lodernde Keule noch niedersauste, pfiff auch Nagelring schon durch die Luft und begrub sich in des Riesen Hals, daß ein Blutstrom hervorschoß.

Hildebrand konnte seinem Zögling nicht zu Hilfe kommen, denn gleichzeitig fühlte er seinen Hals mit eisernen Krallen umschlossen. Das Riesenweib hatte ihn von hinten gepackt, und er wurde trotz seiner Gegenwehr zu Boden gerissen. Dietrich aber bedurfte keiner Hilfe. Er war der niedersausenden brennenden Keule behend ausgewichen, und nun blitzte das mit beiden Händen erhobene Schwert auf den Schädel des gebückten Riesen herab, daß er mit gespaltenem Haupt in die Flammen stürzte. Kaum aber sah Dietrich nun seinen alten Waffenmeister, der dem Ersticken nahe war, in Todesnot, so trennte ein dritter Hieb Nagelrings dem scheußlichen Weib den Kopf vom Rumpf. –

So wurden die Riesen erlegt, das Land von der entsetzlichen Plage befreit, und mit Jubelgeschrei wurde der junge Held in Bern empfangen und im ganzen Land gepriesen.

Dietrich der Held. Nicht lange danach starb König Dietmar, und nun wurde Dietrich König an seiner Statt. Sein Hof in der Rabenstadt (Ravenna) wurde der Mittelpunkt alles dessen, was an Ritterlichkeit und Heldentum in der Welt zu finden war. Von nah und fern kamen die Rekken, um sich Dietrich anzuschließen. Unter seine »Gesellen«, wie man die Männer seiner vertrautesten Umgebung nannte, aufgenommen zu werden galt als die höchste Ehre, die erst gewonnen werden konnte, wenn derjenige, welcher die Aufnahme suchte, in schwerem Zweikampf mit Dietrich sich selbst als ein Held ersten Ranges dem König ganz oder doch fast ebenbürtig erwiesen hatte. Dietrich von Bern und seine Gesellen galten als die Blume der Ritterschaft, ihr Ruhm durchstrahlte die Welt und drang sogar bis in die Reiche des Nordlandes, so daß selbst Wieland der Schmied, der kunstvolle Schmiedemeister in Seeland, für seinen Sohn Wittich keinen größeren Ruhm wußte als den, unter Dietrichs Gesellen aufgenommen zu werden und ihn gen Süden nach Bern sandte, ausgerüstet mit einer kostbaren Rüstung und dem guten Schwert Mimung.

Allen seinen Gesellen jedoch leuchtete der König Dietrich an Heldenhaftigkeit voran. Wenn ihm schon einer als ebenbürtig erachtet wurde, so war es nur der alte Hildebrand, der nur von Zeit zu Zeit in seinem eigenen Herzogtum Garden nach dem Rechten sah, zumeist aber an Dietrichs Hof lebte und auch des Königs unzertrennlicher Genosse auf allen seinen Fahrten war und nur dann daheim blieb, wenn Dietrich, was auch nicht selten geschah, ganz allein auszureiten und Abenteuer zu suchen wünschte.

Die Sage hat uns von mannigfachen Fahrten Dietrichs und seiner Gesellen eine so reiche Fülle aufbewahrt, daß damit allein ein dickes Buch gefüllt werden könnte. Hier sollen nur einige der wichtigsten nachfolgen. –

Am Rhein wohnte auf dem Drachenfels eine junge Königin, welche viel von Dietrich von Bern gehört hatte und demjenigen reichen Lohn versprach, der nach Bern reiten und den berühmten Helden bewegen würde, als Gast zu ihr an den Rhein zu kommen. Dazu erbot sich der Held Ecke, ein gewaltiger Kämpe, dessen furchtbarem Schwert Eckesachs bisher noch niemand widerstanden hatte. Nicht so sehr der verheißene reiche Lohn spornte den Recken zu dem abenteuerlichen Unternehmen, als vielmehr die Aussicht, mit dem berühmten Berner Helden zu kämpfen, ihn besiegen zu können und ihm dann als Buße eine Fahrt nach dem Rhein aufzuerlegen.

Ecke machte nur die eine Bedingung, daß die Königin ihn dazu besonders ausrüsten müsse, und so ließ sie ihm einen ganz neuen, von Gold schimmernden Panzer anfertigen. Nun ritt er wohlgemut von dannen und kam nach langer Irrfahrt auch glücklich nach Bern, fand Dietrich aber nicht daheim, denn der war wieder einmal ins Land Tirol auf Abenteuer ausgezogen. Ecke folgte ihm dorthin, durchzog das Land kreuz und quer und konnte lange keine Spur von dem König entdecken. Da sah er eines Tages, als die Sonne schon hinter die höchsten Gipfel der Berge zu sinken begann, mitten im Wald einen Geharnischten entgegenkommen, der einen so großen Eindruck auf ihn machte, daß er sein Roß unwillkürlich halten ließ und den daherkommenden Reiter vom Kopf bis zu den Füßen musterte. Ein leises spöttisches Lächeln glitt aber dann über sein Gesicht, denn so gewaltig der Recke auch ausschaute, so war er selbst doch eines Hauptes größer und überragte jenen auch sonst an Stärke der Glieder.

»Mit dem darfst du dich kühnlich messen und wirst nicht unterliegen«, dachte Ecke und wollte dem Reiter eben Halt gebieten, als der andere auch schon mit heller Stimme freundlich rief: »Hallo, guter Held! Woher und wohin? Was suchst du hier in den Bergen?«

»Mich hat die edle Königin vom Rhein gesandt«, antwortete Ecke, »den großen Dietrich von Bern zu suchen und ihn an ihren Hof zu bringen. In Bern fand ich ihn nicht, und so ziehe ich nun schon lange kreuz und quer durch manches Land.«

»Nun«, scherzte der Reiter, »in Bern gibt es manchen Dietrich, wenn du aber den Dietrich suchst, der als Dietmars Sohn den Thron dieses Landes einnimmt, so hast du ihn nun gefunden.«

Da freute sich Ecke, den berühmten Helden endlich gefunden zu haben und sagte: »So du nun der König Dietrich bist, so höre. Meine Königin will dich sehen und ich, Ecke genannt, habe gelobt, dich zu ihr zu bringen. So wirst du also mit mir kämpfen. Falle ich, so gewinnst du meine treffliche Wehr und dieses mein gutes Schwert Eckesachs; unterliegst du aber, so lege ich dir als Buße für dein verwirktes Leben auf, mir zu meiner Königin zu folgen.«

Ruhig antwortete der König: »Wohl sehe ich, wackerer Ecke, daß du ein reiches Panzerkleid trägst. Danach gelüstet mich nicht, denn ich bin mit meinem Eisenkleid und mit diesem Schwert Nagelring wohl zufrieden. Ebenso wenig aber habe ich Lust, dir zu deiner neugierigen Königin zu folgen.

»So bleibt also nur der Kampf«, rief Ecke frohlockend, sprang vom Pferd und zog sein Schwert. »Heran denn, so du kein Feigling bist.«

»Feigling? – Ich?« rief da der König nun zornerglühend, sprang gleichfalls vom Roß, und heraus fuhr der Nagelring und blitzte dem Recken vom Rhein entgegen. Nun begann ein heißes Streiten, aber so gleich waren Kraft und Geschicklichkeit, daß beim Hereinbruch völliger Dunkelheit der Kampf unentschieden aufgegeben werden mußte.

»Laß uns jetzt ruhen und im Schlaf frische Kräfte sammeln«, sprach Dietrich. »Am Morgen kann dann der Streit zu Ende geführt werden. Aber nur einer soll schlafen und der andere ihn bewachen. Ich werde den Anfang machen.«

»Ich bin's zufrieden«, entgegnete Ecke, denn das Vertrauen des Königs machte auf ihn einen tiefen Eindruck.

Sofort lagerte sich Dietrich ins Waldmoos und entschlief, und getreulich schritt Ecke als Wächter auf und nieder. Nach einigen Stunden weckte Ecke den König, legte sich nieder, und nun bewachte Dietrich den Schlaf des Recken.

Mit dem Frührot begann der Streit von neuem, und immer hitziger wurden die Recken, so daß an eine Schonung des Lebens weder bei dem einen, noch bei dem andern zu denken war. Wenn Held Dietrich unterlegen wäre, so wäre er doch nimmermehr zu der Königin am Rhein gekommen sein, denn er würde erschlagen im Wald gelegen haben. Unausgesetzt tobte der Kampf, aus schweren Wunden bluteten beide, bis endlich Ecke die Todeswunde empfing und schwer auf den Waldboden niederstürzte. »Von der Hand eines Dietrich von Bern erschlagen werden, ist auch ein Ruhm«, sagte er noch, dann streckte er sich und war tot.

Lange stand der Sieger, der auch nicht wenige Wunden davongetragen, vor dem Toten, und Wehmut erfüllte sein Herz, daß er einen so tapferen Recken hatte erschlagen müssen, um sein eigenes Leben zu retten. »Aber er oder ich! Das ist Heldenlos!« murmelte er trübe. Dann verband er seine Wunden so gut es gehen wollte, ruhte eine Weile und hob dann ein Grab für den Besiegten aus. Danach stieg er mühsam wieder zu Roß und nahm als Siegeszeichen nur das Roß Eckes am Zügel und das mächtige Schwert Eckesachs, das nachmals seine getreue Waffe wurde.

König Laurins Rosengarten. Wer im Tirolerland in der Stadt Bozen auf der Brücke über den Talferbach steht, und den Blick nach der Stadt hin wendet, dem zeigt sich als Hintergrund des schönen Bildes ein ungeheurer Gebirgsstock, eine phantastisch-vielzackige Riesenwand, die sich bis in die Wolken erhebt. Wenn die Sonne sinkt, dann fängt diese Wand an zu glühen in rosenrotem Feuer, ein magischer, unvergleichlicher Anblick, unvergeßlich jedem, der diese wunderbare Abendbeleuchtung geschaut, dieses Alpenglühen in seiner ausgedehntesten und schönsten Form. »Der Rosengarten« heißt heute noch dieser großartige Gebirgsstock, dessen ungeheure Zacken und Gipfel auch für den kühnsten Bergsteiger lebensgefährlich sind.

Hier ist es gewesen, wo zur Zeit, als die Heldengestalten unserer Sage über die Erde schritten, der Zwergenkönig Laurin in seinem unterirdischen Reich waltete. Ungeheure Schätze an Gold, Edelsteinen und Kleinoden aller Art hatte er da aufgehäuft, und Tausende dienstbarer Zwerge arbeiteten unausgesetzt daran, diese Schätze fortwährend zu vermehren. Aber nicht nur im Innern, auch an der Oberfläche seines Reiches hatte Laurin seine Freude, ja, was er hier geschaffen hatte, das ging ihm fast noch über seine Schatzkammern. Auf dem Gipfel des ungeheuren Gebirgsstocks, der durch die himmelan strebenden Zacken und Spitzen von aller Welt abgeschlossen war, hatte er nämlich im Licht der Sonne einen weit ausgedehnten Rosengarten angelegt, und täglich wandelte er da unter den Tausenden von Rosenbäumchen und atmet den Duft der unzählbaren Blumen, von denen die Welt da draußen nur aus weiter Ferne den wunderbaren Abglanz an der Felswand bewundern konnte, wenn das hehre Tagesgestirn zur Rüste ging.

Nur wenige Menschen konnten sich rühmen, mit Lebensgefahr die Höhen erklommen und einen Blick in den wunderbaren Rosengarten geworfen zu haben. Hinein wagte sich nicht leicht jemand, denn unerbittlich nahm der Zwergkönig dem Frevler die recht Hand und das linke Bein, und der Krüppel mochte dann sehen, wie er wieder zur Menschenwelt zurückgelangte.

Sonst war Laurin keineswegs ein Feind der Menschen. Im Gegenteil jagte er auf seinem flinken Rößlein oft und gern im nähren und weiteren Umkreis seines unterirdischen Reiches umher und hatte seinen Spaß and dem Treiben der ungefügen Menschen, für die er durch den Zauber seiner Tarnkappe unsichtbar blieb. Außerdem aber brauchte er auch niemanden zu fürchten, denn ein Zauberring machte ihn unbesiegbar, und ein Zaubergürtel verlieh ihm die Stärke von zwölf Männern. Wie hoch fühlte er sich da über dem Menschenvolk stehend.

Nur eines fehlte ihm zu seiner vollkommenen Zufriedenheit: ein Weib. Unter dem Zwergenvolk mochte er das nicht suchen, aber auch unter den Töchtern der Menschen hatte er bisher immer noch vergeblich gespäht, ein Mädchen zu finden, das als Gattin sein Glück und seine Schätze mit ihm teilen könnte. Seit er aber einst die schöne Kühnhild gesehen, die Schwester des Herzogs Dietleib von Steiermark, eines Gesellen des Helden Dietrich von Bern, stand es fest bei ihm: diese oder keine wird deine Gemahlin. Er konnte nicht erwarten, daß sie ihm freiwillig folgen würde; entführen mußte er sie, und so lauerte er wochelang auf eine Gelegenheit, die Jungfrau allein zu finden. Seine Beharrlichkeit sollte endlich von Erfolg gekrönt werden. Als Kühnhild eines Tages auf einer Wiese Blumen pflückte, fühlte sie sich plötzlich von unsichtbaren Händen ergriffen, von starken Armen in die Höhe gehoben, und an der Bewegung erkannte sie, daß sie auf einem schnellen Roß davongeführt wurde.

Tagelang ward die Jungfrau vergeblich gesucht. Da holte Dietleib den Rat einer alten Seherin ein, die ihm verkündete, daß nur der Zwergkönig Laurin die Maid entführt haben könne, und sie gab ihm den Rat, zu seinem Genossen, dem alten Hildebrand zu reiten; der allein kenne den Weg in das Zauberreich des Zwerges und werde ihm gewiß helfen, die Schwester zu retten.

Sogleich machte sich Dietleib mit einem ansehnlichen Gefolge auf den Weg nach Bern und fand den alten Hildebrand sofort zur Hilfe bereit. Als König Dietrich davon hörte, erbot auch er sich eifrig, mitzureiten, und, meinte Hildebrand, wenn noch Wielands Sohn Wittich sich anschlösse, so wäre das ausreichend, denn hier könne nur List helfen, nicht Gewalt, da der Zwergenkönig kraft seiner Zaubermittel unbesiegbar sei. »Du, o König«, schloß der alte erfahrene Ratgeber, »wirst als der stärkste und gewandteste unter uns den Kampf mit Laurin aufnehmen. Merke dir jedoch, daß du mit dem Schwert gegen ihn nichts ausrichtest, auch nicht mit deiner Heldenkraft, so lange du ihm nicht den Gürtel, den Ring und die Kappe entrissen hast. Dann nur wirst du seiner Meister. Dietleib und Wittich aber müssen geloben, den Rosengarten nicht anzutasten; die Rosen zu schädigen wäre der größte Frevel, der dem Zwergenkönig angetan werden könnte, und würde ihn zur Wut entflammen von der alles zu fürchten wäre.«

So ritten denn die vier Recken am anderen Morgen ins Gebirge, höher und immer höher an schauerlichen Abgründen hin, stundenlang durch Sturm, Hagel und Schnee, bis sie an den Fuß der obersten Zinken gelangten. Da plötzlich schwieg der Sturm, milde Frühlingslüfte wehten ihnen entgegen, und köstlicher Blumenduft durchwürzte die Luft. Der Rosengarten lag vor ihren erstaunten Augen wie ein Paradies. Uneingedenk der Mahnung des alten Hildebrand, sprengten Dietleib und Wittich jauchzend über den goldenen Zaun hinweg und metzelten mit ihren Schwertern die unschuldigen köstlichen Blumen nieder. Aber die Strafe folgt auf dem Fuß, denn in kostbarer Rüstung sprengte König Laurin daher und von dem gewaltigen Stoß seiner Lanze flogen Dietleib und Wittich aus dem Sattel. Es wäre um das Leben der Frevler geschehen gewesen, wenn sich nicht König Dietrich schnell auf den Zwerg geworfen hätte, ehe dieser noch durch seine Nebelkappe, die an seinem Gürtel hing, sich unsichtbar machen konnte. In gewaltigem Ringen entriß ihm Dietrich Gürtel, Ring und Kappe, und in ohnmächtiger Wut sah sich Laurin nun gefangen. Zorn und Rache blitzten aus den Augen des Zwergenkönigs, aber er bezwang sich und scheinbar unterwürfig führte er die Sieger nun in sein unterirdisches Reich. Wie staunten die Recken, als sie hier eine weite Landschaft sahen mit Hügeln und Tälern, Weilern und Dörfern voll emsig schaffender Zwerge, endlich sogar ein Schloß, dessen Pracht ihre Augen blendete. In einen herrlichen Saal wurden sie geführt, wo ihnen die schöne Kühnhild entgegentrat, und groß war der

Jubel der Geschwister, als sie sich in die Arme schlossen. Hier wurde ihnen auch ein königliches Mahl bereitet.

Der Zwerg aber hatte ganz andere Dinge im Sinn, als seine Besieger wie liebe Gäste zu behandeln. Während des Mahles schon bat er Dietlieb um eine geheime Unterredung, und arglos folgte dieser, sah sich aber bald in einer Kammer mit fester Eisentür gefangen. Seine Gefährten wurden durch in den Wein geschüttete Tropfen in tiefen Schlaf versenkt, und so waren die Sieger wieder machtlos in die Hände des Zwerges gegeben. Nur das Flehen Kühnhilds rettete sie vor schmachvollem Tod, denn ihr konnte Laurin keine Bitte abschlagen, und so wurden denn die Recken nur gebunden und eingesperrt.

In der Nacht jedoch wurden sie von Kühnhild befreit, und als sie nun durch das Schloß stürmten, um den Zwergenkönig zu strafen, rief dessen Heerhorn die Bewohner seines Reiches zusammen, und zu Tausenden sahen die Recken die kleinen Gestalten in den trefflichsten Wehren herbeiströmen. Mochten sie aber auch noch so zahlreich und mit immer neuen Kräften auf die Helden einstürmen, diese konnten von den winzigen Kämpfern nicht ernstlich gefährdet werden. Zu Dutzenden wurden sie von den mächtigen Schwertern niedergemäht, von den Füßen der Recken zertreten, und als drei durch Laurins Heerhorn herbeigerufene Riesen, die er in seinem Dienst hatte, ebenfalls erschlagen waren, stob der Rest des Zwergenheeres in wilder Flucht auseinander. Laurin mußte seine Sache verloren und sich zum zweitenmal gefangen geben.

Dennoch kam endlich eine Versöhnung zustande. Kühnhild war zwar gerettet, da sie aber von Laurin nur Gutes erfahren, er alles, was er ihr nur an den Augen absehen konnte, mit größter Zuvorkommenheit erfüllt hatte, so war sie ihm geneigt geworden und erklärte sich bereit, seine Gemahlin zu werden, wenn ihr Bruder seine Einwilligung dazu geben wolle. Mit Freuden erklärte sich Dietleib damit einverstanden, und dann wurde die Hochzeit in Bern mit großer Pracht gefeiert. Mitten in dem Rosengarten aber erhob sich bald ein schönes Schloß, welches König Laurin mit seiner schönen Gemahlin bewohnte.

DIETRICHS ENDE. Nicht immer aber sollte dem Helden Dietrich das Glück lächeln, er sollte auch das Unglück kennenlernen.

Sein Oheim Ermenrich, der älteste der Brüder seines Vaters, welcher zu Romaburg saß, ein grausamer Mann ohne Gewissen und von unersättlicher Herrschsucht, hatte einen bösen Ratgeber, Siebich geheißen, der, weil der König sich einmal an seinem Weib vergangen, ihm blutige Rache geschworen hatte und danach trachtete, seinen Herrn und dessen ganzen Stamm zu verderben.

Siebich wußte sich den Schein des treuen und uneigennützigsten Ratgebers zu geben, schmeichelte der Gewissenlosigkeit und Herrschsucht des Königs und wußte diese zu seinen verderblichen Zwecken zu benutzen. Durch gefälschte Briefe verdächtigte er die Königin und Ermenrichs Söhne, daß sie dem König nach Krone und Leben trachteten, und es kostete ihn nicht viel Mühe, Ermenrich in solche Angst und Wut zu versetzen, daß er seine Gemahlin sowohl wie auch seine Söhne umbringen ließ. Danach wußte er Ermenrichs Herrschsucht zu entflammen, daß sein

Vater Hugdietrich das Land zu Unrecht unter drei Söhne geteilt habe, vielmehr ihm dem ältesten allein die Herrschaft gebühre, um so mehr, als seine Brüder Diether und Dietmar ja bereits tot seien und deren Söhne ihm ihre Länder abtreten müßten.

Das war ganz nach dem Herzen Ermenrichs, nur fürchtete er Dietrich und seine Helden. Doch auch diese Furcht wußte der hinterlistige Ratgeber zu beseitigen. Als der gefürchtetste Berner Recke Wittich in Romaburg erschien, um im Auftrag seines Herrn Dietrich genaue Kunde über den Tod der Königin und ihrer Söhne zu erlangen, wußte der schlaue Siebich den so gefürchteten Sohn Wielands so zu umgarnen, daß er ein Herzogtum von Ermenrich zu Lehen annahm und von Dietrich abfiel. Damit glaubte der tückische König, den Berner Helden seiner tüchtigsten Stütze beraubt zu haben und von ihm wenig mehr fürchten zu müssen. Nun überzog er zuerst die Söhne Dieters nordwärts der Alpen mit Krieg, besiegte sie, nahm sie gefangen und ließ sie töten. Dann sagte er Dietrich, den er nun mit Hilfe Wittichs leicht zu beseitigen gedachte, den Frieden auf. Er sollte sich geirrt haben – und dennoch sein Ziel erreichen und Dietrichs Reich erwerben.

An den Grenzen des Reiches trafen die Heere aufeinander, Ermerich wurde besiegt und mußte nach der Feste Romaburg fliehen, wo er jedoch durch reichen Sold und noch reichere Versprechungen in kurzer Zeit ein doppelt so starkes Heer aufbrachte. Dietrich war in Milan (Mailand) zurückgeblieben, aber seine Schatzkammern waren leer, er konnte keine Versprechungen machen und kein neues Heer sammeln. Da erbot sich der edle Markgraf von Pola, ihm von seinem Reichtum zu holen, so viel er bedürfe, und zwölf der besten Recken, darunter der alte Hildebrand, ritten nach Pola und beluden zwölf Saumtiere mit Gold und Silber. Der Schatz aber gelangte nicht in Dietrichs Hände. Sibich, der überall und auch in Dietrichs Umgebung seine Kundschafter hatte, überfiel mit hundert Streitern den Zug, erbeutete denselben und nahm die Helden, wenn auch erst nach furchtbarer Gegenwehr gefangen. Nun ließ Ermenrich dem Berner Helden die Wahl, entweder diese seine Gesellen schimpflich sterben zu sehen oder das Land zu verlassen, und der edle Dietrich besann sich nicht lange: er opferte für seine Freunde sich und sein Land, das nun Ermenrich in Besitz nahm.

Dietrich begab sich mit seinen Getreuen an den gastfreien Hof des Hunnenkönigs Etzel, wo er mit Freuden und hohen Ehren aufgenommen wurde. Hier blieb er lange Zeit bis endlich König Etzel Mitleid mit ihm hatte und ihm ein Heer rüstete, mit dessen Hilfe er sein Land wiedergewinnen sollte. Auf ihr dringendes Flehen durften auch die beiden jungen Söhne Etzels mitziehen, und Dietrich verpfändete Leib und Leben, daß er sie treulich behüten und ungefährdet wieder zurückbringen würde.

Mit Jubel wurde der König von seinem Volk empfangen und mit jedem Schritt vergrößerte sich sein Heer. Eilig zog Ermenrich mit einem Heer heran und lagerte vor Raben (Ravenna), zu dessen Herzog er den treulosen Wittich gemacht hatte. Hier trafen, nachdem Dietrich die Knaben Etzels in sichere Hut gebracht hatte, die Gegner aufeinander und heiß entbrannte der Kampf in der »Rabenschlacht«, von der die fahrenden Spielleute noch jahrhundertelang die wunderbarsten Heldentaten zu singen wußten. Es war ein gräßlich Morden auf beiden Seiten, und so mancher der Helden Dietrichs mußte hier den Tod erleiden. Trotz aller Vorsicht waren die Söhne Etzels der Hut entschlüpft, gerieten auch in den Kampf und wurden von Wittich erschlagen. Unsäglich war der Schmerz Dietrichs, als ihm diese Schreckenskunde ward, aber vergeben suchte der Held dem ungetreuen Mörder zu begegnen. Dieser wich der Rache des Königs aus, und erst als das Heer Ermenrichs sich in wilde Flucht aufgelöst hatte, entdeckte er ihn vor sich und jagte ihm nach. Doch lieber als von Dietrichs Rächerhand zu fallen, war dem ungetreuen Mann der Tod in den Wellen; in rasendem Lauf sprengte er dem Gestade des Meeres zu und setzte von dem hohen Ufer hinab in die Fluten, die über ihm zusammenschlugen. Der böse Sibich dagegen wurde gefangen und gehenkt.

Wohl hatte Dietrich einen glänzenden Sieg erfochten und sein Land wiedergewonnen. Des wurde er jedoch nicht froh, denn Leib und Leben hatte er dem König Etzel für die Sicherheit seiner Söhne verpfändet, und sein Wort war ihm heilig. Nur einige Tage gönnte er sich Ruhe, dann überließ er Ermenrich freiwillig das Land und kehrte mit den ihm gebliebenen Getreuen in das Hunnenland zurück. Wie groß aber auch der Jammer Etzels und seiner Gemahlin Helche um die verlorenen Söhne war, sie ließen den edlen Dietrich nicht entgelten, was er nicht verschuldet hatte. Und so blieb er denn wieder als Gast und Freund bei Etzel, trauerte mit ihm bei dem Tod der Königin Helche, feierte mit ihm seine zweite Hochzeit mit der Burgundentochter Kriemhild, der Witwe des gehörnten Siegfried, und sah mit Grausen auch den Untergang der Nibelungen durch Kriemhilds Rache, in welch entsetzlichem Kampf auch ihm alle seine Freunde erschlagen wurden, so daß ihm nur der alte Hildebrand blieb.

Erst als die Kunde in das Hunnenland kam, daß der seinem Volk verhaßte Ermenrich elend gestorben sei, kehrte Dietrich mit Hildebrand in sein Reich zurück, jetzt der einzige Sproß noch des ruhmreichen Stammes, der nun die zuvor getrennten drei Reiche vereinigte und kraftvoll und weise unter seinem Volk waltete bis ins höchste Alter.

Über sein letztes Ende weiß die Sage zu melden, daß der alte König einst im Fluß badete, als ein Hirsch aus dem Wald an das Ufer trat. Da erwachte in Dietrichs Brust die Jagdlust, und als gerade ein kohlschwarzer Hengst dahergesprengt kam, schwang sich der alte Recke mit fast jugendlicher Kraft hinauf und setzte dem fliehenden Hirsch nach wie ein Sturmwind. Er kehrte aber nicht zurück und niemand hat ihn je wiedergesehen. Die Sänger aber rühmen und preisen den Helden Dietrich von Bern bis auf den heutigen Tag.

HILDEBRAND UND HADUBRAND

Dietrich von Bern, der Gotenherrscher in Italien, hatte vor großer Übermacht aus seinem Land fliehen müssen und dreißig Jahre bei dem gastlichen Hunnenkönig Etzel in der Verbannung gelebt. Nun war er mit hunnischem Kriegsvolk gegen die Grenze seines Landes gerückt und sandte seinen tapferen Waffenmeister Hildebrand als Kundschafter voraus. Die Feinde hatten als Hüter der Mark den Hadubrand, Hildebrands Sohn, bestellt. Wie die beiden einander sahen, erkannten sie sich alsbald als Feinde, rückten ihr Heergewand zurecht und ritten gegeneinander. Hildebrand, als der ältere, fragte zuerst den anderen nach Namen und Geschlecht. Der Gegner antwortete: »Ich heiße Hadubrand, und alte Leute sagten mir, mein Vater habe Hildebrand geheißen. Er zog vor langen Jahren mit Dietrich und seinen Helden in die Fremde; Otaker vertrieb sie. Ich blieb als kleines Kind zurück, ohne Erbe, mein Vater wollte nicht von Dietrich lassen; immer war er der Vorderste in seiner Schar, Kampf war seine Freude – ich glaube nicht, daß er noch am Leben ist.« Da sagte Hildebrand: »Ich rufe Gott zum Zeugen: mit deinem nächsten Gesippen hast du in den Kampf gehen wollen! Ich bin Hildebrand, dein Vater, Herbrands Sohn.« Und er streifte sich einen Goldring vom Arm, ein Geschenk des Hunnenkönigs: »Das gebe ich dir in treuer Gesinnung.« Hadubrand erwiderte: »Mit dem Speer nimmt der Krieger Gaben entgegen! Du schlauer alter Hunne lockst mich mit deinen Reden und willst den

Spieß nach mir werfen! Mein Vater ist tot: Seefahrer haben mir's erzählt.« Hildebrand schaute auf das blinkende Rüstzeug seines Sohnes und sagte: »Ich sehe es dir an, du dienst unter einem gütigen Herrn und hast noch nie ins Elend hinaus müssen.« »Was hindert dich«, rief Hadubrand, »meine Rüstung zu erbeuten, wenn du Manns genug bist?« Und er faßte den Speer zum Angriff.

Da sprach der Alte: »Du, Gott im Himmel droben, das Furchtbare geschieht! Dreißig Jahre zog ich in der Fremde von Kampf zu Kampf und entging dem Tod: jetzt soll mich mein eigen Kind mit der Waffe treffen oder ich selbst sein Töter werden!« »Hör auf mit deinen Lügen!« rief Hadubrand; »Feigheit ist's, daß du nicht streitest, wie es dem Feind gegen Feind geziemt!« Hildebrand sagte: »Wohlan denn! Ein Feigling müßte der heißen, der dir den Kampf länger verweigerte!«

Sie schleuderten ihre Speere aufeinander, sprangen dann von den Rossen und hieben mit den Schwertern, bis ihre Schilde zu Stumpfen zersplitterten. Da traf ein Streich des Alten den Schenkel Hadubrands, daß er ins Knie sank. Er sprach zum Vater: »Nimm hier mein Schwert; ich muß mich dir ergeben.« Hildebrand streckte die Hand aus nach dem Schwert: da hob der Sohn die Waffe und ließ sie zum Hieb niedersausen. Mit einem Ruck sprang der Alte hinter sich und rief: »Diesen Schlag hat dich ein Weib gelehrt, nicht dein Vater! Lieber soll mein Sohn tot sein als in Schande leben.« Und er lief gegen ihn und rannte ihm das Schwert durch die Brust.

ROLAND

In seiner Kaiserpracht zu Aachen saß Kaiser Karl, den die Welt den Großen nennt, der mächtige Beherrscher des Abendlandes, dessen Ruhm die Welt durchstrahlte, so daß auch die Könige des Morgenlandes um seine Freundschaft sich bewarben und ihm kostbare Geschenke sandten. Er war der Hort der Christenheit, ihr oberster Schirmherr, denn in seinen Landen war er eifrig bemüht, die heidnischen Opferaltäre umzustürzen und nur eine Religion gelten zu lassen, den christlichen Glauben an den dreieinigen Gott im Himmel. Die Fürsten und Priester der Heiden zitterten daher schon bei dem Klang seines Namens.

Schlimmer aber noch als die Heiden dünkten ihm die Sarazenen oder Mauren. Von Arabien waren sie ausgegangen, hatten ganz Nordafrika überschwemmt und waren von hier aus auch über das Meer nach Europa gekommen, das sie in derselben Weise mit Feuer und Schwert, wie ihnen ihr Prophet Muhamed geboten, zu bewältigen gedachten. Das war ihnen nun zwar nicht gelungen, denn sie hatten in Karls Großvater, der auch Karl hieß, mit dem Zunamen Martell, der Hammer, einen so kräftigen Gegner gefunden, daß sie auf Spanien beschränkt blieben. Hier aber hatten sie sich festgesetzt und waren nun Kaiser Karls stete Sorge, da sie die Christenheit fortgesetzt beunruhigten, denn man war keinen Augenblick vor ihnen sicher.

Die Stadt Aachen hatte der große Karl zu seinem Hochsitz erkoren. Hier hielt er glänzend Hof, hier erbaute er auch einen prächtigen Dom, in welchem er nachmals seine letzte Ruhestätte fand. Hierher liefen alle Fäden aus den weiten Marken seines Frankenreiches zusammen, und hierher kamen auch die Boten, welche ihm die Nachricht brachten, daß der Maurenhäuptling Marsilio in Saragossa in Spanien wieder einmal die Christenheit hart bedrängte und unterstützt von einem Verbündeten aus Afrika sogar wiederholt Einfälle in das fränkische Reich, in die Grenzen von Karls Ländern unternommen habe.

Wie viele andere, so hatte auch dieser Sarazene sich eifrig um Karls Freundschaft beworben, und dieser hatte sie ihm gewährt, weil er darin das beste Mittel sah, um Marsilios wilde Banden in Ruhe zu halten. Jetzt nun mußte er sehen, daß die Freundschaftsbewerbung nur Schein gewesen und um so zorniger fuhr er nun empor. Er berief sofort seine zwölf Paladine, die den Rat des Kaisers bildeten und unter denen der streitbare Erzbischof Turpin sein vornehmster Rat war, und der Krieg wurde beschlossen. Jubelnd hatten die Paladine zugestimmt, am lautesten Roland, der Schwestersohn des Kaisers und sein Liebling, ein weit und breit gefürchteter junger Held, dessen Schwert Durendart noch in jedem Kampf gesiegt, und dessen Horn Olifant einen Ton hatte, den man meilenweit hören konnte. Bei dem Anblick des gewaltigen Heeres an dessen Spitze Kaiser Karl gen Süden zog, räumten die Feinde schleunigst das Frankenreich. Karl zog ihnen aber über das Gebirge nach, schlug sie einmal über das andere, und bald mußte Marsilio hinter den Mauern des festen Saragossa Schutz suchen. Hier wurde er von dem Frankenheer eingeschlossen, und er sah bald keinen anderen Weg mehr, sich aus dem heraufbeschworenen bösen Handel herauszuziehen, als daß er unterhandelte und um Frieden bat. Eine Gesandtschaft erschien mit reichen Geschenken vor Kaiser Karl und brachte die Unterwerfung Marsilios unter alle Bedingungen, die Karl stellen würde.

Kaiser Karl war bereit, darauf einzugehen und Milde walten zu lassen. Erzbischof Turpin und Roland warnten zwar eindringlich, dem falschen Mann zu trauen, der sich schon so treulos erwiesen hatte, und mit dessen Hinterlist man auch jetzt rechnen müsse, aber sie wurden überstimmt, namentlich durch die glatten Worte des Paladins Genelon, der schon lange eifersüchtig auf den Einfluß jener Männer war und ihnen überall, wo er nur irgend konnte, entgegentrat. Der milde Kaiser war jedoch zum Frieden geneigt, und Genelon wurde nach Saragossa gesandt, um die Bedingungen zu vereinbaren.

Die Warner sollten recht behalten, Kaiser Karls Vertrauen auf das schrecklichste getäuscht werden. Der hinterlistige Marsilio wollte nur möglichst schnell die Sieger los sein und weit von seinem Land entfernt wissen, und er durchschaute ohne Mühe, daß er dazu an Karls Gesandtem eine hilfreiche Hand finden würde. Als er Genelon durch seine Schatzkammern führte, beobachtete er mit Wohlbehagen dessen funkelnde Augen, die eine unersättliche Habgier verrieten; ebenso wenig konnte der Paladin den Haß gegen Turpin, Roland und seine anderen Widersacher im Rat Karls verbergen, und der listige Sarazene wußte beides für einen Plan zu benutzen, der mit der Entfernung des Heeres auch ihm zugleich diese einflußreichen Männer, die er allein zu fürchten hatte, vom Hals schaffte. Nur zu willig ließ Genelon sich fangen und wurde zum Verräter an seinem Herrn und Kaiser.

Zurückgekehrt in das Lager der Franken, wußte er Karl zu bestimmen, den Frieden anzunehmen und mit dem ganzen Heer zurückzuziehen in die Heimat. Er wußte ihn aber auch zu bereden, eine Schar der besten Kämpen an der Grenze als Wache zurückzulassen, da es doch immerhin möglich sein könnte, wie er heuchlerisch zugab, weil Turpin und Roland dies als sicher voraussetzten, daß der Sarazene irgendeinen Verrat im Schilde führe. Karl glaubte in diesem Rat die Uneigennützigkeit des Ratgebers erkennen zu müssen und handelte danach. Er zog mit seinem ganzen Heer wieder gen Norden, bis er hart an der Grenze in das Tal Roncevall gelangte, das seinen Helden als der geeignetste Ort erschien, hier zurückzubleiben und den Maurenfürsten und sein Tun zu beobachten. Karl nahm Abschied von Turpin, Roland und den anderen Kämpen und zog weiter.

Das Tal war eng, himmelanstrebende Felsenwände bildeten der Länge nach zu beiden Seiten unübersteigbare Mauern, und die schmalen Ausgänge waren leicht zu verteidigen. Innen bot sich jedoch Raum genug, die Zelte aufzuschlagen.

Nicht lange aber sollten sie sich der wohlverdienten Ruhe erfreuen, denn bald kamen die ausgestellten Wächter und meldeten, daß der Feind im Anzug sei.

»Das ist Genelons Werk, des Verräters!« rief Roland und alle waren überzeugt davon, daß ihnen ein Hinterhalt gelegt worden sei. Unverzagt aber wurden in Eile die Zelte niedergelegt, und ehe sich die Männer auf die Rosse schwangen, knieten sie nieder zum Gebet, und der Erzbischof sprach den Segen über sie.

Da blitzten am Eingang des Tales die Waffen der Sarazenen und unter ihrem Schlachtruf: Allah il Allah! stürmten sie gegen das Tal, aus dem ihnen der Strom der fränkischen Kämpen entgegenquoll. Es war ein heißer Kampf, zehn gegen einen, aber was waren die kleinen schmächtigen Sarazenen gegen die Hühnengestalten der Franken, deren Schwerter furchtbar unter ihnen hausten. Zwar erlag auch so mancher fränkische Streiter der Überzahl der ihn anfallenden Feinde, aber dennoch löste sich der Kampf bald in Flucht der Sarazenen auf, deren Führer fast sämtlich gefallen waren, und auch auf der Flucht wurden noch viele erschlagen.

Der Waffenlärm war verstummt, die Helden kühlten und verbanden ihre Wunden und dachten nun von dem gewaltigen Ringen sich zu erholen. Es sollte ihnen nicht beschieden sein, denn Marsilio hatte, um die verhaßten Gegner sicher zu vernichten, seine ganze Macht aufgeboten, hatte einen Teil seines Heeres über das Gebirge gehen lassen und versuchte nun den Angriff von beiden Eingängen des Tales gleichzeitig. Hundertfach war er jetzt den Franken überlegen, und er führte nun seine Scharen selbst. Was half bei dieser unendlichen Überzahl der Feinde auch die bewundernswerteste Tapferkeit? Mochten sie Leichen um sich herum türmen, immer frische Streiter stürmten gegen sie heran, und bald bluteten auch sie aus schweren Wunden.

Da riß Roland das Horn Olifant von der Schulter und blies hinein, und ein Ton brach daraus hervor, daß die Feinde vor Entsetzen innehielten und der Kampf erst eine Fortsetzung fand, als der Ton in der Ferne verhallt war. Jetzt standen nur noch einzelne der vornehmsten Helden der Franken, aber auch sie wurden schon matt, da sie von Tausenden umringt waren. Da stieß Roland noch einmal ins Horn, so daß die Adern an seinem Hals sprangen, und horch! aus der Ferne antworteten fränkische Heerhörner.

Der Ruf. »Kaiser Karl naht!« ließ die Sarazenen plötzlich innehalten, und als sie die Töne noch einmal hörten, ergriffen sie die Flucht. Nun standen nur noch der Erzbischof Turpin und Roland auf dem Schlachtfeld, unter Haufen von Leichen, beide aber so schwer verwundet, daß ihre Augenblicke gezählt waren.

»Wen Gott lieb hat, den ruft er von hinnen«, sprach der Erzbischof, als sie einander die Hand gereicht hatten. »Auch ich fühle, daß mein letztes Stündlein geschlagen hat. Lebe wohl, Roland! Gott segne unsern geliebten Kaiser Karl!« Mit diesen Worten sank er um und hauchte seinen letzten Seufzer aus.

»Fahre wohl, du Gewaltiger!« rief ihm Roland trübe nach. »Auch ich fühle, daß ich dir folgen muß.« Dann schleppte er sich mühsam nach dem Ausgang des Tales, um nach dem Kaiser auszuschauen, doch schwer sank er hier zusammen, und die Augenlider fielen ihm zu. Da erhob sich vom Boden ein schwer verwundeter Sarazene. Er hatte den Helden erkannt und wollte ihn mit der letzten Kraft, die ihm noch geblieben war, erdolchen. Doch da erhob Roland noch einmal die Augen, erkannte die Absicht des Mörders und schlug ihm das Horn über den Kopf, daß beide, Horn und Kopf in Stücke brachen.

»Das war deine letzte Tat, mein Olifant«, murmelte der sterbende Held. »Und nun komm auch du, mein treuer

Durendart, kein Heide soll dich entweihen!« Er wollte das Schwert zerbrechen und versuchte es am Felsen zu zerschlagen, aber seine Kraft reichte nicht mehr hin, und mit dem erlöschenden Blick auf die treue Klinge entfloh seine Heldenseele. –

Kaiser Karl war schon ziemlich weit von dem Tal Roncevall entfernt gewesen, aber er hatte dennoch die gewaltige Stimme Olifants vernommen und war sofort umgekehrt, denn er erkannte, daß sein Liebling Roland in Todesnot sei. Was die Pferde nur zu laufen vermochten, waren sie geritten, dennoch kamen sie zu spät. Sie fanden nichts mehr als ein wüstes Durcheinander von Franken und Sarazenen, Rossen und Waffen. Der Feind war verschwunden.

Lautes Wehklagen erscholl über das blutige Feld, denn einer der gewaltigen Helden nach dem anderen wurde tot aufgefunden, zuletzt auch Roland. Erschüttert stieg der Kaiser vom Roß und nahm das Haupt des geliebten Schwestersohnes in seine Arme. Lange währte es, ehe er seinen tiefen Schmerz niederkämpfen konnte. Dann aber blickte er Genelon, dem die Gewissensangst auf dem Gesicht geschrieben stand, mit seinen Adleraugen an und befahl, daß der Verräter in Ketten gelegt werden solle, um daheim in Aachen gerichtet zu werden.

Zur Bestattung der Toten ließ Karl eine Abteilung im Tal Roncevall zurück, nur die Leichen der der gefallenen Paladine sollten mitgeführt und in der Heimat bestattet werden, Er selbst aber zog mit seinem Heer gegen die Sarazenen, denen er in einer zweitägigen Schlacht eine so furchtbare Niederlage beibrachte, daß jeder Widerstand gebrochen war, da auch alle ihre Häuptlinge samt Marsilio erschlagen worden waren. –

Durch den errungenen Sieg war ganz Spanien unter die Botmäßigkeit des Frankenherrschers gekommen und ohne Gefahr konnte der Rückzug über die Pyrenäen angetreten werden.

In seiner lieben Stadt Aachen hielt der Kaiser Gericht über den Verräter Genelon. Da dieser beharrlich leugnete, ward ein Gottesgericht in Gestalt eines Zweikampfs berufen. Geschwächt durch die lange Gefangenschaft vermochte Genelon denselben nicht selbst anzunehmen, er stellt deshalb den berühmten Kämpfer Pinatel, der durch das Gottesgericht des Verräters Unschuld beweisen sollte. Ihm gegenüber trat Rolands treuer Knappe Thiedrich. Aber im Verlauf des Kampfes entschied Gott selbst gegen Genelon, denn der gefürchtete Fechter Pinatel fiel zur Erde und wurde von Thiedrich besiegt.

Hierauf trat ein Gericht aus zwölf fürstlichen Männern zusammen und nach ihrem Spruch sollte Genelon von Pferden in Stücke gerissen werden. Das Urteil ward vollstreckt und mit entsetzlichen Qualen büßte der Verräter seine verbrecherische Tat, durch welche so viele edle und tapfere Männer den allzu frühen Tod gefunden hatten.

EGINHART UND IMMA

Eginhart, Karls des Großen Erzkapellan und Schreiber, der in dem königlichen Hof löblich diente, wurde von allen Leuten wert gehalten, aber von Imma, des Kaisers Tochter, heftig geliebt. Sie war dem griechischen König als Braut verlobt, und je mehr Zeit verstrich, desto mehr wuchs die heimliche Liebe zwischen Eginhart und Imma. Beide hielt die Furcht zurück, daß der König ihre Leidenschaft entdecken und darüber erzürnen möchte. Endlich aber mochte der Jüngling sich nicht länger bergen, faßte sich, weil er den Ohren der Jungfrau nichts durch einen fremden Boten offenbaren wollte, ein Herz und ging bei stiller Nacht zu ihrer Wohnung. Er klopfte leise an der Kammer Tür, als wäre er auf des Königs Geheiß hergesandt, und wurde eingelassen. Da gestanden sie sich ihre Liebe und genossen der ersehnten Umarmung.

Als inzwischen der Jüngling bei Tagesanbruch zurückgehen wollte, woher er gekommen war, sah er, daß ein dicker Schnee über Nacht gefallen war, und scheute sich über die Schwelle zu treten, weil ihn die Spuren von Mannsfüßen bald verraten würden. In dieser Angst und Not überlegten die Liebenden, was zu tun wäre, und die Jungfrau erdachte sich eine kühne Tat: Sie wollte den Eginhart auf sich nehmen und ihn, eh es licht wurde, bis nah zu seiner Herberge tragen, daselbst absetzen und dann vorsichtig in ihren eigenen Fußspuren wieder zurückkehren.

Diese Nacht hatte gerade durch Gottes Schickung der Kaiser keinen Schlaf, erhob sich bei der frühen Morgendämmerung und schaute von weitem in den Hof seiner Burg. Da erblickte er seine Tochter unter ihrer schweren Last vorüberwanken und nach abgelegter Bürde schnell zurückspringen. Genau sah der Kaiser zu und fühlte Bewunderung und Schmerz zu gleicher Zeit; doch hielt er Stillschweigen. Eginhart aber, welcher sich wohl bewußt war, diese Tat würde in die Länge nicht verborgen bleiben, ratschlagte mit sich, trat vor seinen Herrn, kniete nieder und bat um Abschied, weil ihm doch sein treuer Dienst nicht vergolten werde. Der König schwieg lange und verhehlte sein Gemüt; endlich versprach er, dem Jüngling baldigen Bescheid zu sagen.

Unterdessen setzte er ein Gericht an, berief seine ersten und vertrautesten Räte und offenbarte ihnen, daß das königliche Ansehen durch den Liebeshandel seiner Tochter Imma mit seinem Schreiber verletzt worden sei. Und während alle erstaunten über die Nachricht des neuen und großen Vergehens, sagte er ihnen weiter, wie sich alles zugetragen und er es mit seinen eigenen Augen angesehen hätte und er jetzo ihren Rat und ihr Urteil heische. Die meisten aber, weise und darum mild von Gesinnung, waren der Meinung, daß der König selbst in dieser Sache entscheiden solle.

Karl, nachdem er alle Seiten geprüft hatte und den Finger der Vorsehung in dieser Begebenheit wohl erkannte, beschloß, Gnade für Recht ergehen zu lassen und die Liebenden miteinander zu verehelichen. Alle lobten mit Freuden des Königs Sanftmut, der den Schreiber vor sich forderte und also anredete:

»Schon lange hätte ich deine Dienste besser vergolten, wo du mir dein Mißvergnügen früher entdeckt hättest; jetzo will ich dir zum Lohn meine Tochter Imma, die dich hoch gegürtet willig getragen, zur ehelichen Frau geben.«

Sogleich befahl er, nach der Tochter zu senden, welche mit errötendem Gesicht in des Hofes Gegenwart ihrem Geliebten angetraut wurde. Auch gab er ihr reiche Mitgift an Grundstücken, Gold und Silber; und nach des Kaisers Absterben schenkte ihnen Ludwig der Fromme, durch eine besondere Urkunde, in dem Maingau Michlinstadt und Mühlenheim, welches jetzo Seligenstadt heißt. In der Kirche zu Seligenstadt liegen beide Liebenden nach ihrem Tod begraben. Die mündliche Sage erhält dort ihr Andenken, und selbst dem nah liegenden Wald soll, ihr zufolge, Imma, als sie einmal »o du Wald!« angeredet, den Namen Odenwald verliehen haben.

Auch Seligenstadt soll einer Sage nach daher den Namen haben: Karl habe Imma verstoßen und, auf der Jagd verirrt, wieder an diesem Ort gefunden; nämlich als sie ihm in einer Fischerhütte sein Lieblingsgericht vorgesetzt, erkannte er die Tochter daran und rief:

»Selig sei die Stadt genannt,
wo ich Imma wiederfand!«

FRAU OLIF UND LANDRES

Hugo hieß ein König und Herzog im Tal Munon, dem dienten viele Grafen, Barone, Ritter und andere Adlige. Er war reich und berühmt, und nichts fehlte zu seinem Glück, als daß er unvermählt war und keinen Erben hatte. Man erzählte ihm von einer Jungfrau Olif, die war die Tochter des Königs von Frankenland und von diesem mit großen Ehren auferzogen. Hugo schickte Sendboten zu Pipin, ihrem Vater, die um die Hand der Jungfrau werben sollten. Sie wurden vom König wohl aufgenommen und erhielten zur Antwort, Hugo möge selbst an den Hof kommen.

Das meldeten sie ihrem Herrn, und dieser machte sich auf mit seinem Gefolge und ritt zu König Pipin, der ihn mit aller Ehre und Würde empfing, und nicht eher kehrte Hugo zurück, als bis er die Zusage auf die Hand der Olif erhalten hatte. Er rüstete nun zur Hochzeit und sparte nichts, da sein Ansehen größer geworden war, sondern lud Gäste in Scharen aus seinem ganzen Reich ein. Zur abgemachten Zeit kam König Pipin mit seinen Reichsmannen und der Jungfrau Olif zum Hof des Herzogs, und Hugo ritt ihm entgegen mit seinem Gefolge, hieß den König und seine treffliche Tochter willkommen, und alle freuten sich, da sie ihr sanftes Antlitz sahen und jene sie mit freundlichen Worten begrüßte. Prächtig wurde die Hochzeit gefeiert, das beste an Trank und Speise und Unterhaltung geboten und jedermann hochgeehrt, so daß alle in großer Freundschaft schieden. Es verging darauf nicht lange Zeit, daß Olif eines kräftigen Sohnes genas, der mit Freuden von allen aufgenommen und in der Taufe Landres genannt wurde.

Nach mehreren Jahren saß Hugo einmal zu Tisch und sagte zu seinen Leuten in der Halle: »Ich will in den Wald reiten, eine Hindin zu jagen. Wer das Weidwerk gewohnt ist, schließe sich an!« Ingelbert, der oberste Diener der Herzogin, meinte, wer dann der Herrin solange aufwarten solle. »Dafür«, sagte der König, »ist gesorgt; denn Milon, den Hofmeister, der über meine Schätze gesetzt ist, habe ich stets in Treue bewährt gefunden.« Und am Morgen, sobald es hell wurde, brachen alle auf in den Wald des Königs zum edlen Weidwerk mit ihm, und keiner blieb zur Bedienung der Herrin zurück als nur Milon, der Verräter.

So weit fort war der König, daß kein verhaltenes Feuer und böser Rauch gehütet werden konnte, ohne daß nicht doch etwas davon hervordrang. So wurde Milon bald von seinen schlimmen Gedanken erhitzt. Er begab sich ins Zimmer seiner Herrin, fiel auf die Knie und forderte ihre Liebe. All sein Hab und Gut bot er ihr an; doch wurde er streng abgewiesen, ja Olif drohte, ihn hängen zu lassen. Da ging Milon in sein Haus zurück, schloß eine Lade mit kostbaren Kleinodien auf und nahm einen schönen Zauberbecher mit Deckel heraus. Dahinein goß er einen Gifttrank, trat wieder bei seiner Herrin ein und versuchte, sie zu verlocken wie zuvor. Da sie fest blieb, änderte er seine Sprache, stellte sich, wie wenn er nur ihre Treue habe erproben wollen, und bat sie, da er leicht ihre Verzeihung erhielt, einen Friedensbecher mit ihm zu trinken zum Zeichen, daß sie ihn nicht bei ihrem Herrn verklage. Die Herzogin war es zufrieden. Milon tat nur so, als ob er trinke, und reichte ihr den Becher, den sie an ihre Lippen setzte. Kaum aber hatte sie von dem Trunk genossen, als sie umfiel und in so tiefen Schlaf sank, daß sie kein Glied mehr rühren konnte. Milon zog sie aus, trug sie auf ihr Bett und wollte Gewalt an ihr üben, konnte aber durch Gottes Vorsehung seinen Willen nicht haben. Da ging er auf den Markt und traf dort einen armen, häßlichen Mohren, dem er Geld und gutes Essen versprach. Damit lockte er ihn auf die Burg und reichte ihm dort den Giftbecher, nachdem er zu seinen Ehren ihm scheinbar vorgetrunken. Der Mohr leerte durstig den Becher, fiel in gleichen Todesschlaf wie die Herzogin, und Milon vollendete sein Teufelswerk, indem er ihn auszog und zu jener ins Bett legte, wie wenn sie sich in den Armen lägen.

Bald hernach kam König Hugo von der Jagd zurück und ließ alle erlegten Tiere vor die Hallentür bringen. Er wunderte sich, daß die Hausfrau nicht herauskam, ihn zu begrüßen und Bogen und Pfeile ihm abzunehmen, wie es sonst Sitte im Land war, und fragte, wo seine süße Olif weile und warum sie zu seinem Empfang nicht erscheine. Da bat ihn Milon, vorerst zu Tisch zu gehen, da er noch früh genug zu Frau Olif kommen werde. Und der König ließ sich überreden, setzte sich an die Tafel mit seinen Leuten und vergaß seine Liebe beim ersten Gericht. Aber als er sich satt gegessen, fragte er wieder nach Olif und meinte, entweder müsse sie trunken sein, Kopfweh haben oder mit Landres, dem Kind spielen, daß sie nicht aus ihrem Zimmer komme. Milon aber sagte: »Sie ist nicht trunken und nicht krank und spielt nicht mit ihrem Kind, sondern hegt einen andern Buhlen als euch!« Da schoß der König so ungestüm auf, daß alle Becher und Teller zu Boden fielen, nahm sein scharfes Schwert in die Hand und ließ sich von Milon ins Zimmer der Herrin führen. Als er die beiden dort liegen sah und Milon beteuerte, daß sie ihr Spiel lange schon so getrieben hätten, da schlug der König dem Mohren das Haupt herunter. Zu seinem Erstaunen aber sah er alsbald bei jedem Blutstropfen eine Wachskerze brennen und schloß daraus auf die Unschuld des Mohren. Milon aber suchte ihm einzureden, daß nichts als Zauberei seines Weibes dahinterstecke.

Bei diesen Worten erwachte Olif und sah entsetzt den König vor sich mit gezücktem Schwert und den Mohren liegen in seinem Blut, und zum Entsetzen kam tiefster Schmerz, als Milon vor ihr seine frechen Anschuldigungen wiederholte. Sie suchte dem König ihre Unschuld zu erweisen, rief die Landesgesetze an und erklärte sich bereit, die allerschwersten Reinheitsproben auf sich zu nehmen, nackt in einen glühenden Kupferkessel zu steigen oder sich von einer schweren Schleuder vom höchsten Turm auf Schwerter- und Speerspitzen werfen zu lassen oder aufs Meer hinaus zu fahren, bis man das Land nicht mehr sehen könne und, wenn die Leute sie dort ins Meer geworfen, alleine zum Land sich zu retten. Aber der König blieb hart, da Milon ihn hetzte und ihm vorhielt, wie die Hexe durch die Luft fliegen und machen könne, daß Steine schwammen und Federn im Wasser in die Tiefe sänken. Da fuhr Engilbert von Dynhart auf, schlug Milon so fest ins Gesicht, daß er ins Feuer fiel, das im Zimmer brannte, erklärte ihn für einen Lügner und erbot sich, nur mit Hemd und Hose bekleidet, einen Stecken in der Hand und auf einem

Maulesel gegen ihn, den Vollbewaffneten, zu fechten, um die Unschuld seiner Herrin ans Licht zu bringen. Der König stimmte zu, und der Kampf wurde vor den Burgmauern unter großer Zuschauerschaft ausgetragen. Milon stürzte beim ersten Gang vom Pferd, aber ließ es nicht gelten, trat vor den König, schob wieder alles auf die Hexe und ruhte nicht, bis Hugo den Engilbert aus seinen Augen verbannte.

Der König war entschlossen, Olif zu töten, rief seine Edlen zusammen und fragte sie nach ihrem Urteil über die Todesart. Da nun der eine zu diesem, der andre zu jenem riet, stand Milon auf und empfahl, ein Steinhaus zu bauen, groß genug zum Sitzen oder zum Stehen, und die Herrin dort einzusperren. Aber Arneis, ein Ritter des Königs, wandte sich dagegen und erinnerte an die hohe Abkunft der Königin, da Pipin ihr Vater, Bertha die Mutter und Karl Magnus ihr Bruder sei. Deren Feindschaft durch ein vorschnelles Urteil zu erregen, wäre sehr unklug, weshalb er rate, Sendboten auszuschicken und diese Verwandten herzubitten, damit sie selber über Olif Recht sprächen.

Der König billigte den Rat, ließ die Einladung ergehen und rüstete sein Haus zum Empfang. Dann ritt er den hohen Verwandten entgegen und führte sie in seine Halle. Ein üppiges Mahl stand dort für sie bereit, und der böse Milon brachte es zustande, daß sie der Freundschaft zu Olif schon bei der ersten Speise vergaßen. Als sie satt waren, fragte Pipin, warum seine Tochter Olif nicht komme, sich zu zeigen und die Gäste zu erfreuen. Da ging Milon hinaus, und wie Pipin nun wähnte, sie komme im Kreis ihrer Mädchenschar, trat sie allein in die Halle, barfuß, ohne Kopfbedekkung und nur mit einem dünnen Hemd bekleidet; und bald hernach kam Milon mit dem Leichnam des Mohren und warf ihn seiner Herrin vor die Füße mit der Anklage, das wisse Gott, daß das ihr Buhle sei. Alle verstummten in der Halle, nur Hugo bestätigte laut, daß er den Mohren bei Olif im Bett habe liegen sehen, und bat die Versammelten, sie abzuurteilen. Da Olif spürte, wie in allen ihren Freunden der Haß gegen sie aufstieg, setzte sie sich verzweifelt ihrem Vater zu Füßen. Der aber stieß sie zornig von sich, und sie fiel hin und brach sich zwei Rippen. Als Milon das sah, ging er auf den Knaben Landres zu, der auf der Hallendiele spielte, und traf ihn mit einem Knüttel so hart, daß der Knochen an seiner Braue sprang und er davon seiner Lebtage eine Schramme hatte.

Da alle es schwer fanden, einen Rat zu geben, stimmte Karl Magnus dafür, Olif in der Steinhütte auszusetzen, die Milon zwölf Meilen vor der Stadt hatte aufführen lassen, und sie dort sieben Jahre oder mehr allein mit einem schlechten Laib Brot und einem Krug Wasser zu lassen. Lebe sie dann noch, so solle ihre Unschuld erwiesen sein. Milon fügte bei, die Hütte müsse mit Schlangen, Kröten und Giftwürmern angefüllt werden, und das fand bei allen Zustimmung. Olif küßte ihren Sohn Landres, erflehte sich Gottes Beistand und wurde mit dem Brot und einem Krug schlechten Wassers in der Steinhütte eingemauert.

Es verging nicht lange Zeit, da ließ der König Hugo die höchsten Männer seines Landes zu einer Versammlung zusammenrufen, um über Gesetz und Reich Rat abzuhalten. Milon benutzte die Gelegenheit für seine eigenen Pläne, rief eines Tages alle heimlich zu sich und beredete sie, mit ihm einzuwirken, daß der König nicht ohne Frau bleibe, sondern sich neu verheirate. Dann stand er im Rat vor dem König auf und sprach: »Herr, diese edlen Männer, die hier sitzen, baten mich, dir kundzutun, daß sie sich von euch trennen wollen, außer ihr nehmt euch eine Königin wie zuvor, da das Land ohne Erben ist, wenn ihr sterben solltet.« Da antwortete König Hugo: »Ich würde gewiß diesen Rat annehmen, wenn ich wüßte, daß Frau Olif tot wäre.« Der Verräter schwor, daß sie lange gestorben sei, ging nun offener mit der Sprache heraus und empfahl ihm seine Tochter Aglavia zum Weib. Und so eifrig redete er auf den König ein, daß dieser schließlich ja sagte und das Mädchen freite.

Von der Hochzeit, zu der Milon rüsten ließ, wird gesagt, daß sie die schlimmste war, die je gefeiert wurde. Alle gingen beschämt davon und verwünschten Aglavia, weil sie jedem, der mit ihr redete, böse Worte gab. Dem Königspaar wurde ein neuer Sohn, Malalandres, geboren, der ganz die Bosheit Milons geerbt zu haben schien. Denn er zeigte sich schon als kleines Kind arglistig, biß den Leuten in die Füße, wollte alles für sich besitzen und stiftete überall Händel an. Er wuchs mit seinem Stiefbruder zusammen auf; aber Milon sah mit Neid, daß Landres ihm von allen vorgezogen wurde. Da ging er zum König, begann die Herkunft des ältern Sohnes vor ihm in Zweifel zu ziehen, schürte den Argwohn, daß er vom Mohren stamme und gar nicht sein eigen Kind sei, und brachte es endlich dazu, daß der König Landres aus seinen Augen verbannte.

Eine Frau Siliven hatte in der Nähe ihren Hof. Sie war alt, aber begütert und klug und hatte früher Landres gepflegt. Zu ihr ging er, und sie nahm ihn freundlich auf. Sieben Jahre blieb er bei ihr, und sie erzog ihn nach bester Einsicht. Einst da er sich eben im Ritterspiel üben wollte, meldete sie ihm, daß unter den Mauern der Königsburg am nächsten Tag ein Wettkampf sein solle und den Preis gewinne, wer dreimal einen Ball im dichtesten Gedränge auffangen könne. Landres brannte danach mitzutun, und seine Pflegemutter unterstützte das. Sie gab ihm zum Abschied eine tüchtige Ohrfeige mit der Mahnung, nie im Leben eine solche von einem andern als von Vater und Mutter entgegenzunehmen. Landres ließ sich's gesagt sein und ging. Vor dem Schloß traf er das Spiel in vollem Gang, band sein Pferd an einen Baum, mischte sich ins dichteste Gewühl und erwischte bald den Ball. Solche Gewandtheit zeigte er, daß er ihn dreimal hintereinander unter die Spielenden warf, ihm nachlief, ihn auffangen und wieder wegtragen konnte. Das ertrug sein Stiefbruder, der dabei war, nicht. Er gab ihm eine Ohrfeige, daß Landres die Ohren sangen; aber dieser erinnerte sich an die Mahnung der Pflegemutter, schlug ebenfalls zu, und die Wirkung war, daß Malalandres die meisten Zähne verlor und ihm von dem Schlag die Kiefer sprangen.

Von der Burg hatte der König mit seinen Leuten zugesehen. Auf den bösen Rat Milons ließ er Landres vor sich kommen und befahl, ihn für sein Vorgehen gegen den Bruder in Haft zu nehmen. Doch sah Landres so drohend aus, daß niemand Hand an ihn zu legen wagte. So entkam er, und da er wohl wußte, daß ihn der Zorn des Königs verfolgte, trat er bei der Pflegemutter nur ein, um sich von ihr zu verabschieden, nahm Bogen und Pfeil und ging in den Wald.

Bald litt er Hunger, da er wohl Vögel schießen konnte, aber kein Feuer hatte, um sie zu braten. Da sah er, wie er unter einem Baum stand und die Augen mit seiner Rechten beschattete, vor sich im Grund vier Zwerge sitzen. Er schlich näher von Baum zu Baum, überraschte sie und nahm den rasch in ihre Höhle Entfliehenden das Tuch weg, das sie eben zum Essen ausgebreitet hatten, samt dem Töpfchen, welches daneben stand. Da hatte er nun zu essen genug, denn das Tüchlein besaß die Eigenschaft, daß alle Speisen sofort darauf erschienen, die man haben wollte, während das Krüglein jeden gewünschten Trunk sogleich bot. Indessen liefen zwei der Zwerge ihm nach und verlangten Tuch und Töpfchen zurück, und da er's nicht geben wollte, trösteten sie sich, und er hörte einen zum andern sagen, er habe noch andere solche Dinger, auch seien Tuch und Töpfchen dem Mann zu gönnen, der bald zu seiner gefangenen Mutter kommen werde.

Das war das erste Wort, welches Landres vom Verwahrsam Olifs hörte, und er bat Gott, ihn zu ihrem Gefängnis zu führen. Er kam auch bald zu einer dunklen Steinhütte, die war fest gebaut und hatte keine Tür, nur ein kleines Fenster; darin saß ein Vogel, der sang so schön, daß es eine Lust war zu hören, und der Vogel war allezeit die Freude gewesen der Frau, die dort wohnte. Landres spannte seinen Bogen und schoß ins Fenster; aber der Pfeil traf nicht den Vogel, sondern die Brust der Frau, die in Klagen darüber ausbrach. Da merkte Landres, daß die Hütte bewohnt war, fragte, wer da wäre, und nannte seinen eigenen Namen. Die Mutter erkannte den Sohn voll Freude, und an dem Zeichen, das sie ihm angab, des von Milon empfangenen

Mals überm Auge, sah er auch deutlich, daß die Bewohnerin seine Mutter sein müsse. Da lief er eifrig in den Wald, schnitt sich eine Stange vom härtesten Holz und bearbeitete damit die Mauer der Hütte, bis die Steine loswurden, und er sich einen Eingang durchgebrochen hatte. Voll Schreck sah er die Schlangen, Kröten und Giftwürmer, die seine Mutter umgaben, vernahm aber von ihr, daß diese ihre Rettung gewesen, da sie alle die Zeit über nachts sich um sie gelegt und sie vor Kälte geschützt hätten, am Tag aber um Speise hinausgekrochen seien. Landres ließ nun bei der Mutter sein Tüchlein und Töpfchen zurück, daß sie Nahrung hätte, gab ihr von seinen Kleidern, was er entbehren konnte, und machte sich auf ihre Bitte zu seiner Pflegemutter Siliven auf, um Rat zu holen, wie sich die Mutter von der Verleumdung reinigen könne.

Siliven wollte die frohe Nachricht von der Rettung Olifs kaum glauben und riet Landres, unverzüglich zu seinem Onkel Karl Magnus zu reiten, da Pipin inzwischen gestorben sei, und jenem alles genau zu berichten. Sie rüstete ihn aus mit Waffen, Kleidern und einem schönen Roß, und Freude im Herzen machte sich Landres auf den Weg. Singend ritt er durch einen Wald und sah, da er hinauskam, ein schönes Land vor sich mit einem See und einem Pilger, der hatte wie ein Jerusalemfahrer eine Palme in der Hand, war eben beim Essen und lud ihn mit freundlichen Worten ein, abzusteigen und mitzuhalten. Und da Landres sich hungrig fühlte, machte er keine Umstände, stieg ab und wollte eben zugreifen, als plötzlich alles, Pilger, Speisen, sein Roß und seine eigenen Kleider verschwunden waren und er nackt und bloß da saß, wie ihn die Mutter zur Welt gebracht hatte. Es blieb ihm nichts, als beschämt zu Siliven zurückzukehren, die an der Tür saß und ihn kommen sah.

Sie tröstete ihn, meinte, daß er es dem Zauber seiner Stiefmutter zu danken habe, und rüstete ihn mit neuen Kleidern, dem Schwert Mimung und dem Pferd Kleming aus. Dann gab sie ihm den Rat, sich stracks in die Zügel zu legen, wenn ein Mann ihn aufhalten wolle, sein Schwert zu ziehen und es für ein gutes Zeichen zu achten, wenn sein Pferd fest in den Zaum beiße. Landres kam nun bald durch ein Moor und erblickte neben einem See eine Kirche, daraus kam ein Alter in schwarzem Gewand, der forderte ihn auf abzusteigen, sich auszuruhen und in der Kirche die Messe zu hören. Da ritt Landres so schnell er konnte gegen die Kirche; aber da er glaubte, sie erreicht zu haben, fand er sich in einem Fluß, aus dessen Wellen ihn einzig die Kraft seines Pferdes rettete. Bald begegnete er einer Schar von Rittern, die ihm von allen Seiten entgegenkamen, und einer von ihnen war völlig schwarz, schwarz die Rüstung, sein Roß und die Waffen, der forderte ihn auf, mit ihm zu kämpfen, um seine Ritterschaft zu zeigen. Und Landres warf sich in die Zügel und stürmte mit aller Kraft gegen ihn. Der Alte verwandelte sich in einen Drachen, aber das Roß Kleming zertrat die Schlange. Damit war die Kraft der Zauberin, die alle diese Gestalten angenommen hatte, gebrochen. Sie kroch elend heim, setzte ihren Vater und Sohn in Kenntnis von Landres Fahrt zu Kaiser Karl und hetzte sie, ihm auf dem Weg aufzulauern.

Glücklich kam Landres zum Hof seines Onkels, und seine Nachricht, daß Olif noch lebe, erregte große Freude bei allen. Karl Magnus versprach, mit seinen Leuten bald an den Hof König Hugos zu kommen, und schickte Landres mit dieser Botschaft, voraus. Da dieser schon seiner Heimat ganz nahe war, fuhr ihm Milon in die Zügel und tat, wie wenn er mit ihm sprechen wolle, während Malalandres sich ihm mit blankem Schwert von hinten nahte. Aber nochmals bewährte das Pferd seine Klugheit. Denn mit den Hinterbeinen schlug es den bösen Bruder zu Boden, daß sein Schädel brach und sein Hirn verspritzte. Milon flüchtete. Landres aber ritt stracks zum Haus seiner Stiefmutter, wo er ihr das Haupt abschlug.

Kaiser Karl ließ nicht auf sich warten und wurde mit seinem Gefolge ehrenvoll von Hugo empfangen. Als sie in die Halle kamen, saß Milon auf einem Stuhl im Raum der Diele und flehte Landres um Gnade an, die ihm für einen Tag gewährt wurde. Er gestand offen all seine Ränke gegen Frau Olif und wurde dann nach Landres Vorschlag im gleichen Steinhaus eingemauert, das er für seine Herrin hatte erbauen lassen. Die Leute hörten ihn kläglich schreien, da die Schlangen sich alsbald auf ihn stürzten und sein Fleisch bis auf die Knochen abnagten.

Olif aber ward mit großen Ehren heimbegleitet. Der König ging ihr mit all seinen Leuten entgegen, begrüßte sie freudig, und alle priesen Gott für ihre Rettung. Kaiser Karl fuhr nach Hause, und die Königin trat in ein Kloster ein, um Gott ihre Dankbarkeit zu beweisen. Hugo starb bald darauf, und sein Sohn Landres wurde König an seiner Statt und herrschte lang und erwarb sich Ruhm dabei.

DIE HAIMONSKINDER UND IHR ROSS BAYARD

Der Graf Haimon von Dordone (Dordogne) hatte vier Söhne: Richart, Adelhart, Writhart und Reinold. Man nannte sie die vier Haimonskinder.

Viele Jahre führten sie einen erbitterten Kampf mit Karl dem Großen, weil dieser im Zorn ihren Oheim erschlagen hatte. Das war in Paris geschehen, wo sich der Kaiser damals aufhielt.

Reinold, das jüngste der Haimonskinder, war des Vaters Ebenbild und der kühnste und siegreichste Held im ganzen Land. Als er zum Ritter geschlagen wurde, schenkte ihm Graf Haimon sein Schwert Flamberg und sein Pferd Bayard, das ihn selbst von Sieg zu Sieg getragen und ihm oft durch seine Schnelligkeit das Leben gerettet hatte. Es war zehnmal so stark wie andere Pferde und so geschwind wie der Pfeil vom Bogen, schwarz wie ein Rabe, hatte Augen wie ein Leopard, und man sagte, es habe Verstand wie ein Mensch.

Reinold ging sofort mit seinen Brüdern und dem Vater in den Stall, wo das Pferd aus einer Marmorkrippe goldgelben Hafer schmauste. Er band es los und wollte aufsitzen; aber Bayard faßte ihn mit den Zähnen und warf ihn vor sich in die Krippe. Der kühne Degen, beschämt über seinen Fall, richtete sich sofort auf und schwang sich mit einem geschickten Sprung in den Sattel. Nun jagte Bayard mit ihm fort, suchte ihn an der Tür, dann an Baumstämmen abzuwerfen, bäumte sich auf und überschlug sich. Aber Reinold sprang in vollem Jagen ab und auf, gab dem Tier die Sporen und saß schließlich fest wie angewachsen. Er machte es auf langem Ritt so müde, daß es endlich dem Zügel gehorchte und sich willig in den Stall zurückführen ließ. Da freute sich der Vater gar sehr. Er klopfte dem Pferd auf den Hals und sprach: »Es ist mein Sohn künftig dein Herr!« Bayard legte vertraulich den Kopf an Reinolds Brust, als ob er die Worte verstanden habe, und war seinem neuen Herrn fortan ebenso treu wie dem alten.

Reinold erschien nun auf Bayards Rücken bald hier, bald dort im Land, zersprengte kaiserliche Heerhaufen durch rasche Überfälle, und oft flohen die Feinde schon, wenn er sich auf seinem treuen Kriegsgefährten an der Spitze seiner Mannen nur sehen ließ.

Einmal aber gerieten die Haimonskinder in große Bedrängnis. Sie wurden von einer weit überlegenen Schar von Feinden hinterlistig überfallen. Bald lagen fast alle Streiter erschlagen am Boden; auch die Pferde der drei älteren Brüder waren tot. Reinold allein stürmte mit seinem Roß Bayard unermüdlich vor und tat den Angreifern viel Schaden. Als er aber alles verloren sah, rief er den Brüdern zu, sie sollten sich zu ihm auf sein Roß schwingen. Das taten sie, und Bayard, obgleich er vier Männer trug, warf mit gewaltigen Hufschlägen alles vor sich nieder und flog mit Windeseile davon, so daß er mit seiner Last den Verfolgern bald aus den Augen kam.

Weil Karl erkannte, daß ihm das Pferd fast noch gefährlicher sei als sein Herr, versprach er dem eine große Belohnung, der es einfangen und ihm bringen könne.

In einem Wald nahe bei Paris hatte sich Reinold in den Schatten gelegt, um auszuruhen. Er schlief fest ein, während Bayard in seiner Nähe graste. Da kamen fünfundzwanzig Bauernknechte, und als sie das Pferd im Wald einsam weiden sahen, sprachen sie untereinander: »Ist das nicht das große Roß Bayard, auf dem Reinold geritten? Wir wollen es fangen und zu unserm Kaiser Karl bringen, der wird uns so viel Gold dafür geben, daß wir alle reich genug sind.« Sie fingen also das Roß und brachten es dem Kaiser nach Paris.

Als Reinold erwachte, war sein erster Blick nach dem treuen Tier. Er sah es nicht mehr; da schrie er laut: »Bayard, Bayard!« Aber nur das Echo gab Antwort. Da ward er über die Maßen traurig und schritt auf dem Weg weiter, ohne zu wissen wohin.

Am Ausgang des Waldes begegnete ihm sein Vetter Malagis, der in dem Ruf stand, ein Zauberer zu sein. Der kannte Reinolds Kummer schon und versprach ihm, mit seiner Kunst das treue Roß wiederzugewinnen. Auf seinen Rat verkleideten sich beide als krüppelhafte Bettler, machten sich ganz alte Gesichter mit Bärten und humpelten so Arm in Arm nach der Hauptstadt.

Auf der Brücke, die über den Fluß Seine führt, war viel Volk versammelt. Der Kaiser selbst war anwesend, und neben ihm standen viele Ritter und Edelfrauen, auch sein tapferster Held Roland, der heute das Roß Bayard reiten wollte. Es wurde von mehreren Knechten herbeigeführt. Plötzlich riß es sich los, warf die Burschen über den Haufen und eilte zu den Bettlern, die es wiehernd begrüßte. »Bayard ist aus der Art geschlagen«, sagte Roland lachend, »er entweicht den kühnen Rittern und sucht das armselige Bettlervolk auf.« Da rief Malagis gar kläglich: »O ihr edlen Herren, vergönnt doch meinem armen Gesellen, daß er das Pferd besteige! Ein heiliger Mann hat uns geweissagt, wenn das geschähe, so würde er genesen, während er jetzt gelähmt an allen Gliedern vom Zipperlein geplagt ist.« – »Hei, Vetter Roland«, sprach der Kaiser vergnügt, »so hebe doch den elenden Wicht auf den Gaul, daß wir einmal ein Wunder schauen, falls der Strolch nicht Arme und Beine oder gar den Hals bricht!«

Da hoben die Knechte den zerlumpten Bettler auf das Pferd; aber er fiel sogleich auf der andern Seite wieder herunter. So geschah es dreimal, bis sie ihn oben festhielten und ihm die Füße in den Bügel schoben. Nun richtete er sich auf, saß fest im Sattel, stieß dem Tier die Holzschuhe in die Seiten und jagte fort wie der Sturmwind, daß ihm weder Knechte noch Ritter folgen konnten. »Wehe, wehe!« jammerte Malagis, »ich fürchte, mein armer Geselle wird den Hals brechen, so wunderlich stellt sich das Tier mit ihm an.« Dabei machte er so klägliche Gebärden und seltsame Sprünge, daß alle lachten. Nur der Kaiser lachte nicht; denn er hatte Bayard verloren.

Nun sann er darauf, ein Pferd zu bekommen, das Bayard an Kraft und Schnelligkeit gleichkäme. Mit diesem, hoffte er, werde sein Held Roland imstande sein, Reinold und seine Brüder zu besiegen. Deshalb bestimmte er seine mit Edelsteinen verzierte Krone als Preis bei einem Wettrennen. Dem Sieger wollte er sie wieder abkaufen und sein Pferd dazu.

Es erschienen viele Ritter mit edlen Rossen auf einem grünen Platz vor der Stadt, wo das Rennen stattfinden sollte. Zuletzt kam noch ein junger Bursche in ärmlicher Kleidung mit einem großen Schimmel. Als die Ritter ihn sahen, verlachten sie ihn; er aber sagte, alle seine Habe samt der Rüstung sei ihm von Räubern gestohlen worden, er hoffe aber, heute Glück zu haben und den Preis zu gewinnen. Da lachten die stolzen Ritter erst recht.

Der junge Bursche war Reinold. Malagis hatte allerlei Kräuter und Blumen gesucht, sie zusammen in einem Mörser gestoßen und mit dem Saft zuerst Reinold bestrichen; da sah er viel jünger aus. Dann bestrich er das Roß Bayard, und es wurde weiß wie Schnee, so daß niemand es erkennen konnte.

Als der Kaiser mit seinem Gefolge von Rittern und Edelfrauen auf dem Platz angekommen war, gab er das Zeichen zum Beginn des Rennens. Reinold blieb mit Bayard zuerst etwas zurück, und die Zuschauer fingen schon an, höhnisch zu lachen. Da klopfte er dem Pferd auf den Hals und sprach: »He, Bayard, soll ein anderer die Krone gewinnen?« Da streckte sich der Schimmel und flog dahin wie ein Pfeil, der vom Bogen geschossen wird. Bald hatte er die andern weit überholt. Als erster ergriff er den strahlenden Preis und rannte der Seine zu, die er mit Bayard durchschwamm. Als das der Kaiser sah, war er ganz bestürzt und rief über den Fluß: »He, junger Geselle, wenn dein Roß nicht weiß wäre, müßte ich glauben, es sei Bayard. Komm doch herüber! Ich will dir die Krone viermal mit Gold bezahlen und das Pferd um jeden Preis kaufen.« Der Sieger aber rief: »Nicht für ein Königreich sind mir Krone und Roß feil. Ich bin nämlich Reinold, und das Pferd ist Bayard.« Mit diesen Worten jagte er lachend davon.

Da ergrimmte Karl sehr. Jetzt wollte er seine ganze Macht aufbieten, um die verhaßten Haimonskinder gefangenzunehmen und die Krone wiederzugewinnen. Die Brüder weilten bei ihrer Mutter Ays, die des Kaisers Schwester war, auf der Burg Montalban. Da zog das große feindliche Heer heran und belagerte die Burg. Haimons Söhne waren zum äußersten Widerstand entschlossen; denn sie hatten viele starke Reisige und Lebensmittel für mehrere Jahre. Manche Anstürme wurden abgeschlagen. Die Belagerten machten häufig Ausfälle und erbeuteten Kriegsgerät und andere Vorräte. So vergingen Jahre, und es war kein Ende des Blutvergießens abzusehen. Bei den Kämpfen war Reinold mit Bayard immer der erste. Auch Malagis half mit seiner Kunst. Er streute Niespulver vor die Reihen der Feinde, daß sie beim Anrücken anfangen mußten fürchterlich zu niesen und das Kämpfen vergaßen. Auch betäubte er die Wachen mit Schlafpulver, indes Reinold mit seinen Streitern die Feinde unversehens überfallen konnte.

Schließlich aber zog doch der Hunger in die Burg ein. Krankheiten, Ermattung und Entmutigung folgten. In der höchsten Not machte sich Ays, die greise Mutter der Haimonskinder, auf, um bei ihrem Bruder, dem Kaiser, um Gnade zu bitten. Der harte Mann wies sie erst streng zurück; aber sie bat immer inständiger und sprach vom Heiland, der auch seinen Feinden verziehen habe. So erweichte sie endlich sein Herz. »Wohlan«, sprach er, »wer mir nächst Reinold den größten Schaden zugefügt hat, das ist der Gaul. Wenn ihn dein Sohn mir übergibt, daß ich ihn töte, so will ich Frieden machen und deine Kinder wieder in ihre Güter einsetzen. Geschieht dies nicht, so sollen alle deine Kinder mit Weib und Kind am Galgen hängen. Darauf gebe ich mein kaiserliches Wort.«

Als Reinold die Botschaft vernahm, sprach er: »Bayard dem wütenden Mann geben? Nimmermehr! Er ist mein Retter aus tausend Gefahren und mein treuester Freund. Die Burg mag über uns beiden zusammenbrechen, und wir wollen unter ihren Trümmern begraben sein.« »Und deine Brüder und die Frauen und die Kinder?« sprach die Mutter, »willst du sie alle dem Henker preisgeben und deiner Mutter das Herz vor Jammer brechen um eines Tieres willen?« Da sprach Reinold unter Tranen: »Mutter, du siegst, aber ich überlebe es nicht!« Er unterschrieb die Urkunde, und Ays ging damit ins Lager des Kaisers.

Auf der Brücke zu Paris war wieder viel Volk versammelt; denn hier sollte der berühmte Bayard ersäuft werden. Kaiser Karl war mit seiner Ritterschaft zugegen, desgleichen Reinold, seine Brüder und die Mutter. Das edle Roß wurde herbeigeführt und blickte wiehernd nach seinem Herrn. Die Füße wurden ihm mit schweren Ketten zusammengebunden und dicke Steine darangehängt; so stießen es die Knechte unversehens mit großer Gewalt hinab in den Fluß. Der Wasserschlund schloß sich über ihm; aber er öffnete sich wieder. Der Kopf des treuen Tieres tauchte auf, die Augen suchten die seines Herrn; es warf alle Ketten und Gewichte ab und schwamm ans Ufer.

Schwerere Ketten und dickere Steine wurden ihm angelegt; dennoch tauchte es auf, und als es das Angesicht seines Herrn erblickte, zertrümmerte es alle Fesseln und bezwang die brausenden Wellen. Da befahl der Kaiser, zwei Mühlsteine an den Hals des Pferdes zu hängen und an jeden Fuß noch einen. Zu Reinold aber sprach er: »Wende dich ab, deine Augen haben Zauberkraft! Gehorche, oder der Galgen wird gerüstet!« Da umschlang Ays ihren widerstrebenden Sohn, daß er nicht sah, wie sein geliebtes Roß zum drittenmal hinabgestoßen wurde und über der Flut erschien. Wieder blickte es traurig nach seinem Herrn. Da aber die Mutter ihn rückwärts gewandt hatte, konnte es dessen Gesicht nicht sehen; es sank in die Tiefe und tauchte nicht wieder auf.

Da kam unsäglicher Jammer über Reinold. Er zerschmetterte sein starkes Schwert Flamberg an einem Stein, warf die Stücke in den Fluß und sprach: »Da liege begraben bei meinem Bayard! Nie mehr werde ich ein Roß besteigen oder ein Schwert schwingen!« Dann rannte er fort in den dunkeln Wald, bis er vor Müdigkeit niedersank. Zwei Tage lang lag er ohne Speise und Trank. Dann wurde sein Herz allmählich ruhiger, und er dachte darüber nach, was er tun solle. Einem Pilger, dem er begegnete, gab er sein Geld und seine goldenen Sporen für dessen Hut und graues Gewand. So pilgerte er an das Grab des Heilandes; dort wollte er Trost und Vergessenheit suchen. Im Heiligen Land wütete der Krieg gegen die Ungläubigen. Reinold bestieg kein Pferd, wie er gelobt, und schwang kein Schwert; aber er verrichtete große Heldentaten mit einer gewaltigen Keule. Dann kehrte er in die Heimat zurück.

GENOFEVA

In der Zeit des Erzbischofs Hildolf von Trier lebte daselbst Pfalzgraf Siegfried mit seiner ebenso schönen wie frommen Gemahlin Genofeva, einer Herzogstochter von Brabant.

Nun begab es sich, daß ein Zug wider die Heiden unternommen werden sollte, und Siegfried in den Krieg ziehen mußte. Da ordnete er an, daß Genofeva, während seiner Abwesenheit auf seiner Burg Simmern im Meifelder Gau still und eingezogen leben sollte. Auch übertrug er einem seiner Dienstmannen, namens Golo, zu dem er ein ganz besonderes Zutrauen hatte, die besondere Fürsorge für seine Gemahlin und schärfte ihm die größte Sorgfalt ein.

Siegfried ahnte nicht, daß Golo ein listiger Heuchler war. Schon lange war dieser in sündhafter Liebe zu seiner schönen Herrin entbrannt, hatte aber seine Begierden stets sorgfältig zu verbergen gewußt. Da nun aber der Pfalzgraf abwesend war, glaubte er keine Gefahr zu laufen, wenn er damit nicht länger zurückhielt, meinte auch bei der Pfalzgräfin leichtes Spiel zu haben. Er gestand ihr seine heißen Gefühle, wurde jedoch mit Abscheu zurückgewiesen.

Da suchte Golo sein Ziel auf andere Weise zu erreichen. Er legte der Gräfin gefälschte Briefe vor, aus denen hervorging, daß Siegfried auf der Seefahrt mit allen seinen Leuten ertrunken sei. Nun stellte er ihr vor, daß ihm jetzt das ganze Reich gehöre und daß sie ihn nun auch ohne Sünde lieben könne. Gegen seine Umarmung wehrte sie sich jedoch aus allen Kräften, und als er sie küssen wollte, schlug sie ihm mit der Faust ins Gesicht, so daß er von ihr ablassen mußte.

Golo mußte sich also überzeugen, daß er bei Genofeva nie etwas ausrichten würde, und seine sündliche Liebe wandelte sich in tödlichen Haß, und da er sich als unumschränkter Herrscher fühlte, der machen konnte was er wollte, so ließ er die Pfalzgräfin diesen Haß alsbald auf das bitterste fühlen. Er entließ alle Diener und Dienerinnen der edlen Frau, die nun zur Pflege in ihrer schweren Stunde, in der sie eines lieblichen Knaben genas, niemand weiter hatte, als eine alte Waschfrau. Sie litt unsäglich, murrte aber nicht, sondern ergab sich in Demut in Gottes Fügung.

Welche Freude daher, als eines Tages ein Bote eintraf, der die Herrin zuerst aufsuchte und ihr die Nachricht brachte, daß ihr Gemahl keineswegs gestorben, sondern frisch und gesund aus dem Krieg heimkehre, bereits in Straßburg sich befinde und demnächst eintreffen werde. Auf ihren Knien brachte Genofeva Gott ihren heißesten Dank, denn nun mußte ja alle Not ein Ende haben.

Von ihr war der Bote aber zu Golo gegangen, dem er dieselbe Nachricht mitzuteilen hatte. Heftig erschrak der Nichtswürdige, er wußte sich nicht zu raten und zu helfen und hielt sich schon für verloren. In seiner Angst suchte er eine alte Hexe auf, die er um Rat fragte. »Was sorgst du dich?« fragte das Weib böse grinsend, nachdem sie einen reichlichen Lohn für ihren Rat empfangen; »im Gegenteil wirst du dich nun erst recht an der Pfalzgräfin rächen können. Sie hat ihren Knaben zu einer Zeit geboren, daß niemand wissen kann, wer des Kindes Vater ist. Wenn du dem Pfalzgrafen sagst, daß sie mit dem Koch oder einem anderen gebuhlt hat, so wird er sie sicherlich töten lassen, und du kannst ruhig sein.«

Dem bösen Golo leuchtete dieser Rat ein. Er hieß einige Knechte sich wappnen und ritt dem Herrn auf dem Weg nach Straßburg entgegen.

Wie erschrak der Pfalzgraf, als er seinen Verwalter daherkommen sah, denn es ahnte ihm, daß daheim ein Unglück geschehen sein müsse.

»Was bringst du, Golo?«

»Nichts Gutes, Herr!«

»So sprich schnell, was ist geschehen?«

Und nun breitete der Verräter das von der Hexe ihm geratene Lügengewebe vor dem Pfalzgrafen aus und stürzte diesen in grenzenlosen Jammer. Allmählich aber erstarb der Jammer und wich dem wütendsten Zorn gegen die schändliche Verräterin, die seine Ehre mit Füßen getreten und die Ehre seines Hauses mit untilgbaren Flecken besudelt habe. »Wie aber«, schloß er, »wie räche ich mich an dem ehrvergessenen Weib?«

»Herr«, wagte Golo einzuwenden, »unmöglich kann dies Weib länger eure Gemahlin sein.«

»Gewiß nicht«, schnaubte der Graf, »ich will sie nimmer sehen. Aber was tun?«

Da schlug Golo vor, er wolle vorausreiten, die Treulose mit ihrem Knaben an den See führen und sie ertränken.

Der Pfalzgraf willigte ein und Golo ritt davon. Trotz seiner Bosheit war er aber doch zu feige, um den Mord selbst zu vollführen, deshalb ergriff er Genofeva und ihren Knaben und übergab sie zwei Knechten, mit dem Auftrag, sie in den Wald zu führen und zu töten.

Die Knechte gehorchten dem Gebot Golos. Wie sie nun aber in den Wald kamen, entstand ein Wortwechsel über die Frage, wie sie die Tötung ausführen sollten. Sie kannten die Bosheit des Verwalters nur zu gut, und keiner von ihnen glaubte an die Schuld der Pfalzgräfin.

»Was sollen wir seinetwegen unser Gewissen belasten«, sagte endlich der eine. »Was haben diese Unschuldigen getan? Kannst du der Herrin etwas Böses nachsagen?«

»Nein, das kann ich nicht und das kann keiner, der mit ihr im Schloß gewesen ist.«

»Nun, so ist es also doch besser, daß wir unsere Hände nicht mit ihrem Blut beflecken und unser Gewissen rein halten.«

»Ja, aber Golo?«

»Wir können sie ja noch tiefer in den Wald führen und sie dort verlassen. Dann werden sie sicherlich von wilden Tieren zerrissen werden und wir sind unschuldig an ihrem Tod.«

Das leuchtete dem andern Knecht ein. Sie führten also Genofeva und ihren Knaben in den dichtesten Teil des Waldes, kreuz und quer, damit diese den Rückweg nicht wiederfinden sollte. Dann gingen sie eilends hinweg und die Verstoßenen waren nun allein in dem wilden Wald.

Auf dem Heimweg kam dem zweiten Knecht aber wieder ein Bedenken, denn Golo würde doch ein Wahrzeichen von ihnen fordern, daß sie seinen Befehl ausgeführt hätten, und was sollten sie dann sagen? Der erste Knecht, dem Genofeva schon ihr Leben zu verdanken hatte, wußte auch dafür Rat. Es war ein Hündchen mit ihnen gelaufen. Sie töteten dasselbe und schnitten ihm die Zunge aus. Diese wiesen sie dann dem Golo als Genofevas Zunge vor, zum Wahrzeichen, daß sie getan hatten nach seinem Gebot.

Genofeva aber weinte und betete in der öden Wildnis. Ihr Kind war noch nicht dreißig Tage alt und sie hatte keine Nahrung mehr für das kleine Wesen. Sie flehte die heilige Jungfrau um Beistand an, und siehe, da sprang plötzlich eine Hirschkuh durch das Gesträuch und legte sich neben dem Kind nieder. Genofeva erkannte darin den Beistand der heiligen Jungfrau und ließ ihren Knaben sich an der Hirschkuh satt trinken. Und die Hirschkuh kam nun alle Tage und nährte das Kind.

An diesem Ort blieb die unglückliche Pfalzgräfin sechs Jahre und drei Monate und nährte sich selbst von Kräutern und Wurzeln. Sie wohnte mit ihrem Kind unter einer Höhle von Holzstämmen, die sie mit Dornen verbunden und geschützt hatte, so gut sie es vermochte.

Nach Verlauf dieser Zeit trug sich's zu, daß der Pfalzgraf gerade in diesem Wald eine große Jagd veranstaltete und die Hunde die Hirschkuh aufjagten, welche Genofevas Kind genährt hatte. Die Jäger verfolgten sie, und als das Tier keinen anderen Ausweg mehr sah, flüchtete es zu Genofevas Holzhöhle, wohin es ja täglich zu laufen pflegte und warf sich dem Knaben zu Füßen. Die Hunde drangen nach und des Kindes Mutter nahm einen Stock und wehrte die Hunde ab.

In diesem Augenblick kam der Pfalzgraf hinzu, und sah noch, wie ein Weib unter das Holz huschte, während der Knabe und das zu seinen Füßen liegende Tier ihn erschreckt anblickten. Er befahl, die Hunde zurückzurufen und zu fesseln. Dann fragte er in die Hütte hinein, ob die Frau eine Christin sei.

»Ja Herr«, antwortete sie, »ich bin eine Christin, aber ganz entblößt; leihe mir deinen Mantel, daß ich mich damit bedecke.«

Siegfried warf ihr seinen Mantel zu. »Weib«, sagte er dann, »warum schafftest du dir nicht Brot und Kleider, wenn du doch eine Christin bist?«

»Herr«, antwortet sie, »Brot habe ich nicht, ich aß die Kräuter, die ich im Wald fand. Mein Kleid ist vor Alter zerschlissen und auseinander gefallen.«

»Wie viele Jahre sind's, seit du hierher in den Wald gekommen?«

»Sechs Jahre und drei Monde wohne ich hier.«

»Wem gehört der Knabe?«

»Es ist mein Sohn.«

»Wer ist des Kindes Vater?«

»Das weiß Gott allein.«

»Wie kamst du hierher und wie heißest du?«

»Ich heiße Genofeva.«

Heftig erschrak der Pfalzgraf, der Name erschütterte ihn, und seit der Zeit, welche die Frau angegeben hatte, war er ja auch wieder im Land. Er drehte sich ab und seine Begleiter sahen seine Erschütterung.

Da wagte einer zu bemerken: »Wenn das unsere Frau ist, die doch so lange gestorben sein soll, wie diese sagt, daß sie hier im Wald ist, so muß sie ein Mal im Gesicht haben.«

Der Pfalzgraf winkte und es trat einer der Kämmerer näher und bestätigte, daß die Frau das Mal wirklich habe.

»Hat sie auch noch den Trauring?« fragte der Graf.

Auch dieser war vorhanden. Da hielt sich Siegfried nicht länger. Es mußte hier ein ungeheurer Betrug stattgefunden haben. Er stürmte in die Höhle und schloß die Frau in seine Arme, hob auch sein Kind in die Höhe und küßte es und sprach: »Das ist mein Gemahl und mein Kind.«

Genofeva erzählte nun allen, die da standen, was ihr begegnet war, und alle vergossen Freudentränen. Indem kam auch der treulose Golo dazu, da wollten sie alle auf ihn stürzen und ihn töten. Der Pfalzgraf rief aber: »Haltet ihn, bis wir aussinnen, auf welche Art er sterben soll.« Dies geschah und nachher verordnete Siegfried, vier Ochsen zu nehmen, die noch vor keinem Pflug gezogen hätten, zwei an die Füße und zwei an die Hände Golos zu spannen und sie dann anzutreiben. So wurde sein Leib in vier Stücke zerrissen.

Der Pfalzgraf wollte nun seine geliebte Gemahlin und sein Söhnlein heimführen. Sie aber schlug es aus und sprach: »An diesem Ort hat die heilige Jungfrau mich vor den wilden Tieren bewahrt und durch ein Wild mein Kind erhalten; von diesem Ort will ich nicht weichen, bis er ihr zu Ehren geweiht ist.« Sogleich sandte der Pfalzgraf zum Bischof Hildolf, dem er alles berichtete, und dieser weihte die Stelle, wo die fromme Genofeva so lange Zeit mit ihrem Söhnchen, das sie Schmerzensreich nannte, geweilt hatte. An dieser Stelle gelobte Siegfried auch eine Kirche zu bauen.

Die Pfalzgräfin konnte fürderhin keine Speisen, wie sie zum Mahl auf den Tisch kamen, mehr vertragen, sondern ließ sich im Wald die Kräuter sammeln, an welche sie sich während der Zeit ihrer Einsamkeit gewöhnt hatte. Allein sie lebte nur noch kurze Zeit. Siegfried ließ sie in der Waldkirche, die er an der Stelle der Holzhöhle hatte erbauen lassen, bestatten und nannte sie Frauenkirche und manche Wunder sollen dort geschehen sein.

BERTHA MIT DEN GROSSEN FÜSSEN

König Pippin von Franken warb, dem Rat seiner Barone folgend, um die ungarische Königstochter Bertha mit den großen Füßen. Das ungarische Königspaar nahm die Werbung an und sandte die Jungfrau in der Begleitung ihrer alten Amme Margiste, deren Tochter Aliste und ihres Hofmeisters Tybert an den Hof des Frankenherrschers. An einem schönen Augusttag fand in Paris die Hochzeit statt, und mancher mächtige Fürst diente dem jungen Paar beim Mahl. Dann räumte man die Schüsseln fort, und drei Spielleute zeigten ihre Künste. Als diese ihr Spiel beendet hatten, erhob sich der König und die allgemeine Lustbarkeit begann. Fürsten und Barone umringten die junge Königin und führten sie auf ihr Zimmer. Aber Margiste hatte in ihrem Herzen einen verräterischen Plan gefaßt: sie kniete vor der Königin nieder und flüsterte ihr ins Ohr: »Herrin, es schmerzt mich bei Gott, daß ich es sagen muß, aber gestern hat mir ein Freund berichtet, daß seit Anbeginn der Zeiten kein Mensch so zu fürchten war, wie der König Pippin es sein wird, wenn er bei Euch liegt. Ich fürchte sehr, daß er Euch tötet, wenn er heute nacht sein Gattenrecht an Euch ausübt.« Als Bertha solches hörte, begann sie fast sinnlos vor Angst zu weinen. »Herrin«, sagte die alte Hexe, »bekümmert Euch nicht, denn ich will Euch retten. Wenn die Bischöfe und Äbte von der Einsegnung des königlichen Bettes zurückgekehrt sind, werde ich Eure Kammer räumen lassen. Dann werde ich Aliste, meine Tochter, geschwind entkleiden und an Eurer Statt ins Bett legen. Ich habe schon mit ihr darüber geredet und sie hat ihre Einwilligung dazu gegeben. Denn ich will lieber, daß sie umkomme, als daß Ihr Schaden nehmt.« Auf diese Worte hin umarmte Bertha die Alte und dankte Gott und allen Heiligen. Die böse Kammerfrau aber wandte sich von ihr und ging durch den königlichen Garten zum Fluß, wo sie ihre Tochter an einem Steinfenster lehnend fand. Diese glich Bertha, wie das Bild eines guten Malers dem Original gleicht. Keine Frau konnte sich mit ihnen an Schönheit messen, sowenig wie eine dürre Heide mit einer blumigen Wiese. Die Alte umarmte ihre Tochter und küßte sie auf die Stirn, dann verabredeten sie heimlich, wie sie Bertha verraten könnten. »Tochter«, sagte die Alte, »ich liebe dich, darum sollst du Königin werden, wenn es Gott und dem heiligen Petrus gefällt.« »Mutter«, entgegnete Aliste, »Gott erhöre Euer Gebet. Schickt nach Tybert, er soll uns seinen Rat erteilen. Befehlt ihm, daß er hierher kommt unter dem Vorwand, er habe gestern Almosen für mich ausgeteilt.« Die Alte, die zum Bösen stets bereit war, lief schnell wie ein Windhund davon. Tybert kam eilends herbei und fand Gefallen an dem Plan. Alle drei beratschlagten eifrig, wie sie ihrer Herrin Bertha das Frankenreich wegstehlen möchten. »Tochter«, sagte Margiste, »zu einem guten Sprung gehört ein weiter Anlauf: du wirst ein wenig dabei leiden müssen. Heute nacht soll Bertha in meiner Kammer schlafen; wenn es tagt, so werde ich sie zu Euch schicken, gleichsam als solle sie ihren Platz beim König einnehmen. Dann mußt du dir ein Messer in den Schenkel stoßen, so tief, daß das helle Blut hervorspritzt. Darauf schreist du um Hilfe und tust, als ob sie dich habe ermorden wollen; ich werde nun in die Kammer treten und sie fesseln lassen. Das übrige laßt mich nur machen.« »Mutter«, sagte die Magd, »es geschehe, wie es dir gefällt.«

Als es Abend wurde, begaben sich Bischöfe und Äbte in das Schlafgemach, um das Lager zu segnen. Dann hieß die Alte alles Volk hinausgehen und die Kerzen löschen. Ihre Tochter legte sie ins Bett König Pippins und steckte das Messer, mit dem sie den Verrat begehen sollte, in das Bettgestell. Die alte Hexe lachte hämisch, dann begab sie sich in ihre Kammer und sagte zu Bertha: »Herrin, voll Schmerz und Unmut verlasse ich meine Tochter. Es ist unbeschreiblich, was wir für Euch getan haben.« »Gott lohne Euch dafür, Frau!« Dann hieß die Alte sie schlafen gehen und sagte ihr, bei Tagesanbruch müsse sie sich ankleiden und sich leise neben den König schleichen. Die ahnungslose Bertha sagte dieses ganz ruhig zu, sie wolle in nichts dem Willen ihrer Amme zuwiderhandeln. Darauf sprach sie ihre Gebete im Bett sitzend, denn sie war wohl gebildet und konnte sogar schreiben. Indessen tat der König an der Magd seinen Willen und erzeugte mit ihr einen Erben, der voll Falschheit und Tücke war.

Als es Tag wurde, rief die Alte den Verräter Tybert, der mit Freuden herbeikam. Bertha erwachte und begab sich leise, wie die Alte ihr aufgetragen hatte, in das Schlafgemach des Königs. Sie trat zu der Magd, die im geschmückten Brautbett lag. Die Magd bemerkte sie, und ohne Zaudern ergriff sie das Messer, schwang es und versetzte sich selbst einen solchen Stich hinten in den Schenkel, daß das helle Blut herausspritzte. Dann hielt sie ihr Messer Bertha hin und diese nahm es, ohne sich etwas Böses dabei zu denken. Dann fing die falsche Braut an zu schreien: »Ha! König Pippin, an Eurer Seite will man mich morden!« Der König erwachte und sah das blutende Messer, welches die Königin in der Hand hielt. Er richtete sich auf, fast von Sinnen vor Zorn. Die Alte stellte sich wütend, als sie ihrer Tochter Blut erblickte, und schwor, daß die Täterin ohne Gnade sterben müsse. »O König«, sagte das Weib, »laßt sie schleunigst hinrichten. Habt kein Mitleid mit ihr. Nie in meinem Leben könnte ich sie wieder lieben!« Die alte Hexe packte Bertha und stieß sie mit einem gewaltigen Schlag aus der Kammer. Bertha ließ alles ruhig über sich ergehen, denn noch glaubte sie, dies alles geschehe aus Freundschaft, obwohl ihr von dem Schlag die Tränen aus den Augen strömten. Tybert zerrte sie am Mantel fort, so daß derselbe fast zerrissen wäre: »Gott helfe mir«, sagte Bertha, »was ist mir begegnet, was haben diese Leute im Sinn?« Die böse Alte reichte Tybert ein Band, dann schlugen sie Bertha nieder, öffneten ihr gewaltsam den Mund wie einem Pferd, das man aufzäumt, und steckten ihr einen Knebel hinein, so daß sie um viel Geld kein Wort hätte reden können. Auch die Hände fesselten sie ihr, warfen sie auf ein Bett und breiteten eine Decke über sie. Die Alte saß neben ihr und flüsterte ihr zu: »Wenn du schreist, wird dir der Kopf abgeschnitten.« Bertha war über diese Worte sehr erschrocken; sie merkte wohl, daß jene sie verraten hatten und daß sie in ihr Netz gegangen war, und vor Schmerz wurde sie ohnmächtig. Margiste ging nun fort und ließ die Königin in den Händen Tyberts. Sie begab sich in das Gemach des Königs, und als sie ihre Tochter erblickte, fiel sie vor ihr auf die Knie: »Gnade, Herrin«, flehte sie, »um Gottes willen. Wenn

Ihr wüßtet, wie ich meine Tochter zugerichtet habe, würdet Ihr nicht sagen, daß ich mitschuldig wäre.« – »Schweigt, alte Vettel«, sagte der König, »Eure Untreue ist erwiesen. Ihr wolltet insgeheim Bertha, meine Gemahlin, ermorden. Eure Tochter wird ohne Erbarmen verbrannt.« »Herr«, sagte Aliste, »glaubt nicht, daß diese Alte jemals einen Verrat begangen hätte, es gibt keine tüchtigere Frau auf der weiten Welt. Aber ihre Tochter hat stets für etwas beschränkt gegolten und gleichsam für irrsinnig. Herr, ich bitte Euch um eine Gnade, um die erste, seit ich Euer Weib bin und Krone trage: ich bitte Euch bei der Treue, die Ihr mir geschworen habt, daß diese Angelegenheit verschwiegen und verheimlicht werde. Kein Mensch soll etwas davon erfahren, weil ich doch die Magd mitgebracht habe. Laßt vielmehr drei Diener die Magd fortbringen, sie sollen sie in ein fernes Land führen und dort eingraben oder erwürgen oder was sie wollen, jedenfalls soll sie sterben.« »Herrin«, stimmte die Alte bei, »Euer Rat ist gut. Auch ich wünschte, sie würde enthauptet oder ertränkt oder sonstwie zum Teufel geschickt.« Der König bewilligte die Bitte, und die Alte wurde beauftragt, die Sache zu Ende zu führen. Der König erhob sich, denn er wünschte, daß die Angelegenheit schnell erledigt werde; er rief drei Diener und sandte sie, ohne ihnen die näheren Umstände darzulegen, zu Margiste mit dem Auftrag, alles auszuführen, was ihnen diese befehlen würde. Die Alte zeigte ihnen das Zimmer, wo Bertha lag: »Kommt alsbald wieder, die Sache eilt.« Dann wandte sie sich seufzend und weinend zum König: »Nun ruht aus, Herr. Ich versichere Euch, daß Ihr nie wieder von der Dirne sollt reden hören, ich erkenne sie nicht mehr als meine

Tochter an, das schwöre ich Euch, weil sie meine Herrin ermorden wollte.« Auch die Magd, ihre Tochter, begann zu weinen, und der König suchte sie zu trösten: »Weinet nicht um die Mörderin und laßt sie gehen, sie könnte Euch nochmals töten oder vergiften wollen. Seid Ihr schwer verwundet, Liebste? Sagt es mir offen!« »Nein«, sagte sie, »es ist nicht so schlimm, nur als ich das Blut sah, erschrak ich. Ich will Euch die Wunde zeigen, geht und sperrt die Tür zu!«

Tybert und die Alte luden indessen Bertha auf einen alten Klepper, und die drei Männer führten sie gleich nach Tagesanbruch davon, Tybert begleitete sie als vierter. Das Weib ersuchte Tybert, der ihr Vetter war, er möge ihr das Herz Berthas zurückbringen, und dieser versprach, es nicht zu vergessen. Bertha weinte und betete, denn sie wußte nicht, wohin man sie führte. Fünf Tage lang reisten sie, bis sie in einen großen Wald gelangten, es war der von Le Mans. Hier machten sie unter einem Olivenbaum halt: »Ihr Herren«, sagte Tybert, »wir brauchen nicht weiter zu gehen.« Dann stiegen sie von den Rossen. Einer der drei Begleiter hieß Moraut, er war ein tüchtiger Ritter. Sie hoben die Königin vom Pferd; es war das erste Mal, daß sie sie mit ihren Händen berührten, denn Tybert hatte niemanden sich ihr nähern lassen. Als sie sahen, wie schön sie war, klagten sie um sie, aber Tybert, der Schurke, zog sein Schwert und sprach: »Zieht euch zurück, ihr Herren, mit einem Schlag werde ich ihr jetzt den Kopf abtrennen.« Als Bertha das Schwert sah, streckte sie ihre Arme mit flehender Gebärde aus, denn reden konnte sie nicht wegen des Knebels. »Tybert«, rief Moraut, »schlage nicht zu, denn, beim allmächtigen Gott, ich würde dir Haupt und Glieder abhauen oder nie nach Frankreich zurückkehren.« Tybert zürnte sehr, als es ihm nicht gestattet wurde, Bertha zu töten. Aber kaum hatte er sein Schwert gezogen, so packten ihn die drei Männer von der Seite und zwangen ihn auf die Knie. Sie rissen ihre Schwerter heraus, und während die beiden andern den Schurken Tybert festhielten, band Moraut mitleidig die Königin los und nahm ihr den Knebel aus dem Mund. »Flieht, schöne Frau, und der Herr geleite Euch!« Bertha eilte in den Wald und dankte Gott, als sie in Sicherheit war. Als Tybert ihre Flucht bemerkte, sagte er zornig: »Schlecht habt ihr gehandelt, ihr Herren; ich werde euch alle hängen lassen, wenn wir daheim sind.« »Herr«, sagte Moraut, »wißt Ihr, was wir tun? Ich rate, daß wir das Herz eines Frischlings mitnehmen und es Frau Margiste zeigen, auf diese Weise werden wir uns vor Tadel wahren, denn Ihr wißt, daß wir versprochen haben, das Herz jener Frau heimzubringen. Wenn Ihr nicht einverstanden seid, Tybert, so töten wir Euch auf der Stelle.« »Der Rat ist gut«, sagte Tybert, »da sie entflohen ist, müssen wir sehen, uns vor Vorwurf zu wahren.«

Sie taten, wie Moraut geraten hatte. Die Alte hatte eine große Freude, als sie ihren Bericht hörte. »Ihr Herren«, sagte sie, »ich will euch reich belohnen. Jene war das schlechteste Weib, seit die Welt steht.«

Bertha hatte indessen den Wald durchschritten und gelangte nach mannigfachen Gefahren in das Haus eines biederen Mannes Namens Simon, der ihr bereitwillig Unterkunft gewährte. Sie ernährte sich mit Handarbeiten und blieb neun Jahre lang im Haus Simons wohnen. Um diese Zeit brach die Königin Blancheflur von Ungarn auf, um ihre Tochter zu besuchen. Auf ihrer Reise traf sie einen

Bauern und befragte ihn über die Königin, von deren Herrschaft sie nichts Gutes gehört hatte. »Frau«, erwiderte jener, »ich muß mich über Eure Tochter beklagen! Ich hatte ein einziges Pferd, mit dem ich für mich, meine Frau und meine kleinen Kinder mein Brot verdiente. Sechzig Groschen hat es mich gekostet, und ich brachte auf ihm meine Waren in die Stadt. Das hat sie mir wegnehmen lassen. Gott strafe sie dafür!« Die Königin hatte Mitleid mit dem Bauern und ließ ihm hundert Groschen in die Hand drücken, wofür er ihr dankbar den Steigbügel küßte.

An einem Montag ritt die alte Königin in Paris ein. Pippin hörte es und brachte voll Freude seiner Gattin selbst die Nachricht. Als die Magd diese Botschaft hörte, wurde sie sehr bestürzt, doch stellte sie sich, als ob sie lache. Sogleich rief sie ihre Mutter und Tybert und fragte sie um Rat. »Ich rate«, sagte die Alte, »daß meine Tochter sich krank stellt. Um nichts in der Welt darf sie ihr Bett verlassen. Können wir den Betrug solange durchführen, bis die alte Königin heimkehrt, so brauchen wir fürderhin nichts mehr zu fürchten.« Der Rat wurde befolgt; sogleich wurde ein Lager hergerichtet, und die Magd legte sich nieder und stellte sich krank. Der König, den die angebliche Krankheit seiner Frau sehr bekümmerte, ging allein der alten Königin entgegen. »Was macht Bertha, meine Tochter?« war ihre erste Frage. »Ach, Herrin, sobald sie erfuhr, daß Ihr kämt, wurde ihr Herz von Freude so bewegt, daß sie sich niederlegen mußte, und seitdem ist sie nicht wieder aufgestanden. Aber wenn sie Euch erblickt, wird ihr gewiß sogleich besser werden.« Als die Königin das Schloß betrat, warf sich Margiste ihr schmerzheuchelnd zu Füßen: »Margiste«, sagte Blancheflur, »wo ist meine Tochter, ich will sie gleich sehen.« »Herrin«, jammerte das falsche Weib, »zum Unheil bin ich geboren! Eurer Tochter ist die Freude über Eure Ankunft so zu Herzen gegangen, daß sie ihr Bett nicht mehr verlassen kann. Laßt sie doch bis zum Abend ruhen!« Als Blancheflur nach dem Essen ihre Tochter aufsuchen wollte, stellte sich ihr die böse Alte mit ausgebreiteten Armen entgegen. »Sie ist gerade ein wenig eingeschlafen, um Gottes willen, kehrt wieder um!« Blancheflur wartete, bis ihre Tochter erwachen würde; unterdessen unterhielt sie sich mit der Alten und fragte sie nach Aliste. »Herrin«, log das Weib, »sie starb auf dem Stuhl sitzend eines plötzlichen Todes, ich weiß nicht, welches Übel sie auf der rechten Brust hatte, ich glaube, sie wäre zuletzt noch aussätzig geworden. Ich ließ sie ganz im geheimen in der alten Kapelle bestatten.« Endlich konnte sich Blancheflur nicht länger halten, sie befahl einer Jungfrau, sie mit einer Kerze ins Schlafzimmer der Königin zu begleiten, aber Tybert, der bei der Kranken Wache hielt, trieb das Mädchen sogleich mit Schlägen zurück: »Geh', Hündin, unsre Herrin will schlafen, sie kann durchaus kein Licht vertragen.« Blancheflur trat im Dunkeln an das Bett der Magd. »Mutter, seid willkommen!« sagte diese mit so schwacher Stimme, daß man sie kaum verstand, und dann, auf eine Frage der Mutter nach ihrem Befinden: »Mutter, ich leide solchen Schmerz, daß ich weiß geworden bin wie Wachs. Die Ärzte sagen mir, daß die Helligkeit mein Leiden verschlimmern würde. Ich wage Euch daher nicht bei Licht zu begrüßen, so schmerzlich es mir auch ist. Aber nun laßt mich um Christi willen ruhen!« Blancheflur erhob sich kopfschüttelnd: »Bei Gott!« sagte sie, »das ist meine Tochter nicht, die ich hier vorgefunden habe. Wenn sie halbtot wäre, so hätte diese mich umarmt und geküßt.« Dann rief sie ihr Gefolge und ließ trotz der Alten und Tyberts Widerstreben das Fenster öffnen und Licht bringen. Sie riß die Dekken vom Bett herunter und betrachtete die Füße der Kranken: sie waren nur halb so groß wie die ihrer Tochter. »Verrat!« schrie sie, »Betrug! Das ist meine Tochter nicht, es ist die Tochter der Margiste! Weh! Sie haben mir mein Kind getötet, meine Bertha, die mich so sehr liebte!« Als der König den Betrug erfuhr, ließ er die alte Hexe zum Feuertod führen, Tybert wurde von vier wilden Rossen totgeschleift, die falsche Braut wurde um ihrer Kinder willen geschont, doch mußte sie das Land verlassen.

Einst hatte sich König Pippin auf der Jagd im Wald von Le Mans verirrt, da traf er auf Bertha, die ihn in das Haus Simons führte. Pippin, der schon lange im Sinn hatte, sich wieder zu verheiraten, fand an Simons sittsamer Pflegetochter Gefallen und ersuchte sie, ihm nach Paris zu folgen, um seine Gattin zu werden. Bertha wies die Werbungen des Fremden dadurch ab, daß sie sich ihm als Pippins Gattin offenbarte. Der König gab sich nicht zu erkennen, sondern ritt, nachdem er sich nochmals überzeugt hatte, daß er auch wirklich Bertha vor sich habe, nach Paris zurück. Dann ließ er das ungarische Königspaar einladen und entbot auch Simon mit seiner Pflegetochter an seinen Hof, wo er sich ihnen als König zu erkennen gab. Ein großes Fest folgte dem freudigen Wiedersehen, der wackere Simon wurde zum Ritter geschlagen und auch Moraut, der Bertha das Leben gerettet hatte, erhielt reichen Lohn.

HÜON VON BORDEAUX

Karl der Große hielt zu Pfingsten Hof in Paris, denn er wünschte wegen seines hohen Alters noch bei Lebzeiten sein Reich auf einen Nachfolger zu übertragen. Er schlug seinen Sohn Karlot als Nachfolger vor, und die Barone erklärten sich einverstanden. Der Verräter Amauri stellte das Fernbleiben der Brüder Hüon und Gerard als Unbotmäßigkeit dar und erbot sich, sie zur Aburteilung an den Hof zu bringen, dabei machte er mit Karlot aus, daß sich dieser in einen Hinterhalt legen sollte. So geschah es, und im Kampf wurde Karlot von Hüon erschlagen. Amauri beschuldigte nun Hüon des wissentlichen Mordes am Königssohn; zwar entschied ein Zweikampf zugunsten Hüons, doch Karl wollte diesem sein Erbe nicht eher zurückgeben, bis er nach Babylon gehe, den ersten, der ihm am Hof begegnete, erschlage, die Tochter des Emirs dreimal küsse und Bart und Zähne des Emirs selber mitbringe. Hüon trat selbzwölft die Reise an, und der büßende Ritter Jérôme schloß sich ihnen unterwegs an und zeigte ihnen den Weg.

So gelangten sie in Oberons Zauberwald. Ermüdet streckte sich Hüon unter einer Eiche zur Ruhe: »Bei Gott«, sagte er, »ich kann nicht mehr. Ich kann vor Hunger nicht mehr weiterreiten.« »Schlecht versteht Ihr zu fasten«, spottete Jérôme, »eßt doch von diesen Wurzeln. Ich habe seit dreißig Jahren keine andere Nahrung gehabt.« »Das bin ich nicht gewohnt«, meinte Hüon. Während sie so redeten, kam ein kleiner Mann durch den grünen Wald gegangen;

der war so schön wie die Sonne am Sommertag; ein Mantel aus Seide, mit goldenen Bändern verziert, umhüllte ihn. Einen Bogen trug er in der Hand, der ihm stets Wildbret verschaffte; ein Horn aus reinem Elfenbein hing ihm um den Hals, welches Feen auf einer Insel im Meer gefertigt hatten. Die eine hatte ihm diese Gabe verliehen: wer das Horn ertönen hörte, der würde auf der Stelle gesund, und wäre er auch dem Tod nahe. Die zweite Fee hatte hinzugefügt: wer das Horn hörte, dessen Hunger und Durst würde sogleich gestillt. Ein jeder, hatte die dritte bestimmt, müsse zu singen anfangen, wenn er den Ton des Hornes hörte, und drücke ihn die Sorge noch so schwer. Die vierte endlich gab ihm diese Kraft: wenn das Horn ertönte, in welchem Land es auch sei, Oberon müsse den Ton vernehmen in Monmur, seiner Stadt. Der kleine Mann blies auf dem Horn, und die Ritter begannen sogleich zu singen. »Mein Gott«, rief Hüon, »wer will uns besuchen? Ich spüre keinen Hunger mehr noch Schmerz.« »Um Gottes willen, Herr«, sagte Jérôme, »es ist der bucklige Zwerg. Redet ihn nicht an, wenn Euch Euer Leben lieb ist.« Der kleine Bucklige rief ihnen mit lauter Stimme zu: »Ihr Männer, die ihr meinen Wald durchquert, seid mir gegrüßt beim Herrn der Welt! Ich beschwöre euch bei Gottes Majestät, bei Öl und Chrysam, bei der Taufe heiligem Salz, bei allem, was Gott geschaffen hat, beschwöre ich euch, daß ihr meinen Gruß erwidert.« Die Ritter aber wandten sich zur Flucht zum großen Mißvergnügen des Zwerges, der mit einem Finger sein Horn berührte, worauf ein gewaltiges Unwetter entstand. Ein reißender Strom hemmte Hüons und seiner Gefährten Flucht. »Es ist der böse Zwerg, der das verursacht«, beruhigte sie Jérôme, aber nur schwer erholten sie sich von ihrem Schrecken und setzten in Unruhe ihren Weg fort. Schon glaubten sie dem Zwerg entgangen zu sein, da stand er plötzlich auf einer schmalen Brücke vor ihnen. »Da ist der Teufel schon wieder«, schrie Hüon. »Knabe«, entgegnete Oberon, der es wohl gehört hatte, »nie war ich Teufel oder böser Geist. Ich bin ein Mensch aus Fleisch und Blut wie du, und ich komme nochmals, im Namen Gottes und durch die Macht, die er mir gab, euch zu beschwören, daß ihr mir Rede steht.« »Ums Himmels willen, flieht!« rief Jérôme, dann spornte er sein Roß, und seine Gefährten folgten ihm im Galopp. Ein drittes Mal stellte sich der Zwerg ihnen entgegen und versprach ihnen seine Hilfe bei der gefahrvollen Fahrt, wenn sie sich entschließen wollten, ihn anzureden. »Seid uns willkommen, Herr!« sagte Hüon. »Gott lohne es dir!« entgegnete Oberon. »Hüon, teurer Bruder, nie wurde ein Gruß besser gelohnt, als es der deinige werden soll.« »Herr«, sagte Hüon, »warum verfolgt Ihr mich?« »Ich liebe dich«, erwiderte Oberon, »mehr als irgendeinen anderen Menschen, um deiner Lauterkeit willen liebe ich dich. Du weißt noch nicht, wem du begegnet bist, so höre: Julius Cäsar erzeugte mich, und die Fee Morgana gebar mich als ihren einzigen Sohn. Große Freude herrschte bei meiner Geburt, und mein Vater entbot alle seine Barone, und alle Feen kamen, meine Mutter aufzusuchen. Eine von ihnen, welche unzufrieden war, verwünschte mich zu einem buckligen Zwerg, der ich jetzt zu meinem Schmerz bin; seit meinem dritten Lebensjahr bin ich nicht mehr gewachsen. Sie wollte ihr Wort nicht zurücknehmen, aber um dessen Wirkung abzuschwächen, gab sie mir die größte Schönheit nächst Gott. Eine zweite Fee gab mir ein noch kostbareres Geschenk: sie erlaubte mir, die Herzen der Menschen und ihre geheimsten Gedanken zu erkennen. Einer dritten Fee verdanke ich die beste Gabe: es gibt kein Land, in das ich mich nicht durch meinen Wunsch allein sogleich verfügen kann. Begehre ich ein Schloß, so steht es vor mir, ich habe Speise, wann es mir beliebt, und zu trinken, wann ich es fordere. In Monmur bin ich geboren, wohl vierhundert Meilen weit von hier, und dennoch bin ich schneller dort, als ein Roß ein Tagwerk Landes durchmißt. Aber du hast noch nicht alles erfahren, was ich den Feen verdanke. Wisse also, daß es keinen Vogel gibt, keinen Eber, keine wilde Bestie, und sei sie auch noch so blutgierig, die sich nicht willig zu meinen Füßen legte auf ein Zeichen meiner Hand. Endlich weiß ich alle Geheimnisse des Paradieses und höre dort oben die Chöre der Engel. Nie in meinem Leben werde ich altern, und wenn ich zu sterben wünsche, so ist mir an Gottes Seite mein Platz bereitet.« Und um seine Macht zu zeigen, zauberte Oberon im Nu eine speisenbedeckte Tafel hervor. Nach dem Mahl wollten die Reisenden aufbrechen, aber Oberon sagte: »Hüon, bleib' noch ein wenig, zuerst will ich dir einige von meinen Kleinodien geben.« Dann ergriff er mit beiden Händen einen Becher. »Hüon«, hob er an, »betrachte diesen Becher, damit kannst du die große Macht, die Gott mir gab, erproben. Du siehst, dieser goldene Becher ist leer. Nun, ich will ihn nach meinem Willen füllen.« Bei diesen Worten strich er dreimal mit der Hand um das Gefäß, machte das Zeichen des Kreuzes darüber, und sogleich füllte sich der Becher mit lauterem Wein. »Für alle Lebenden und für alle Toten, wenn sie zur Welt zurückkommen würden, liefert dieser Becher genügend Wein«, sagte Oberon, »und das ist seine Zauberkraft, doch enthüllt sich diese nur in den Händen eines reinen Menschen, denn niemand kann aus ihm trinken, dessen Herz nicht sündenlos ist. Sobald ein Bösewicht den Becher berührt, verschwindet seine Kraft. Vermagst du daraus zu trinken, so ist er dein.« Hüon brachte den Becher an seine Lippen, und dieser blieb voll, und er trank daraus in langen Zügen. Oberon zog ihn voll Freude an seine Brust und gab ihm das kostbare Gefäß. »Aber trage wohl Sorge«, sagte er, »deine Lauterkeit zu wahren, nur unter dieser Bedingung helfe ich dir. Sobald du nur eine Lüge redest, verliert der Becher seine Kraft und du meine Freundschaft.« »Herr«, sagte Hüon, »ich gedenke mich wohl zu hüten, und Gott vergelte Euch Eure Gabe. Aber nun laßt mich ziehen.« »Noch warte ein wenig«, sagte Oberon, »denn hier habe ich ein Horn aus lauterem Elfenbein, und da ich dich als einen Edelmann ohne Sünde und Fehl habe kennenlernen, so will ich es dir schenken. Wenn du dieses Horn ertönen läßt, und wärst du auch noch so weit entfernt, so höre ich es in Monmur, meiner Stadt, und dann werde ich dir mit hundert Bewaffneten zur Seite stehen, denn gegen jedermann will ich dir im Kampf helfen. Aber hüte dich, ohne Grund in das Horn zu stoßen, sonst gerätst du in Not.« »Herr«, sagte Hüon, »ich gedenke mich wohl zu hüten. Aber nun laßt mich ziehen.« »Geht, Hüon, und Gott befohlen.«

Auf der Weiterreise kehrte Hüon in Dunostre ein, tötete mit Oberons Hilfe den riesenhaften Herrn des Landes, dem auch der Emir von Babylon untertänig war, und raubte seinen Ring. Sodann überschritt er das Rote Meer und näherte sich allein, denn seine Begleiter hatte er in Dunostre zurückgelassen, der Stadt Babylon. An einem Fest des heiligen Johannes hielt dort der Emir seinen Hof. Kein Mensch konnte das Volk zählen, das dort zusammenströmte, man sah Vogelsteller und Rossetummler, Arbeiter und Schachspieler, solche, die sich mit Jungfrauen ergötzten, und solche, die sich im Sommertag ergingen. Hüon gelangte zur ersten Brücke und rief den Torwacht an: »Laß mich ein!« Jener entgegnete: »Gern, aber zuvor sage mir, in welchem Land du geboren bist. Bist du ein Franke, so sollst du um einen Kopf kürzer gemacht werden; bist du aber ein Sarazene, so wird die Brücke vor dir niederfallen.« Nun handelte Hüon sehr töricht. Vor der Menge der Heiden hatte er seines Ringes ganz vergessen, und er erinnerte sich auch nicht des Gebotes, das Oberon ihm gegeben hatte. Er antwortete allzu voreilig: »Ja, ich bin ein Sarazene.« Da hatte er gelogen, und Oberon wußte es und zog seine Freundschaft von ihm. Vermittels dieser Unwahrheit gelangte er über die Brücke, aber vor der zweiten fiel ihm der Befehl des Elfenkönigs ein, er dachte an seine Verfehlung und geriet vor Schmerz fast außer sich. Beim Gekreuzigten schwor er, nie in seinem Leben wolle er wieder lügen. Ganz niedergeschlagen kam er zur zweiten Brücke und rief mit lauter Stimme: »Öffne, Hurensohn, oder der Blitz soll dich zerschmettern!« Der Torwacht sagte: »Aus welchem Land stammst du und wie hast du die erste Brücke passiert?« »Bei Gott«, sagte Hüon, »du sollst es wissen.« Er nahm den Ring des Riesen von der Hand und rief dem Wächter zu: »Schau, welches Zeichen ich dir weise!« Der Wächter erblickte den Ring, erkannte ihn wohl und beeilte sich, die Brücke herabzulassen. »Sei mir willkommen, Jüngling«, rief er, »was macht mein Herr, der stolze Orgileus?« Hüon würdigte ihn keiner Antwort, er wagte nicht zu reden, aus Furcht, die Unwahrheit zu sagen.

Durch die nämliche List gelangte er über die dritte und vierte Brücke und trat nun in den Garten des Emirs Gaudise, in welchem alle Arten von Bäumen, die Gott geschaffen hat, grünten. Dort strömte eine Quelle, die vom Paradies kam und deren Wasser dem hinfälligsten Greis seine Jugend wiedergab und der ausschweifendsten Frau ihre Jungfrauschaft. Eine Schlange hütete die Quelle und brachte jedem Bösewicht, der sich ihr näherte, den Tod. Hüon trat ungehindert heran, trank aus der Quelle und wusch sich die Hände und vergaß fast seinen Auftrag. Nur wenn er an Oberon dachte, zitterte er. Wird der Zwerg noch einmal kommen, um ihm zu helfen? Er wollte sich dessen vergewissern und stieß in sein Horn, aber umsonst: niemand ließ sich blicken. Der Emir saß gerade beim Mahl, die, welche ihm den klaren Wein eingossen, begannen beim Klang des Hornes zu singen, und er selber fing zu tanzen an. »Ihr Barone«, sagte er, »hört, der dort im Garten bläst, ist gekommen, uns zu verzaubern. Ich befehle euch, daß ihr euch bewaffnet, sobald er sein Blasen aufgehört hat. Wenn er entkommt, sind wir alle beschimpft.« Als Hüon merkte, daß niemand kam, legte er sein Horn beiseite und weinte. Dann schritt er die Stufen zum Schloß hinauf, in den Panzer gehüllt, mit geschlossenem Visier und das blanke Schwert in der Faust. Ein Großer des Reiches stand am Tisch und suchte die Aufmerksamkeit der schönen Emirstochter Esclarmonde, die er heiraten sollte, zu erwecken, er war ein reicher Mann von edler Abstammung. Hüon näherte sich, schwang sein Schwert und schlug dem Heiden den Kopf ab, so daß dieser auf die Tafel rollte. »Ein guter Anfang«, sagte er zu sich selber, »um dieses bin ich bei Karl entlastet.« Der Emir wurde mit Blut bespritzt und schrie: »Barone, faßt mir diesen Schurken; wenn er entkommt, sind wir alle beschimpft.« Alle Sarazenen stürzten sich auf Hüon, der sich nach Kräften verteidigte. Er nahm den Ring, den er am Finger trug, und warf ihn auf den Tisch: »Herr«, sagte er, »da seht! Um dieses Zeichens willen tut mir kein Leid an!« Der Emir erkannte den Ring und befahl, Hüon zu schonen. Nun trat dieser auf die Tochter des Emirs zu und küßte sie dreimal, um sein Wort einzulösen. Esclarmonde erbleichte, als sie seinen Atem spürte. Leise sprach sie zu ihrer Magd: »Weißt du, warum ich erbleiche?« »Nein, bei Gott!« »Sein süßer Hauch hat mir das Herz erfüllt; wenn ich ihn heute nacht nicht an meiner Seite habe, komme ich von Sinnen.« Hüon trat auf den Emir zu und meldete ihm den Auftrag Karls: er ersuchte ihn, die Taufe anzunehmen, dem Frankenkaiser zu huldigen und ihm den Tribut zu schicken, den er verlangte. Der Emir rief: »Dein Herr ist toll, das alles kümmert mich keinen Pfifferling. Wenn er mir sein ganzes Erbe gäbe, ich würde nicht von meinem weißen Barte lassen und von meinen vier Backenzähnen. Fünfzehn Boten hat er mir schon hierhergesandt, keinen einzigen hat er zurückkehren sehen, alle habe ich erwürgen und einpökeln lassen. Und, bei Mahommed, du sollst der sechzehnte sein. Nur des Ringes wegen wagten wir dich nicht anzutasten. So sage mir, mit welches Teufels

Hilfe du als Franke in den Besitz dieses Ringes gekommen bist?« Hüon wagte nicht zu lügen, da er Oberons Zorn fürchtete: »Herr Emir«, sagte er stolz, »so wahr Gott mir helfe, ich will es Euch sagen. Ich habe Euren Herrn getötet und zerstückelt.« Der Emir stieß einen Wutschrei aus: »Barone«, rief er, »wollt ihr ihn laufen lassen? Wenn er entkommt, sind wir alle beschimpft.« Die Heiden hörten es und griffen Hüon von allen Seiten an. Nach verzweifelter Gegenwehr entglitt ihm sein Schwert, er wurde zu Boden geworfen, sein Horn, sein Becher und seine Rüstung wurden ihm genommen, und der Emir befragte seine Barone, welchen Tod er erleiden solle. »Gehängt soll er werden!« riefen sie. Aber der weise Ratgeber des Emirs wußte etwas anderes: »Heute ist Johannistag«, sagte er, »da kannst du kein Urteil fällen, wenn du nicht gegen das Gesetz verstoßen willst. Man muß diesen jungen Mann ins Gefängnis werfen und ihn ein Jahr lang darin lassen. Im nächsten Jahr sollst du ihn am gleichen Tag befreien und ihm auf offenem Feld einen Kämpfer gegenüberstellen. Besiegt er diesen, so sollst du ihn in Frieden ziehen lassen; wird er aber besiegt, so läßt du ihn hängen.« »Wenn das der Brauch meiner Ahnen war«, entgegnete der Emir, »so will ich ihn nicht außer acht lassen.« Hüon wurde ins Gefängnis geworfen, aber nicht lange sollte er darin schmachten. Esclarmonde, die sich auf den ersten Blick in ihn verliebt hatte, ließ ihn frei. Der Emir wurde getötet und seines Bartes und seiner Zähne beraubt; dann ergriffen beide die Flucht und gelangten nach vielen weiteren Abenteuern, bei denen der versöhnte Oberon wieder Hilfe leistete, nach Frankreich, wo Hüon Land und Lehen zurückerhielt.

WILHELM VON ORANGE

Einer der wichtigsten Paladine Karls des Großen war Wilhelm von Orange. Als Graf von Toulouse war er sein Statthalter für den Südwesten von Frankreich, jenem Teil des fränkischen Reiches, der stets von den heidnischen Mauren oder Sarazenen bedroht war. Als der alte Kaiser starb, sorgte Wilhelm dafür, daß dessen Sohn und rechtmäßiger Erbe Ludwig (Louis) zum König gesalbt wurde. Aber oft ist Undank der Welten Lohn.

Eines Tages war Graf Wilhelm auf der Jagd. Der Tag war schön und, einen Falken auf der Hand, ritt er von seinen Getreuen begleitet zu seinem Haus in Paris. Kaum angekommen, lief ihm auch schon aufgeregt einer seiner Leute entgegen. »Herr«, rief dieser ihm zu, »während Ihr auf der Jagd wart, hat König Ludwig seinen Getreuen Lehen, Schlösser und Ländereien gegeben, und Euch, der ihm immer so getreu gedient hat, scheint er vergessen zu haben.« Rasend vor Zorn stürmte da Graf Wilhelm aus seinem Haus und flugs war er im Palast von König Ludwig. Schon als er wutentbrannt die Treppenstufen hinaufstürzte, wichen alle Barone vor Furcht bebend vor ihm.

»König Ludwig, Sohn des Großen Karl«, dröhnte er da, »habe ich Euch nicht immer treu gedient? Habe ich nicht für Euch blutige Schlachten geschlagen, Euer Reich erweitert und Euch sogar Rom in Besitz gebracht? Verdankt Ihr nicht mir Eure Krone nach Eures Vaters Tod? War ich es nicht, der Euch vom Riesen Corsolt befreit hat und bei diesem Kampf die Hälfte meiner Nase eingebüßt hat? Ist das der Dank für Treue?« Ob dieser Worte war König Ludwig schon beschämt und fast hätte er dem Grafen ein Viertel seines eigenen Reiches verliehen. Doch da überlegte Wilhelm ein Weilchen. Sein Zorn war abgeklungen, als er sprach: »Gebt mir Spanien mit Toulouse, Nîmes und Orange in Erinnerung an meinen Vater Aimeri. Der war Graf von Narbonne, ehe es die Sarazenen eroberten. Das ist ein würdiges Lehen für mich.« – »Wie könnte ich Euch ein Land geben«, warf da der König kopfschüttelnd ein, »das mir gar nicht gehört. Es ist in der Hand der Sarazenen.« – »Dann werde ich es für Euch erobern und mich dieses Lehens als würdig erweisen.« – »Tut, wie Ihr wollt«, war nur die Antwort des Königs.

Graf Wilhelm ließ keine Zeit verstreichen und hatte alsbald ein gewaltiges Heer beisammen. Die tapfersten Ritter waren darunter, aber auch viele Habenichtse, die es nach Ruhm, nach Pferden, nach Schlössern und vielem anderem dürstete.

Zehntausend waren es schließlich, die sich gen Süden nach Spanien, nach Orange und Nîmes aufmachten. Sie durchquerten ganz Frankreich, bis sie eines Morgens die Stadt Nîmes erblickten. Diese war von starken Mauern, Gräben und Türmen umgeben und schien so befestigt, daß sie schier uneinnehmbar aussah. Da schauten sich alle nachdenklich an und dachten an die harten Kämpfe, die man noch vor sich hatte, ohne sicher sein zu können, die Stadt jemals erobern zu können. Es spielten aber gerade in der Nähe Kinder mit einem großen hölzernen Faß. »Bei Gott«, sagte da auf einmal einer der Ritter, »wenn wir tausend Fässer wie dieses hätten und in allen unsere Männer drin wären, dann wäre es leicht, in die Stadt hineinzukommen und sie zu erobern.« – »Die Idee ist gut und sie gefällt mir«, rief da Graf Wilhelm, und sein bis dahin düsteres Antlitz hellte sich auf, »dann wird Nîmes schneller als man denkt unser sein.«

Und sogleich sammelten sie alle Fässer und Tonnen, die man nur finden konnte, und kauften Ochsen und Karren und weitere Gespanne. Schon einige Tage später konnte man da Ritter sehen, die plötzlich zu Händlern und Kaufleuten geworden waren. Auch Wilhelm selbst hatte sich in einen richtigen Händler verwandelt, ritt auf einer alten Stute daher, und nichts war mehr von seinem alten Ungestüm zu erkennen, so friedlich war er anzuschauen.

Schon waren sie vor den Zinnen von Nîmes angekommen, und von oben beobachteten sie die Sarazenen.

»Was bringt ihr uns, gute Händler?« war es da zu hören.

»Stoffe aus Purpur und Scharlach, Schwerter, Helme, Harnische, Schilde«, erwiderte ihnen Wilhelm und pries die Waren, prahlerisch wie Kaufleute es so tun, an. »Wir haben auch Duftwässer, Geschmeide und Spezereien«, fügte er noch zu.

Da öffneten sich alle Tore der Stadt, und Wilhelm war mit allen seinen Leuten, die sich in den Fässern versteckt hatten, in der Stadt. Wie es damals üblich war, begab er sich sogleich zum Sarazenenkönig, der die Stadt befehligte, und erbat seinen Schutz.

»Wer bist du, Händler?«, wollte der Sarazene wissen.

»Ein englischer Familienvater. Ich habe achtzehn Kinder in meinem Heimatland.«

»Wie heißt du?«

»Man nennt mich Tiacre.«

»Du wirst schon viele ferne Länder mit deinem Handel besucht haben.«

»Ich habe schon die halbe Welt bereist. Deshalb habe ich auch so wunderschöne Waren feilzubieten, die werden Euch sicher gefallen: die schönsten Felle der Welt, Quecksilber, Weihrauch, Pfeffer und ...«

Während er so weiter seine Waren anpries, beobachtete ihn der Sarazenenkönig.

»Deine Nase«, sagte er plötzlich, »die hat eine so seltsame Form. Man könnte meinen, sie sei halb abgeschnitten wie die vom Sohn des Aimeri von Narbonne, den man seit seinem Kampf gegen den Riesen Corsolt ›Kurznase‹ nennt. Kennst du ihn nicht?«

Und während Wilhelm noch verwirrt und überrumpelt eine Antwort suchte, rief der König unruhig: »Los, antworte!«, und zog den angeblichen Kaufmann am Bart. Das war aber des Guten zuviel! Diese Beleidigung konnte Graf Wilhelm nicht zulassen. Mit einem Faustschlag streckte er den Sarazenen zu Boden, und der lag mausetot vor seinen Füßen. Schon stieß er in sein Horn, und sogleich öffneten sich alle Fässer und heraus strömten die Ritter und Krieger Wilhelms und stürzten sich auf die Sarazenen, die zu verdutzt waren, daß sie sich überhaupt wehren konnten. Es gab ein großes Gemetzel.

So eroberte Wilhelm Nîmes und machte es zu seinem ersten Lehen, und der Ruf dieser Heldentat erklang im ganzen Land.

Lange Zeit lebte Graf Wilhelm in Frieden in seiner Stadt Nîmes, zu sehr in Frieden nach seinem Geschmack, denn er liebte Abenteuer und Kampf doch um alles. Und da niemand mehr es wagte, ihn anzugreifen, begann er sich zu langweilen. Eines Tages nun kam ein junger Ritter mit Namen Gilbert in die Stadt. Schwarz vor Staub ritt er auf einem erschöpften Pferd durch das Stadttor. Drei lange Jahre war er in der südfranzösischen Stadt Orange eingekerkert worden von König Arragon, einem Sarazenen, der dort die grausige Herrschaft ausübte. Nun war ihm endlich die Flucht gelungen, und als man ihn zu Graf Wilhelm führte, begann er von der Pracht und der Anmut von Orange zu erzählen, die nun aber leider in der Hand der Heiden sei. Er pries den Glanz ihrer Marmorpaläste, die reiche Zier der Mauern, die unzähligen bunten Vögel, die dort umherschwirrten, sprach von Blumen mit betörendem Duft.

»Und doch«, so fuhr er fort, »so viel Schönheit und Anmut verblaßt in den Augen desjenigen, der die schöne Orable zu Gesicht bekommt. Sie ist die Braut des Königs Thibaud von Afrika, eine wunderschöne Prinzessin, die es wert wäre, Königin von Frankreich zu werden, wäre sie nicht eine Heidin.«

Die ganze Zeit hatte Graf Wilhelm aufmerksam zugehört und es überkam ihn eine große Lust, die wunderschöne Frau kennenzulernen. Aber dafür mußte er in die Stadt Orange hineinkommen, und die war sehr stark bewacht.

Aber Wilhelm kannte mehr als nur eine List. Er nahm Gilbert und noch einen anderen Ritter mit sich, und die drei schmierten sich auf Gesicht und Körper eine so schwarze Farbe, daß man hätte schwören können, Afrikaner vor sich zu haben. Niemand mehr hätte geglaubt, das seien drei brave christliche Ritter. Vor den Toren der Stadt angekommen riefen sie: »Wir sind Diener des Königs Thibaud von Afrika und beauftragt, der schönen Orable eine Botschaft zu überbringen.«

Die Stadtwächter, mißtrauisch wie sie waren, untersuchten sie gründlich, aber sie entdeckten die List nicht und ließen sie passieren. So schritten denn unsere drei Männer mutig durch die Straßen und bewunderten die ganze Pracht, die Gilbert ihnen schon geschildert hatte. Selbst der Turm der Burg, die Gloriette, war aus Marmor. Als sie zum Palast von König Arragon gelangt waren, führte ein Diener sie bis zur schönen Orable.

Sie saß auf Kissen, die mit Gold und Silber bestickt waren, mitten in einem Kreis von Frauen in einem Garten, der dem Paradies gleich schien. Tausende Vögel mit schillernden Farben schwirrten umher, Blumen waren zu sehen, die süß dufteten. Und Orable war so wunderschön, daß Wilhelm auf der Stelle in grenzenloser Liebe zu ihr entbrannte.

König Arragon war ohne Mißtrauen, glaubte er doch, die drei seien von seinem obersten Lehnsherrn Thibaud von Afrika geschickt, und so lud er sie in seinen Palast ein. Ahnte damals schon die schöne Orable, daß Wilhelm unter seiner Verkleidung ein christlicher Ritter war? Auf jeden Fall aber ließ sie es sich nicht anmerken. Aber jeden Tag schaute sie ihn mit zärtlicheren Augen an, und bald war sich Wilhelm sicher, daß die schöne Orable ihn so sehr liebte wie er sie, und sein Glück war übergroß.

Zu seinem Unglück aber kam eines Tages ein Heide nach Orange, der vorher in Nîmes gewohnt hatte. Der erkannte Wilhelm an seiner kurzen Nase, und auch Gilbert war ihm bekannt, weil er ihn noch unlängst im Gefängnis bewacht hatte. Schnell lief er zu König Arragon und warnte ihn, und dieser war fast verrückt vor Freude, in seinen Mauern den größten Helden der Christenheit zu wissen, den Grafen Wilhelm. Der konnte ihm jetzt nicht mehr entkommen.

Graf Wilhelm und seine beiden Ritter befanden sich in einer gar schlechten Lage. Wie sollten sie allein gegen mehrere Tausend Heiden kämpfen? Da war guter Rat teuer. Zunächst wandte sich Wilhelm an Gott und richtete ein kurzes Gebet an ihn. Dann ergriff er einen Stock – eine andere Waffe hatte er nicht – stürzte sich auf den Heiden, der ihn bei Arragon verraten hatte, und streckte ihn tot zu seinen Füßen. Seine zwei Gefährten taten es ihm gleich, und alle drei schlugen sich so tapfer, daß sich die Sarazenen überrascht und erschrocken etwas zurückzogen und den Turm der Gloriette aufgaben. Flugs eilten unsere drei Rekken dorthin, schlossen sich da ein und zogen die Zugbrücke zu; so waren sie vorerst gerettet.

Aber sie hatten immer noch keine Waffen, und die feindlichen Pfeile begannen dicht auf sie herabzuprasseln. Doch da kam ihnen die schöne Orable aus Liebe zu Wilhelm zur Hilfe: Sie brachte ihnen die Waffen von Thibaud. Nun konnten sie nach Herzenslust kämpfen. Wutentbrannt warfen sie zwei feindliche Angriffe zurück, doch mußten sie der Übermacht weichen: Sie wurden von König Arragon ergriffen und in den Turm der Gloriette geworfen. Orable aber, listig wie sie war, gelang es, die drei zu befreien. Wilhelm und den anderen Ritter versteckte sie und führte dann Gilbert durch einen unterirdischen Gang, den nur sie kannte, zum Fluß Rhône. Er sollte nämlich schleunigst nach Nîmes gelangen, um dort Hilfe zu holen.

Inzwischen aber war König Thibaud von Afrika von Arragon über die Anwesenheit Wilhelms in Orange benachrichtigt worden und hatte schon ein riesiges Heer losgeschickt, um Arragon zur Hilfe zu eilen. Und Angst schnürte jetzt Wilhelm die Kehle zu: Welches der beiden Heere würde zuerst in Orange sein, dasjenige, das ihn befreien sollte, oder jenes, das ihm den Tod bringen würde? Schon sah er nämlich Rauch aus dem Scheiterhaufen steigen, den man für ihn errichtet hatte.

Auch die schöne Orable war schier verzweifelt, so sehr liebten sich beide. Zu ihrem Glück aber erschien bald die Armee aus Nîmes als erste unter den Mauern von Orange, und rasch war die Angelegenheit geklärt. Die Tore wurden eingerammt, die Mauern stürzten zusammen und im Nu war auch schon die Stadt in die Hände von Wilhelms Mannen gefallen. So wurde Wilhelm zum Grafen von Orange erhoben, woher auch sein Name kommt, der ihn in der ganzen bekannten Welt berühmt machte: Wilhelm von Orange.

Die schöne Orable aber ließ sich alsbald taufen, nahm als Christin den Namen Guibourg an und heiratete Wilhelm. Noch lange Zeit aber konnten die beiden Liebenden nicht ruhig und in Frieden leben. Die Sarazenen waren entrüstet und nahmen den Brautraub nicht einfach hin. So mußte Wilhelm noch bittere und grausame Kämpfe ausfechten, bevor er und seine Guibourg sich alt geworden ins Kloster begaben, jeder für sich, wo sie im Ruch der Heiligkeit starben.

EL CID

Der junge Ritter Rodrigo Diaz de Vivar, der Sohn des ehrwürdigen Diego Lainez, war die Zierde des spanischen Hofes. Er war bei allen beliebt und genoß die Gunst des Königs Fernando. Zu glücklicher Stunde hatte er das Schwert umgegürtet und wurde zum Schrecken der Mauren, die beständig gegen die Spanier Krieg führten, um das ihnen geraubte Land zurückzuerobern.

Nur selten besuchte Rodrigo seinen Vater, und jedesmal fiel ihm der Abschied schwer, wenn er sah, wie der alte Mann langsam verfiel. Er sagte dann immer: »Wenn du mich brauchst, Vater, so lasse mich rufen, und ich werde sofort zu dir eilen.«

Und eines Tages brauchte der Vater den Sohn wirklich. Sein Nachbar, der stolze und hochmütige Graf Lozano, hatte den Greis, von dem er ja wußte, daß er ihn nicht mehr zum Duell fordern konnte, schwer beleidigt und schändlich verleumdet. Und so ließ Diego Lainez seinen Sohn kommen, berichtete ihm, was sich Graf Lozano zu tun erdreistet hatte und bat ihn, die Schmach zu tilgen und seinen ehrlichen Namen reinzuwaschen.

Rodrigo eilte sogleich zu Lozano und forderte von ihm vor allen Anwesenden Genugtuung. Graf Lozano war ein erfahrener und wackerer Kämpfer, und so lachte er den jungen und wie er meinte schwachen Burschen glatt aus.

Doch das Lachen sollte ihm bald vergehen. Stolz und übermütig ritt er zum Zweikampf, mit tödlichen Wunden trug man ihn heim. Rodrigo hatte die Schmach gerächt und den Namen des Vaters mit dem Blut des Verleumders reingewaschen.

Nach diesem Ereignis blieb Rodrigo für einige Zeit bei seinem Vater. Alle Ritter im Land achteten ihn, und alle Edelfräulein bewunderten ihn. Am meisten jedoch die schöne Jimena, die Tochter des Grafen Lozano.

Es geschah, daß König Fernando der nahen Stadt Burgos einen Besuch abstattete. Unter den Edlen aus der Umgebung, die sich in Burgos eingefunden hatten, um dem König zu huldigen, war auch die schöne Jimena. Und diese trat mutig vor den König und sprach: »Mein Herr und König, meine Mutter und ich leben in großem Unglück und in großer Schmach. Der Ritter Rodrigo Diaz, der meinen Vater getötet hat, kommt jeden Tag, wenn er zur Falkenjagd reitet, an unserer Burg vorbei und versäumt dabei nie, zu meinem Fenster aufzuschauen. Seitdem verfolgen mich seine Augen Tag und Nacht, im Wachen wie im Träumen, und ich finde keine Ruhe mehr. Wenn Ihr gerecht seid, König, so macht meiner Qual ein Ende. Seid Ihr aber nicht gerecht, so solltet Ihr nie mehr Euer Pferd besteigen und die goldenen Sporen anlegen, denn Ihr wäret ihrer nicht würdig.«

Den König rührte die mutige Rede, doch was sollte er der schönen Tochter des toten Grafen antworten? Rodrigo wollte und konnte er nicht bestrafen, denn der war ja im Recht gewesen und hatte den Grafen im ritterlichen Zweikampf getötet. Und zudem hatte er sich in den Maurenkriegen große Verdienste erworben. Und die schöne Jimena abweisen, das konnte und wollte er auch nicht, und so sagte er es Jimena auch.

»Wenn es so ist, dann gebt mir Rodrigo zum Mann«, antwortete die edle Jungfrau. »Er hat meinen Vater getötet und mir großes Leid zugefügt. Mag er mir als mein Gatte das Glück wiedergeben.«

Als Rodrigo von König Fernando erfuhr, daß Jimena ihm verzeihen wollte, wenn er sie heiratete, war er über die Maßen glücklich. Die schöne Grafentochter hatte es ihm schon lange angetan, doch hatte er selbst im Traum nicht zu hoffen gewagt, daß sie dem Mann, der ihren Vater getötet hatte – wenn auch im ehrlichen und gerechten Kampf –, Zuneigung entgegenbringen könne. So wurde denn Hochzeit gefeiert, und der König selbst geleitete Jimena zum Altar.

König Fernandos Herrschaft währte nur kurz, denn das Schicksal hatte ihm kein langes Leben beschieden. Nach ihm bestieg König Sancho den Thron, und ihn löste schon bald König Alfonso ab.

Rodrigo diente auch ihnen ergeben und treu. In den Feldzügen gegen die Mauren führte er sich so wacker und tapfer, daß selbst die Mauren voll Achtung von ihm sprachen und ihm den Namen Cid gaben, zu maurisch Herr. Die Spanier aber nannten ihn el Campeador, der Kämpfer.

Jimena liebte ihren Gatten von ganzem Herzen und gebar ihm zwei Töchter, Elvira und Sol. Doch das Glück währt selten lange. So geschah es auch, daß Cid, der für den König von den besiegten Maurenfürsten Tribut eintrieb, von böswilligen Höflingen verleumdet wurde, einen Teil des Tributs unterschlagen zu haben. Der König schenkte den falschen Zungen Glauben und verwies Cid unschuldig des Landes. Innerhalb von neun Tagen sollte er Kastilien verlassen.

Da rief Cid seine Verwandten und Vasallen auf seine Burg und verkündete ihnen seinen Entschluß: »Ich gehorche dem Befehl des Königs und verlasse Kastilien. Wer an meine Unschuld glaubt und mit mir gehen will, den wird Gott für seine Treue belohnen. Und wer hierbleiben will, von dem scheide ich als Freund.«

Für alle antwortete sein Vetter Alvar Fañez: »Wir gehen mit dir, Cid, und werden dich niemals verlassen.« Cid dankte ihnen für ihre Treue, und bald darauf zog er mit ihnen fort, seine Burg in Vivar leer und mit offenen Toren zurücklassend.

Geächtet und vogelfrei ritten sie durchs Land. Als sie nach Burgos kamen, da standen die Menschen am Straßenrand, um ihnen schweigend ihre Achtung zu erweisen, aber keiner wagte, ihnen einen Kanten Brot oder ein Glas Wasser zu reichen, so sehr fürchteten sie den Zorn des Königs.

Traurig und hungrig schlugen Cids Mannen vor den Toren ihr Lager auf. Doch da hörten sie einen Wagen heranrollen, und als das Gefährt heran war, stieg der edle Burgoser Ritter Martin Antolinez vom Kutschbock.

»Cid, ich bringe Brot, Fleisch und Wein für alle. Ihr sollt nicht Hunger und Durst leiden. Doch da der König erfahren wird, daß ich Euch geholfen habe, kann ich nicht nach Burgos zurück und werde mit Euch gehen, wohin Ihr auch immer zieht. Und ich werde nicht der einzige sein, der sich Euch anschließt.«

Cid dankte dem edlen Ritter, der aber fuhr sogleich fort: »Cid, noch ehe Ihr die Grenze erreicht, werdet Ihr ein großes Gefolge haben und viel Geld für seinen Unterhalt brauchen. Man hat Euch beschuldigt, Ihr hättet Euch am maurischen Tribut bereichert. Die Geldverleiher sind überzeugt, daß Ihr Gold besitzt, und werden Euch jede beliebige Summe leihen. Wenn Ihr dann im Maurenland Beute macht, könnt Ihr es ihnen zurückzahlen. Ich kenne in Burgos zwei reiche Männer, Raquel und Vidas, die werden Euch gern aushelfen.«

Cid ließ zwei Truhen mit rotem Leder beziehen und mit goldenen Schlössern beschlagen und dann mit Sand füllen, damit sie recht schwer waren, und wartete. Um Mitternacht kamen wirklich Raquel und Vidas und liehen Cid bereitwillig sechshundert Mark auf ein Jahr. Als Pfand nahmen sie die Truhen mit.

Bei Sonnenaufgang kamen aus Burgos noch hundert Reiter, um mit Cid ins Maurenland zu ziehen. Cid machte noch einen kurzen Abstecher zum Kloster San Pedro, wo seine Gattin Jimena und seine beiden Töchter Zuflucht gefunden hatten. Er nahm Abschied von seinen Lieben und ritt dann an der Spitze seines Häufleins der Grenze Kastiliens zu. Unterwegs schlossen sich ihm noch mehr Ritter an, und so ging Cid, obwohl allein des Landes verwiesen, von dreihundert Berittenen begleitet in die Verbannung.

Ein ganzes Jahr kämpfte Cid mit seinen Rittern gegen die Mauren, gewann eine Schlacht nach der anderen und eroberte große Gebiete für König Alfonso und seine spanische Heimat. Den größten Triumph aber feierte er, als es ihm nach schweren Kämpfen schließlich gelang, das stolze Valencia auf die Knie zu zwingen. Das war nicht leicht gewesen, denn Valencia war gut befestigt, und die Mauren wollten um keinen Preis eine so wichtige Festung aufgeben. Cid wußte, daß er die Stadt nicht im Sturm nehmen konnte, und so besetzte er nach und nach alle Dörfer und Städte in der Umgebung, bis Valencia völlig eingeschlossen war von spanischem Gebiet und sich allein und isoliert nicht mehr halten konnte.

Nach der Eroberung Valencias entsandte Cid seinen Vetter nach Kastilien, wo er dem König in seinem Namen die Hand küssen sollte und bitten, der König möge Jimena und ihren Töchtern erlauben, Cid nach Valencia zu folgen. Er stattete ihn prächtig aus und gab ihm viel Geld mit; davon sollte er Raquel und Vidas die Schuld zurückzahlen, dem Abt von San Pedro fünfhundert Mark aushändigen zum Dank für alles, was der für Cids Familie getan hatte, und hundert der schönsten Pferde als Geschenk für den König kaufen.

Alvar Fañez trat die Reise sogleich an. Er wurde überall freudig und begeistert begrüßt, und sein Ruf eilte ihm voran nach Carrion, wo sich der Hof gerade aufhielt. Und so war König Alfonso nicht im geringsten überrascht, als Cids Vetter bei Hof erschien, sich vor ihm auf die Knie warf, um ihm die Hand zu küssen und zu bitten:

»Gnade, mein Herr und König! Cid küßt Euch als treuer Vasall die Hände und bittet Euch, hundert Pferde als Geschenk von ihm anzunehmen und seiner Frau Jimena und seinen beiden Töchtern zu erlauben, zu Cid nach Valencia zu reisen.«

Der König hob Alvar Fañez auf und antwortete: »Mein Herz freut sich über die Siege Cids. Richte ihm aus, daß ich sein Geschenk dankend annehme. Und was Frau Jimena und ihre Töchter angeht, so werde ich sie selbst mit allem Nötigen für die Reise ausstatten und ihnen Schutz und Geleit zur Verfügung stellen.«

Und dann wandte sich König Alfons, noch ehe ihm Alvar Fañez danken konnte, an den Hof: »Vernehmt meinen Willen: Cid und alle, die ihm gefolgt sind, sollen an nichts Einbuße erleiden. All ihr Besitz und ihre Güter werden ihnen zurückgegeben, und sie sollen wissen, daß sie keine Nachstellungen zu befürchten haben. Und wer von euch das Land verlassen und in Cids Dienste treten will, der hat meinen Segen.«

Da meldeten sich sogleich die jungen Grafen de Carrion. Aber diesen Herren war ganz und gar nicht darum zu tun, Cid zu dienen oder gar für ihn zu kämpfen. Sie hatten einzig und allein seinen Reichtum im Auge, den sie durch Heirat mit seinen Töchtern an sich zu bringen hofften. Und um ja nicht gegen die Mauren in den Krieg ziehen zu müssen, wollten sie jedoch zunächst noch bei Hof bleiben und erst später nachkommen nach Valencia.

In Burgos suchte Alvar Fañez die Herren Raquel und Vilas auf, um ihnen die sechshundert Mark zurückzugeben und noch reiche Zinsen obendrein. Die beiden bedankten sich überschwenglich, als er aber vor ihren Augen die Truhen öffnete, da lachten sie nur und meinten: »Cids Wort allein war uns Pfand genug. Wir hätten ihm das Geld auch so geliehen.«

Dann ritt Cids Gesandtschaft weiter zum Kloster San Pedro, wo Jimena in Freudentränen ausbrach, als sie erfuhr, daß sie mit Erlaubnis des Königs zu ihrem Gemahl reisen sollte.

Auf dem Weg nach Valencia kamen immer neue Reiter mit wehenden Fahnen auf den Lanzen, um sich dem Zug anzuschließen und in Cids Dienste zu treten.

Cid ritt Alvar Fañez und Frau Jimena auf seinem prächtigen Hengst Babieca entgegen. Er war überrascht, als er das große und prächtige Reitergefolge sah, noch größer aber war seine Freude, Frau und Töchter wieder in die Arme schließen zu können. »Einsam in Armut und als Geächteter habe ich die Heimat verlassen«, sagte er dann. »Heute sind wir wieder alle beisammen, ich bin reich und sonne mich in der Gunst des Königs. So viel kann sich in einem Jahr ändern.«

Seit diesem Tag lebten sie glücklich zusammen. Frau Jimenas Freude wurde nur durch die ständigen Kämpfe mit den Mauren getrübt, die Valencia zurückerobern wollten. Doch Cid schlug jeden Angriff zurück und besiegte schließlich endgültig König Yusuf und sein fünfzigtausendköpfiges Heer.

Nach diesem großen und ruhmvollen Sieg schickte Cid eine neue Gesandtschaft zum Hof, die sollte dem König zweihundert Pferde als Geschenk übergeben und ihn bitten, Cid persönlich zu empfangen.

»Mit Freuden werde ich Cid empfangen«, erwiderte der König. »Richtet ihm aus, daß ich in drei Wochen am Ufer des Flusses Tajo sein und ihn dort erwarten werde.«

Und so kam Cid drei Wochen später mit seinen besten Rittern zum Fluß Tajo, wo ihn der König bereits erwartete.

Cid saß ab und warf sich dem König zu Füßen. Der König aber hob ihn auf, küßte ihn auf den Mund und sprach:

»Steht auf, Cid, und seid mein Gast! Alles, was zwischen uns war, soll vergessen sein. Eure Taten haben bewiesen, daß Ihr mein treuer Vasall seid und daß alles, was neidische Stimmen gegen Euch vorgebracht, Verleumdungen waren.«

Indes traten die Grafen de Carrion vor Cid, doch der König kam ihnen zuvor: »Die beiden Grafen de Carrion bitten Euch, Cid, um die Hand Eurer Töchter, und ich habe ihnen versprochen, ihr Fürbitter bei Euch zu sein, und will selbst dreihundert Mark in Silber zur Hochzeit beisteuern.«

»Eigentlich hatte ich nicht die Absicht, meine Töchter so früh zu verheiraten«, erwiderte Cid. »Doch da die Grafen de Carrion aus einem gar edlen Geschlecht stammen und Ihr selbst, mein König, ihr Fürsprecher seid, so soll die Hochzeit nach Eurem Willen stattfinden.«

Und so wurden Diego und Fernando de Carrion bald darauf Schwiegersöhne des Cid und seiner Frau Jimena.

Die Grafen de Carrion lebten nun schon zwei Jahre in Valencia, ohne auch nur an einer einzigen Schlacht gegen die Mauren teilgenommen zu haben. Sie erfanden immer neue Ausreden und wußten sich jedesmal geschickt zu drücken. Cid war darob sehr bekümmert, denn es gefiel ihm nicht, daß man seine Schwiegersöhne für feige hielt.

Nun geschah es aber, daß sich die Mauren nach Jahren wieder einmal bis vor Valencia wagten. Es war König Bucar mit seinem Heer. Diesmal konnten sich Diego und Fernando nicht vom Kampf drücken.

In der Schlacht geriet Fernando an den tapferen Maurenkrieger Aladraf, der ihn so heftig angriff, daß Fernando sein Pferd wendete und feige entfliehen wollte. Doch da sprang

Pedro Bermudez herbei und erschlug Aladraf. Zu Fernando aber sagte er: »Erzählt allen, Ihr hättet Aladraf getötet. Ich werde es bezeugen. Cid wäre sehr betrübt, würde er erfahren, wie feige Ihr Euch auf dem Schlachtfeld verhalten habt.«

Cids Mannen zerstreuten das maurische Heer in alle Winde, und Cid selbst tötete im Zweikampf König Bucar.

Mit riesiger Beute kehrten sie nach Valencia zurück, und Cid war glücklich über den Sieg. Vor allem aber, weil auch seine Schwiegersöhne diesmal mitgekämpft und Fernando sogar den wackeren Aladraf besiegt hatte.

Doch die Grafen de Carrion spürten sehr wohl, daß niemand so recht an ihre Tapferkeit und an Fernandos Heldentat glaubte, auch wenn Pedro Bermudez keinem verriet, wer in Wirklichkeit Aladraf getötet hatte.

Da geschah es, daß eines Nachmittags, als Cid gerade auf einer Bank im Garten ruhte und seine Schwiegersöhne bei ihm waren, ein Löwe aus seinem Käfig ausbrach und auf die Gruppe zukam. Die Grafen de Carrion schlotterten vor Angst Fernando kroch unter die Bank, und Diego kletterte auf den nächsten Baum.

Indem erwachte Cid, packte den Löwen an der Mähne und führte ihn wie ein Hündchen in den Käfig zurück. Inzwischen waren von allen Seiten Leute herbeigeeilt, und alle lachten laut, als man Fernando unter der Bank hervor- und Diego vom Baum herunterholte.

Da wurde den Grafen de Carrion klar, daß sie in Valencia ausgespielt hatten.

Bald darauf baten sie Cid und Frau Jimena: »Erlaubt uns, mit unseren Frauen nach Carrion zu reisen. Wir wollen ihnen unsere Grafschaft zeigen, die sie ja noch nicht kennen, und ihnen Dörfer schenken.«

Cid stellte für seine Schwiegersöhne und Töchter einen prächtigen Geleitzug zusammen mit Felix Muñoz an der Spitze, dem Sohn seines Vetters Alvar Fañez, und gab ihnen viele kostbare Geschenke, Pferde, Maultiere und dreitausend Mark in Silber mit. »Ganz Spanien soll sehen, wie reich Cid seine Kinder ausstattet!« sagte er dann beim Abschied.

Gleich in der ersten Nacht schlugen die Grafen de Carrion mit ihrem Gefolge in einem alten Eichenwald ihr Lager auf.

Als dann am nächsten Morgen alles wieder aufbrach, blieben Diego und Fernando mit ihren Frauen ein Stück zurück. Und kaum war der Zug ihren Augen entschwunden, fielen sie über Elvira und Sol her, rissen sie vom Pferd, zogen sie bis aufs Hemd aus, banden sie an mächtige Eichen und peitschten die armen Frauen mit Lederriemen halbtot. »Von wegen Grafschaft! Von wegen Dörfer!« schrien sie dabei. »Die wilden Tiere sollen euch zerreißen!« Und dann schwangen sie sich auf ihre Pferde und ritten den anderen nach.

Felix Muñoz wunderte sich, als er die beiden allein kommen sah, sagte aber kein Wort. Er schlug sich heimlich in die Büsche, ritt zurück und streifte solange durch den Eichenwald, bis er die ohnmächtigen Frauen gefunden hatte. Er band sie schnell los, legte sie vor sich auf sein Pferd und brachte sie in Sicherheit.

Als Cid erfuhr, wie schändlich die Grafen mit seinen Töchtern verfahren waren, schickte er sogleich eine Nachricht an König Alfonso, und der war außer sich vor Zorn, als er erfuhr, was geschehen war.

»Ich selbst habe Cids Töchter verheiratet, und wer sie geschändet hat, der hat auch mich schwer beleidigt«, sagte er. »Richtet Cid aus, er soll in drei Wochen mit seinen Rittern nach Toledo kommen, wo wir Gericht halten werden über die verräterischen Grafen de Carrion.«

Viele Menschen hatten sich am Gerichtstag in Toledo versammelt. Cid war mit all seinen Rittern erschienen, und auch die Grafen de Carrion waren gekommen, schlotternd vor Angst, aber stolz und hochmütig.

Cid trug zwei Klagen wider die falschen Schwiegersöhne vor. Er verlangte, daß sie die dreitausend Mark und alle Geschenke, mit denen er seine Töchter ausgestattet hatte, zurückgäben und daß sie für die Schandtat an Elvira und Sol bestraft würden.

Doch der Sprecher der Grafen wies Cids Ansprüche zurück. Das Geld war längst ausgegeben, und die kostbaren Geschenke wollten die Schwiegersöhne auch behalten. Am unerhörtesten aber war, was er über Cids Töchter sagte: »Die Grafen de Carrion waren im vollen Recht, als sie sich Eurer Töchter entledigen wollten, denn diese waren ihnen nicht ebenbürtig; es waren keine Gattinnen für Männer aus solch vornehmem Geschlecht und von so edlem Blut, wie es die Grafen de Carrion sind.«

Allen, auch dem König, verschlug es die Sprache ob der unverschämten Rede, und Pedro Bermudez sprang auf und rief empört: »Vornehm und edel wollt Ihr sein, Graf Fernando und Graf Diego? Wir alle wissen, was Ihr wirklich seid –

Feiglinge und Lügner. Wie war es denn in der Schlacht mit König Bucar, Graf Fernando? Vor dem Mauren Aladraf seid Ihr ausgerissen wie ein geprügelter Hund und habt Euch hinterher gebrüstet, Ihr hättet ihn erschlagen. Und vor dem zahmen Löwen habt Ihr Euch unter der Bank versteckt, und Euer tapferes Brüderlein ist vor Angst auf den nächsten Baum geklettert.« Wie ein Gewitter donnerten diese gerechten Worte, und die Grafen zitterten vor Angst und Wut.

Und da geschah etwas, womit niemand gerechnet hatte: Zwei vornehme fremde Ritter traten vor den König und sprachen: »Wir sind Gesandte des Königs von Navarra und des Königs von Aragon. Unsere Könige bitten Euch, König Alfonso, um die Töchter des Cid. Sie wünschen, daß diese ihre Gemahlinnen und Königinnen werden.«

Da erhob sich Cid, trat ebenfalls vor König Alfonso und rief: »So wird doch die Gerechtigkeit siegen und das Unrecht getilgt werden. Ich bitte Euch, mein König, meine Töchter ein zweites Mal zu verheiraten und so wiedergutzumachen, was geschah und nie hätte geschehen dürfen.«

Der König gab gern sein Einverständnis, und die Gesandten zogen zufrieden ab.

Und dann sprach König Alfonso das Urteil: »Die Klagen des Cid sind berechtigt. Die Grafen de Carrion müssen alles, was Cid verlangt, unverzüglich zurückgeben. Für das Vergehen aber an der Braut des Königs von Navarra und an der Braut des Königs von Aragon sollen sie sich im ritterlichen Zweikampf verantworten.«

Den Grafen war ganz und gar nicht danach zumute, aber was blieb ihnen übrig? Gegen sie traten Pedro Bermudez und Martin Antolinez in die Schranken.

Cids Ritter, die sich vielmals in den Kämpfen mit den Mauren bewährt hatten, bedrängten die Grafen derart, daß Fernando und Diego schon bald um Gnade bettelten, um wenigstens das nackte Leben zu retten.

Noch lange lebte dann Cid, verehrt und geliebt von allen Spaniern, geachtet und gefürchtet von den Mauren. Und sein Ruhm lebt noch heute.

IWEIN

Als König Artus einst zu Carduel das Pfingstfest beging, erzählte Kalogreant seine letzte Abenteuerfahrt zur Wunderquelle von Broceliande, welche für ihn einen schlimmen Ausgang genommen hatte. König Artus hörte den Bericht und schwor, er wolle am Johannistag das nämliche Abenteuer bestehen, aber Iwein, der das Mißgeschick seines Vetters Kalogreant rächen wollte, brach in aller Stille nach dem Zauberwald auf.

Ein Bauer wies ihm den Weg: »Geht nur immer geradeaus«, sagte er, »dann werdet Ihr zu der kochenden Quelle gelangen, die trotzdem so kalt ist wie Marmelstein. Der herrlichste Baum, der Sommer und Winter sein Laub behält, überschattet sie, und daran hängt an langer Kette ein metallnes Becken. Neben der Quelle werdet Ihr einen Stein finden und auf der anderen Seite eine kleine Kapelle. Wenn Ihr nun das Becken mit Wasser füllt und dieses auf den Stein ausgießt, so wird sich ein solches Unwetter erheben, daß Wild und Vögel den Wald fliehen; denn solchermaßen wird es blitzen, stürmen und krachen, regnen und donnern, daß Ihr schon gewaltiges Glück haben müßt, wenn Ihr ohne Schaden davonkommen wollt.«

Gegen Mittag gewahrte Iwein den Baum und die Kapelle. Am Baum war ein Becken aus lauterem Gold befestigt, die Quelle aber brodelte wie kochendes Wasser. Der Steinblock war ein durchbohrter Smaragd mit vier Rubinen besetzt, die flammten wie die Morgensonne. Iwein füllte das

Becken und goß das Wasser auf den Stein. Auf der Stelle zuckten mehr als ein Dutzend Blitze hernieder und die Wolken gossen Schnee, Regen und Hagel aus. Iwein glaubte von den rings um ihn einschlagenden Blitzen und von den splitternden Bäumen vergehen zu müssen. Aber alsbald sandte Gott wieder schönes Wetter, die Vögel kehrten auf die Tanne zurück und trieben ihr lustiges Spiel über der Wunderquelle. Kaum hatte sich der Sturm gelegt, so erschien, vor Zorn flammend wie Kohlenglut, ein Ritter mit solchem Lärm, als jage er einen Brunsthirsch: es war der Hüter der Quelle. Beider Blick verkündete, daß sie einander auf den Tod haßten. Mit mächtigen Lanzenstößen zersprengten sie einander Schild und Harnisch, die Lanzen zersplitterten und die Trümmer flogen in die Höhe. Dann gingen sie einander mit den Schwertern an und es entbrannte ein furchtbarer Kampf, doch keiner wich um eines Fußes Breite von der Stelle. Schließlich zerhieb Herr Iwein den Helm des Gegners, so daß das Blut von dessen Haupt strömte und die Maschen seines weißen Harnischs rötete. Auf den Tod verwundet floh der Fremde; im Galopp sprengte er nach seiner Burg, die Zugbrücke rasselte herunter und das Tor öffnete sich, hinten nach aber jagte Herr Iwein, ungestüm wie ein Falke, der einen Kranich verfolgt. So galoppierten sie beide durch das Stadttor und durch die menschenleeren Straßen und gelangten mit verhängten Zügeln vor das Tor des Schlosses. Der Zugang war so eng, daß zwei Ritter nicht nebeneinander eindringen konnten. Wie bei einer Rattenfalle befanden sich unter dem Tor zwei Schlagfallen, welche eine scharf geschliffene eiserne Falltür hielten. Trat jemand auf diese Vorrichtung, so sauste die Falltür herab und er war gefangen oder gar zerhackt. Der Quellwächter sprengte geradeswegs hindurch, Iwein aber, der hinter ihm herhastete, packte ihn schon am Sattelbogen, da trat sein Roß auf das Holzbrett, welches die Eisentüre hielt. Wie die Teufel in die Hölle, so fuhr die Falltür herab, durchschnitt den Sattel und trennte das Pferd mitten auseinander, ohne indessen, Gott sei Dank, Herrn Iwein zu berühren, dem nur die beiden Sporen von den Fersen gerissen wurden. Da stürzte er und der Todwunde entkam ihm. Eine ebensolche Tür, wie sie am äußeren Eingang sich befand, war auch innen angebracht. Der Schloßherr eilte hindurch und die Tür fiel hinter ihm herab. So war Herr Iwein gefangen.

Auf einmal hörte er, wie sich das schmale Türchen eines Seitenraumes öffnete; eine wunderschöne Jungfrau trat heraus und schloß die Pforte hinter sich wieder zu. Als sie Herrn Iwein erblickte, erschrak sie: »Wenn man Euch hier bemerkt, Herr Ritter«, rief sie, »so seid Ihr verloren. Unser Herr ist auf den Tod verwundet, und wohl weiß ich, daß Ihr sein Mörder seid. Unsere Herrin und ihre Leute sind trostlos und werden Euch gewißlich töten, wenn sie Euch hier erwischen.« »Das steht bei Gott!« antwortete Iwein. »Sie sollen Euch aber nicht erwischen«, hob Lunete, die Jungfrau, wieder an, »denn ich will Euch helfen, wie Ihr mir einst am Artushof halft, als ich als kleines blödes Mädchen dorthin kam. Da, nehmt dies Ringlein und stellt es mir zurück, wenn Ihr wieder frei seid!« Sie fügte hinzu, daß es mit dem Ring diese Bewandtnis habe: wenn man ihn so anstecke, daß der Stein in der Faust verborgen sei, so brauche der, welcher den Ring am Finger trage, nichts mehr zu fürchten, denn er sei für jedermann unsichtbar, ebenso wie ein Baumstamm, den die Rinde verdeckt. Nach diesen Worten führte sie den Ritter in den Nebenraum, hieß ihn sich auf ein Ruhebett niederlassen und reichte ihm Speise und Trank. Nun kamen die Ritter und Bürger, die ihren Herrn rächen wollten. Sie zogen die Falltüren in die Höhe und fanden die beiden Teile des toten Rosses, aber Iwein war nirgends zu sehen. Rasend vor Wut stürzten sie in den Saal und schlugen blindlings auf Wände, Betten und Bänke ein, aber das Bett, auf dem Iwein lag, blieb unberührt.

Während sie noch in ihrer Blindheit rasend um sich schlugen, trat eine Frau in den Saal, die war so schön, wie sie kein Sterblicher je gesehen. Doch war sie so gramgebeugt, daß sie dem Tod nahe schien. Das eine Mal schrie sie laut auf, dann sank sie wieder ohnmächtig zu Boden, darauf begann sie sich zu zerfleischen und ihre Haare zu raufen. Und siehe, die Leiche des Herrn wurde auf einer Bahre vorübergetragen, Kerzenträger gingen ihr voraus und Klosterfrauen, dann folgten Geistliche mit Meßbüchern und Weihrauchkesseln. Herr Iwein hörte die Wehklagen, und die Prozession zog vorüber, um die Bahre aber drängte sich eine staunende Menge, denn das Blut floß klar und purpurn aus den Wunden des Toten. Das war der sichere Beweis, daß der, welcher den Tod des Schloßherrn veranlaßt hatte, sich noch hier im Saal befinden mußte. Von neuem begann das Suchen und Schlagen, doch Herr Iwein rührte sich nicht. Die Frau aber schrie wie eine Wahnsinnige: »Ach Gott! Soll man den Mörder, den Schurken nicht finden, der meinen guten Herrn umgebracht hat. Guten? Den Besten der Guten! Hat sich ein Geist oder der leidige

Feind unter uns gemengt, bin ich behext, daß meine Augen ihn nicht sehen? Ein Feigling ist er, wenn er mir nicht steht, er, der gegen meinen Herrn so mutig war. Wahrlich, er kann nicht von dieser Welt sein, wenn er meinem unvergleichlichen Herrn standhielt.« Dann trugen sie die Leiche hinaus und begruben sie. Die Menge wurde schließlich des Suchens müde und zerstreute sich. Nun trat die Jungfrau wieder zu Iwein. »Herr«, sagte sie, »wie ein Jagdhund nach einem Rebhuhn oder einer Wachtel spürt, so haben sie jeden Winkel abgesucht. Das muß Euch in Furcht gesetzt haben!« »Das ist richtig«, antwortete Iwein, »aber nichtsdestoweniger möchte ich durch ein Fenster den Leichenzug da draußen beobachten.« So sagte er, aber in Wahrheit kümmerte er sich weder um die Leiche noch um den Zug, sondern er sprach es, weil er die Herrin der Stadt schauen wollte. Lunete führte ihn an ein Fensterchen, durch welches er die schöne Frau erspähen konnte, welche immer noch ihrem toten Gatten nachtrauerte: »Euch, lieber Herr, kam nie ein Ritter gleich weder an Ehren noch an feiner Sitte. Freigiebigkeit war Eure Freundin und Mut Euer Gefährte. Unter der Schar der Heiligen möge, teurer Herr, Eure Seele weilen.« Dabei zerriß sie immer wieder mit den Händen ihr Gewand, dergestalt, daß Iwein sich nur mit Mühe zurückhalten ließ, sie daran zu hindern. Lunete mahnte ihn nochmals, ruhig und besonnen zu bleiben, dann ging auch sie, um an der Leichenfeier teilzunehmen.

Inzwischen hatte aber die Frau, ohne es zu wissen, einen Rächer für den Tod ihres Gatten gefunden, und zwar einen stärkeren als sie selbst jemals hätte finden können: Amor hatte nämlich für sie Rache genommen, dadurch, daß er

Iwein durch die Augen in das Herz getroffen hatte. Hierdurch hatte Herr Iwein eine Wunde erhalten, die nie wieder heilen sollte. Je länger Iwein die Frau durch das Fenster beobachtete, desto mehr verliebte er sich in sie und desto schöner erschien sie ihm. Gewiß, er wußte, daß sie ihn wegen der Tötung ihres Gatten hassen müsse, aber eine Frau hat mehr als tausend Gefühle. Vielleicht wird sich das Gefühl, daß sie zur Zeit hegt, noch einmal ändern? Sicher wird es das, ohne »vielleicht« und er wäre töricht, wenn er zuvor verzweifeln wollte, Gott gebe nur, daß es bald wechsle. Während er noch in solchen Gedanken befangen war, kehrte Lunete zurück, um ihm Gesellschaft zu leisten, ihn zu trösten und zu zerstreuen. »Herr Iwein«, redete sie ihn an, »wie ist es Euch inzwischen ergangen?« »Nach Gefallen!« erwiderte er. »Nach Gefallen? Wie? Kann es einem nach Gefallen ergehen, wenn man zum Tod geholt werden soll?« »Gewiß, meine liebe Freundin«, entgegnete er, »ich möchte jetzt nicht sterben, denn was ich sah, hat mir sehr gefallen und gefällt mir noch und wird mir immer mehr gefallen!« »Lassen wir das«, sprach Lunete, »ich verstehe sehr wohl, worauf dieses Wort zielt, ich bin nicht so einfältig. Aber jetzt kommt, damit ich Eure Befreiung bewerkstellige. Heute nacht noch oder morgen früh sollt Ihr in Sicherheit sein.« »Oho«, versetzte er, »ich will nicht wie ein Dieb davonschleichen. Mit mehr Ehren werde ich von dannen ziehen, wenn alles Volk draußen auf der Straße versammelt ist, als wenn ich nächtlicherweile mich aus dem Staub mache!«

Die Jungfrau erinnerte sich sehr wohl an Iweins Worte, und da sie sehr gut mit ihrer Herrin stand, so benutzte sie die nächste Gelegenheit, um die Sache zur Sprache zu bringen.

»Herrin«, sprach sie, »es wundert mich sehr, daß Ihr Euch so sinnlos gebärdet; glaubt Ihr denn, den Herrn durch Eure Tränen zurückzugewinnen?« »Ach«, entgegnete jene, »ich wünschte, ich stürbe vor Schmerz!« »Warum?« »Um ihm nachzufolgen!« »Ihm nach ...? Davor bewahre Euch Gott, vielmehr gebe er Euch wieder einen ebenso guten Gemahl, der auch ebenso tapfer ist.« »Einen so trefflichen kann er mir nicht wiedergeben!« »Einen besseren wird er Euch geben, wenn Ihr ihn nehmen wollt, das will ich Euch beweisen.« »Geh, schweig! Einen solchen werde ich nie finden!« »Doch, Herrin, wenn Ihr wollt. Denn, sagt mir doch – um Vergebung –, wer soll Euren Boden schützen, wenn König Artus herkommt, der, wie Ihr wißt, nächste Woche zur Quelle und zum Steinblock gelangen wird? Ihr solltet lieber einen Entschluß fassen, wie Ihr Eure Quelle verteidigen wollt, anstatt daß Ihr unaufhörlich jammert.« »Geh!« zürnte die Herrin, »ich will nichts mehr davon hören!« »Auch gut, Frau!« schmollte Lunete, »da kann man nichts machen, wenn sich die Herrin über guten Rat erzürnt.« Aber ihre Worte hatten doch gewirkt, die Dame hätte gar zu gern gewußt, wie Lunete beweisen wollte, daß sie einen besseren Ritter finden könne, als ihr Gatte gewesen war, und bald kam das Gespräch wieder auf diesen Gegenstand. »Gesetzt, daß zwei Ritter sich bewaffnet im Kampf gegenüberstehen«, sagte Lunete, »und daß der eine den anderen besiegt, wer, glaubt Ihr, ist wohl der bessere? Ich meinerseits würde dem Sieger den Preis zuerkennen. Und Ihr?« »Mir scheint, du willst mir auflauern, um mich dann beim Wort zu nehmen.« »Ich sage die reine Wahrheit, ich will Euch nur beweisen, daß der, welcher Euren Gatten besiegte, ein besserer Ritter ist als jener war.« Nun brach der Zorn der Herrin los und Lunete eilte wieder zu Iwein, der bekümmert darüber war, daß er den Anblick der Schloßherrin entbehren mußte. Diese sorgte sich indessen doch darum, wie sie ihre Quelle verteidigen sollte, und sie bereute ihre harten Worte gegen Lunete. Am anderen Morgen entschuldigte sie sich bei ihr und fragte sie nach Name und Art des Siegers. »Ich werde ihn«, sagte sie, »dafür bürge ich dir, zum Herrn über mich und mein Land machen. Aber es muß so geschehen, daß über mich keine üble Nachrede entsteht, etwa: das ist die, die den Mörder ihres Gatten genommen hat.« »Gewiß, Herrin, Ihr werdet den edelsten und vornehmsten und schönsten Mann bekommen, der je aus dem Stamm Abels geboren wurde.« »Wie heißt er denn?« »Herr Iwein.« »Bei Gott, der ist nicht übel. Er ist von edler Geburt, ich weiß wohl, er ist der Sohn des Königs Urian.« »So ist es.« »Und wann kann ich ihn haben?« »In fünf Tagen.« »Das ist zu lange, er sollte schon da sein. Er soll heute Nacht oder doch spätestens morgen kommen.« Lunete versprach nun, den Ritter herbeizuschaffen und beriet ihre Herrin, wie sie ihre Barone mit ihrer schnellen Wiederverheiratung versöhnen könne: es müßte doch jedem einleuchten, daß die Quelle einen neuen Verteidiger haben müsse.

Iwein wurde also vor die Schloßherrin geführt, um von ihr, wie die listige Lunete sagte, ins Gefängnis geworfen zu werden, und er folgte demütig und krank vor Liebe und Sehnsucht. Und hatte die Jungfrau nicht recht, wenn sie ihn einen Gefangenen nannte? Denn wer liebt, ist in Ketten. Gebeugten Hauptes trat Iwein vor die Schloßherrin, er faltete die Hände und ließ sich vor ihr auf die Knie nieder.

»Herrin, ich bitte nicht um Gnade. Gern will ich alles leiden, was Ihr mit mir vorhabt, und ich will Euch noch dafür danken.« »Und wenn ich Euch töten lasse, wie Ihr meinen Herrn getötet habt?« »Wenn Euer Herr mich angriff, welches Unrecht tat ich, mich zu verteidigen?« »Wenn Ihr Euch schuldlos fühlt, warum wollt Ihr dann meinen Willen über Euch ergehen lassen? Setzt Euch und steht mir Rede!« »Herrin, mein Herz treibt mich dazu!« »Und wer trieb Euer Herz?« »Herrin, meine Augen!« »Und wer die Augen?« »Die hohe Schönheit, die ich an Euch sah!« »Die Schönheit, was hat die damit zu tun?« »Herrin, sie heißt mich lieben!« »Lieben? Und wen?« »Euch, teure Frau!« »Mich? Und wie?« »So, daß ich nur noch an Euch denke, daß ich Euch mehr liebe als mich selbst, daß ich für Euch leben oder sterben will!« »Und werdet Ihr meine Quelle schützen?« »Gegen die ganze Welt!« »Dann sind wir also einig.«

Darauf führte sie ihn in den Saal zu den Baronen, welchen seine ritterliche Gestalt gewaltig in die Augen stach und welche ihn ohne Widerrede als ihren Herrn anerkannten. Noch am gleichen Tag vermählte sich Herr Iwein mit Laudine von Landuc, der Tochter des sangesberühmten Herzogs Landunet.

Am Tag darauf kam König Artus mit seinen Begleitern zur Wunderquelle und zum Stein. »Nun?« spottete Kei, »was ist aus Iwein geworden, der sich nach dem Mahl vom Wein berauscht rühmte, seinen Vetter rächen zu wollen. Er ist feige geflohen!« »Gnade, Herr Kei«, versetzte Gawein, »wenn Herr Iwein nicht hier ist, so hat er sicherlich einen Entschuldigungsgrund.« Kei schwieg und der König goß Wasser aus dem Becken auf den Stein unter der Tanne, und sogleich begann es in Strömen zu regnen. Alsbald erschien Herr Iwein bewaffnet im Wald. Kei bat den König, als erster mit dem Hüter der Quelle kämpfen zu dürfen und diese Bitte wurde ihm sogleich gewährt. Herr Iwein aber versetzte ihm einen Stoß von solcher Heftigkeit, daß er einen Purzelbaum von seinem Sattel herab schoß und sein Helm am Boden rollte. Iwein ließ ihn liegen und trat vor den König, indem er Keis Roß am Zügel führte. »Herr«, sprach er, »nehmt dieses Roß. Ich würde übel tun, wenn ich etwas von Eurer Habe zurückbehalten wollte.« »Und wer seid Ihr?« fragte König Artus, »ich kenne Euch nicht, wenn ich nicht Euren Namen höre oder Euch unbewaffnet erblicke.« Da gab sich Iwein zu erkennen und Kei war äußerst niedergeschlagen, zumal da er noch kurz zuvor über ihn gespottet hatte. Gawein aber freute sich hundertmal mehr als alle anderen, daß er seinen Gefährten wiedergefunden hatte. Nun mußte Iwein dem König sein Abenteuer erzählen, aber als er seinen Bericht beendet hatte, ersuchte er Artus, er möge mit all seinen Rittern bei ihm Herberge nehmen. Der König erwiderte, gern wolle er ihm für eine Woche Ehre, Freude und Gesellschaft verschaffen. Iwein dankte dem König und nun begaben sich alle zur Burg, nachdem zuvor ein Bote an Laudine abgeschickt worden war, der sie von dem bevorstehenden Besuch in Kenntnis setzen sollte. Durch die gaffende Menge ging die Schloßherrin, umgeben von tanzenden Jungfrauen, in ein Hermelingewand gehüllt und mit einer rubingeschmückten Krone auf dem Kopf, dem König entgegen und hieß ihn willkommen. Den Tag beschloß ein großes Fest und Gawein dankte es Lunete durch mannigfache Gunstbezeigungen, daß sie seinen Freund vom Tod gerettet hatte. Die ganze Woche verging unter Feiern, Jagden und Besichtigen der Schlösser. Als aber der König nicht mehr länger verweilen wollte, ließ er alles zur Abreise rüsten.

Man hatte sich die ganze Woche bemüht, Iwein zu veranlassen, daß er mitziehe. »Wie?« hatte Gawein zu ihm gesagt, »gehört Ihr auch zu denen, die weniger taugen, sobald sie beweibt sind? Verflucht sei, wer nur heiratet, um sich zu verliegen, man soll umgekehrt tüchtiger werden durch den Umgang mit schönen Frauen. Brecht die Fessel, die Euch bindet, dann wollen wir beide wieder zu Turnieren reiten, damit niemand Euch eifersüchtig schilt. Jedes Gut wird begehrenswerter, wenn man seinen Genuß hinausschiebt, schöner ist es, ein geringes Glück nach einem Aufschub zu kosten, als ein großes alle Tage. Späte Liebesfreude gleicht einem brennenden grünen Busch, der um so heißer brennt, je länger er zögert, Feuer zu fangen.« So lange redete Gawein auf seinen Freund ein, bis dieser ihm versprach, mitzuziehen. Aber zuvor müsse er seine Herrin fragen, ob sie ihm Urlaub gewähren wolle, um nach Britannien zurückzukehren. Er sprach also zu Laudine: »Meine teure Frau, die Ihr mein Herz und meine Seele seid, wollt Ihr mir um Eurer und meiner Ehre willen etwas versprechen?« »Lieber Herr«, versetzte sie, »Ihr mögt mir befehlen, was Euch gut dünkt!« Nun bat Iwein sie um Urlaub, dem König zu folgen und zu Turnieren zu reiten, damit man ihn nicht träge schelte. Sie sprach: »Ich gewähre Euch den Urlaub bis zu einem bestimmten Zeitpunkt. Aber meine Liebe, die ich zu Euch trage, wird sich in Haß verwandeln, wenn Ihr diesen Zeitpunkt, den ich Euch angeben werde, überschreitet.

Wenn Ihr Euch meiner Liebe fürderhin erfreuen wollt, so seid darauf bedacht, in spätestens einem Jahr zurück zu sein, acht Tage nach dem Fest St. Johannis. Los und ledig sollt Ihr meiner Liebe werden, wenn Ihr an diesem Tag nicht wieder bei mir seid.« Iwein konnte ihr vor Gram kaum antworten: »Herrin, diese Zeitspanne ist zu lang. Könnte ich eine Taube sein, gar oft wäre ich bei Euch! Ich bitte Gott, daß er mich nicht so lange verharren läßt. Aber was soll werden, wenn Krankheit oder Haft mich hindern?« »Wenn Gott Euch vor dem Tod bewahrt, so wird Euch keine Verzeihung zuteil, wenn Ihr nicht mein zur rechten Zeit gedenkt. Nehmt diesen Ring an Euren Finger, er wird Euch vor Kerker und Wunden bewahren. Wenn ein wahrhaft Liebender ihn trägt, so wird er dadurch so hart wie Eisen: der Ring soll Euer Schild und Harnisch sein!« Weinend trennte sich Iwein von ihr, mit Tränen waren ihre Abschiedsküsse besät und von Zärtlichkeit umduftet.

Nun begann ein bewegtes Leben. Überall, wo man turnierte, waren Iwein und Gawein zu sehen. So ging das Jahr vorüber, und immer noch gelang es Gawein, seinen Freund zurückzuhalten. Das andere Jahr brach an und es war schon zu Mitte August, als König Artus Hoftag in Chester hielt. Gerade am Tag vorher waren die beiden Gefährten von einem Turnier zurückgekehrt, bei welchem Iwein den Hauptpreis davongetragen hatte. Sie hatten nicht in der Stadt absteigen wollen, sondern hatten ihre Zelte außerhalb der Mauern aufgeschlagen. Dort suchte sie König Artus auf und setzte sich zwischen sie auf das Lager. Da begann Herr Iwein in Gedanken zu verfallen und nie, seit er von seiner Herrin Abschied genommen hatte, war ihm ein Gedanke so schwer aufs Herz gefallen wie dieser, denn er wußte wohl, daß er sein Versprechen nicht gehalten hatte und daß der Zeitpunkt überschritten war. Noch grübelte er so, da sah man auf schwarz- und weißgeflecktem Roß eine Jungfrau heranreiten. Vor dem Zelt stieg sie ab, aber niemand kam, ihr zu helfen, niemand nahm ihr Roß in Hut. Als sie den König erblickte, ließ sie den Mantel fallen und trat ins Zelt. Sie sagte, ihre Herrin lasse den König grüßen und Gawein ebenso und alle außer dem Verräter Iwein, dem Lügner und gleißnerischen Schwätzer, der sie verlassen und betrogen habe. »Als Heuchler hat sich der erwiesen, der sich als wahrhaft Liebender ausgab und doch ein falscher Verräter war. Er hat ihr Herz gestohlen und ist damit geflohen. Herr Iwein hat meine Herrin dem Tod nahegebracht. Ach, sie glaubte, er wolle ihr Herz bewahren und ihr nach Jahresfrist zurückstellen. Alle Tage des Jahres hat sie in ihrer Kammer angekreidet und jede Nacht hat sie die Tage gezählt, die verstrichen waren und die noch kommen sollten. Doch du kamst nicht. Ich will dich nicht anklagen, aber so viel will ich sagen, daß uns der verraten hat, der dich mit unserer Herrin verheiratete. Iwein, nun sorgt sie sich nicht mehr um dich, sondern sie befiehlt dir durch mich, daß du ihr nie wieder unter die Augen trittst und ihren Ring nicht länger behältst. Gib ihn zurück, Verräter, dann geh, wohin du willst!«

Wie Iwein vor Kummer wahnsinnig wurde, wie er durch eine Zaubersalbe geheilt wurde und dann nach endlosen Abenteuern und Gefahren schließlich doch seine Laudine zurückgewann, das alles mögt ihr bei Meister Christian selber nachlesen.

TRISTAN UND ISOLDE

König Morgan wurde von seinem Lehnsmann dem König Riwalin von Parmenie, angegriffen und besiegt, so daß er um Frieden bitten mußte, der ihm auf ein Jahr gewährt wurde. Er ging zu Marke, dem König von Kurnewale und England, wo er freundlich aufgenommen wurde und sich in dessen schöne Schwester Blancheflur verliebte.

Als Markes Land vom Feind überfallen wurde, zog auch Riwalin mit in den Kampf, wurde aber schwer verwundet. Die ebenfalls von Liebe entbrannte Blancheflur besuchte ihn auf seinem Krankenlager in Bettlerkleidung. Riwalin gesundete wieder, und beide lebten in heimlicher Liebe glücklich miteinander.

Inzwischen hatte Morgan wieder ein Heer gesammelt und verwüstete Riwalins Land, so daß dieser gezwungen wurde, zu dessen Verteidigung heimzueilen. Blancheflur entfloh mit ihm und wurde von Riwalin öffentlich zu seiner Gemahlin erhoben. Während des Kriegszuges ward sie dem treuen Marschall Rual anvertraut, der sie in seinem Kastell der Obhut seiner Frau übergab. Riwalin fiel in heftigem Kampf, worüber Blancheflur von unsagbarem Schmerz übermannt wurde; in ihrer Herzensqual rang sie vier Tage erbärmlich mit dem Leben, gebar ein Söhnlein und gab ihren Geist auf.

Um das Kind vor Morgans Nachstellungen zu sichern, ließ Rual die Nachricht verbreiten, die Königin hätte ein Kind totgeboren und gab den Knaben für den Sohn seiner

Frau aus. In der Taufe erhielt das Kind den Namen Tristan, da es in Trauer empfangen und in Trauer geboren worden war. Es wurde auf das sorgfältigste erzogen, lernte viele fremde Sprachen, auch Saitenspiel und ritterliche Übungen. Von Kaufleuten entführt, schloß der Knabe sich in fernen Landen zwei alten Pilgern an, von denen er, sich wieder trennte, als er einige Jäger traf, die zu Markes Hof gingen. Hier gab er sich für einen Kaufmannssohn aus, der seinem Vater entflohen wäre, um die Welt zu sehen. Marke fand Gefallen an dem frischen Jüngling, ernannte ihn zu seinem Jägermeister, und Tristan stieg um so höher in des Königs Achtung und Liebe, als er Gelegenheit fand, seine Kenntnisse und Kunstfertigkeiten zu zeigen.

Der getreue Rual hatte seinen Pflegling inzwischen überall gesucht; durch die beiden Pilger wurde er auf die Spur geleitet, verkleidete sich als Bettler und zog an Markes Hof, wo er trotz der Verkleidung von Tristan erkannt wurde. Jubelnd führte dieser den alten Freund zu König Marke, der nun von Rual erfuhr, daß er in Tristan den Sohn seiner geliebten Schwester vor sich hatte. Marke war froh, in dem trefflichen Jüngling einen Neffen zu haben, der ihm, dem kinderlosen Mann, einst als Erbe folgen könnte. Tristan wurde unter großen Feierlichkeiten zum Ritter geschlagen. Bald darauf zog er gegen Morgan, um sein väterliches Land Parmenie wiederzuerobern; er besiegte den Gegner, gab das Land dem getreuen Rual als Lehen und zog wieder zu Marke zurück.

Hier angelangt, fand er das ganze Land in Trauer; denn Marolt, der Schwager des Königs von Irland, war gekommen und hatte einen schon früher aufgedrungenen Tribut von dreißig schönen Knaben gefordert. Tristan erreichte, daß man den Tribut verweigerte und ein Zweikampf zwischen Marolt und ihm stattfand, in dem ersterer fiel. Allerdings war Tristan verwundet worden, und Marolt hatte ihm gesagt, die Wunde wäre mit einem vergifteten Schwert geschlagen und könnte deshalb nur von seiner Schwester Isolde, der Königin von Irland, wieder geheilt werden.

Marolts Leichnam wurde nach Irland gebracht, wo der Held tief betrauert wurde, besonders von der Königin Isolde und ihrer gleichnamigen Tochter. In Marolts Schädel fanden sie einen Splitter, der aus Tristans Schwert gebrochen war, als er den tödlichen Streich geführt hatte. Die junge Isolde nahm den zurückgebliebenen Splitter heraus und bewahrte ihn in einem Schrein. Der König aber ließ ein Gebot ausgehen, daß, wer von Kurnewale nach Irland käme, es mit dem Leben büßen müßte.

Tristans Wunde verschlimmerte sich immer mehr; kein Arzt konnte sie heilen. Darum entschloß sich der Held, die Königin Isolde aufzusuchen. Als Spielmann wurde er gut empfangen, fand auch Aufnahme bei der Königin, die ihn seines herrlichen Saitenspiels wegen gern heilte, wofür er sie und ihre Tochter die Kunst des Spiels lehrte. Weil er befürchtete, doch schließlich erkannt zu werden, gab er vor, er müßte wieder zu seiner geliebten Gattin, und nahm Urlaub.

In Kurnewale war alles erfreut über Tristans Heilung, doch regte sich der Neid mancher Großer, weil Marke seinen Neffen allen andern vorzog und ihm sein Reich hinterlassen wollte. Um dem drohenden Sturm zu entgehen, riet Tristan selbst dem König, sich doch noch zu verheiraten, und empfahl ihm die schöne junge Königstochter Isolde, erbot sich auch, die Brautwerbung zu übernehmen.

Sich als Kaufmann ausgebend, kam er glücklich in Irland an und fand Aufnahme am Hof.

Damals hauste ein furchtbarer Drache in Irland, der das Land so bedrohte, daß der König seine Tochter demjenigen zu geben versprach, der den Drachen besiegen würde. Tristan wagte den Kampf, erschlug das Untier nach vielen Gefahren, schnitt ihm die Zunge aus und verbarg sie in seinem Busen. Um sich von den Anstrengungen zu erholen, suchte er einen verborgenen Platz auf, fiel aber bald in tiefe Bewußtlosigkeit. Mittlerweile kam auch der Truchseß des Königs, der ebenfalls nach Isoldes Hand strebte, fand den Drachen, begann auf ihn loszuhauen und zu stechen, obwohl er schon tot war, und suchte den wirklichen Sieger, den er so schwach anzutreffen hoffte, daß er ihn leicht töten könnte, fand ihn aber nicht. Dann ritt er stolz zu Hof, gab sich als Retter des Landes aus und begehrte die Hand der Königstochter als Lohn. Isolde war tief bekümmert, weil sie den anmaßenden Mann heiraten sollte, wurde aber durch einen Traum ihrer Mutter getröstet, in dem dieser offenbart wurde, daß ein anderer den Drachen getötet hätte. Die Königin ritt am andern Tag mit ihrer Tochter, ihrer Nichte Brangäne und einem Knappen aus, um den sieghaften Mann zu suchen, den sie auch glücklich fanden. Sie merkte gleich, daß die Bewußtlosigkeit Tristans von einem Zauber herrühren müßte; sie suchte, fand und entfernte die Zunge, und Tristan kam wieder zu sich. Die junge Isolde erkannte jetzt in ihm auch den früheren Spielmann wieder, doch sagte ihm die Königin Schutz für Leben und Leib zu.

Als der Truchseß die Hand der Königstochter begehrte, verweigerte diese sie ihm. Es sollte ein Zweikampf zwischen ihm und Tristan stattfinden. Zufällig bekam die junge Isolde das Schwert Tristans in die Hände, bemerkte die Scharte, holte den bei Marolt gefundenen Splitter, und siehe, er paßte genau. Nun war der Sieger ihres geliebten Onkels in ihrer Hand; ein glühender Haß gegen Tristan faßte sie, doch hielt die Mutter ihre Hand über ihn, weil sie ihm Schutz gewährt hatte. Tristan erklärte, warum er hergekommen wäre, nämlich um für seinen König Marke zu werben. Der Zweikampf fand nicht mehr statt, weil der Truchseß sich aus Feigheit zurückzog. Der König gab seine Einwilligung zur Ehe seiner Tochter mit Marke, und sie zog in der Begleitung Tristans und Brangänes in Markes Land.

Die Königin bereitete einen Liebestrank, den sie ihrer Nichte Brangäne mit dem Auftrag anvertraute, davon ihrer Tochter und dem König Marke zu trinken zu geben, sobald sie ehelich verbunden würden. Während sich Tristan einstens auf dem Schiff, das sie zur Reise benutzten, in Isoldes Gemach befand, dürstete ihn und er bat sich einen Trunk aus. Brangäne war zufällig nicht anwesend, und eine der Mägde nahm das Glas mit dem Liebestrank, den sie für Wein hielt, und reichte ihn Tristan, der ihn in ritterlicher Weise der Königin bot. Zaudernd trank diese davon und dann er selbst. Im selben Augenblick kam Brangäne herzu, sah das Unheil, ergriff das Glas und schleuderte es ins Meer; aber es war zu spät, die beiden hatten von dem Trank genossen, und er wirkte schnell:

Minne, die aller Herzen Nachstellerin,
Schlich in beider Herzen hin;
Ehe sie es wurden gewahr,

Stieß sie ihre Siegesfahne dar
Und zog sie beide in ihre Gewalt:
Sie wurden eins und einfalt,
Die zwei und zweifalt waren vorher;
Sie zwei waren da nicht
Mehr widerstrebend unter sich.
Isoldens Haß, der war dahin;
Die Sühnerin Minne,
Die hatte der beiden Sinne
Vom Hasse so gereinet,
Mit Liebe so vereinet,
Daß jedes dem andern was
Klar und hell wie ein Spiegelglas.
Sie hatten beide ein Herz,
Ihr Kummer war sein Schmerz,
Sein Schmerz war ihr Kummer;
Sie waren beide eines Sinns
An Liebe und an Leide
Und verhehlten sich's doch beide:
Das tat der Zweifel und die Scham …

Wohl suchten sie beide die aufkeimenden Gefühle zu bekämpfen, doch gelang es ihnen nicht, und ehe Isolde in König Markes Land kam, hatte sie schon die eheliche Treue gebrochen. Brangäne erzählte ihnen von dem Zaubertrank, versprach ihnen aber ihre Hilfe und Verschwiegenheit, weil sie sich mit schuldig fühlte. Da sie aber die einzige Person war, die um ihre heimliche Liebe wußte, wollte Isolde sie ermorden lassen. Die gedungenen Knechte hatten Mitleid mit ihr und schenkten ihr das Leben. Weil sie aber selbst in der Todesnot keinen Verrat an der Königin und Tristan begangen hatte, schloß sich Isolde inniger an Brangäne an, und diese gab den beiden Liebenden Gelegenheit, sich zu sehen und zu treffen und die auf dem Schiff begonnene Liebe fortzusetzen.

Zu dieser Zeit kam ein Ritter Gaudin aus Irland, der so wunderbar spielte, daß der König ihm auf seine Bitte seine Gemahlin Isolde zum Lohn gab. Tristan war zufällig auf der Jagd, reiste aber nach seiner Rückkehr in höchstem Zorn dem Ritter nach, dem er die Geliebte wieder entführte und zu Marke brachte. Der heimliche Umgang der beiden Geliebten wurde entdeckt, und Isolde mußte sich zur Reinigung von der Anklage einem Gottesurteil unterwerfen. Tristan verkleidete sich als Pilgrim, trug die Königin vom Schiff ans Land, fiel verabredeterweise mit ihr zu Boden, und sie konnte nun schwören, sie habe niemals einem Mann zur Seite gelegen, als ihrem Gemahl und dem Pilgrim.

Marke wurde bald wieder von Zweifeln an der Unschuld seiner Gemahlin gequält und verbannte sie von Haus und Hof. Tristan zog mit ihr in eine Höhle, wo der König sie nach langer Zeit gelegentlich einer Jagd fand. Er hatte jedoch den König kommen sehen, sich mit Isolde auf ein Ruhebett niedergelassen, aber ein Schwert zwischen sich und seine Geliebte gelegt, so daß Marke wieder an ihre Unschuld glaubte und sie in Gnaden aufnahm.

Doch nicht lange dauerte die Ruhe; der König wurde bald von der Untreue seiner Gemahlin überzeugt, und Tristan nahm Abschied von ihr, übergab ihr aber einen Ring, daß sie sich immer seiner erinnerte. Die Hofleute wußten den König nach Tristans Abreise noch einmal zu überzeugen, daß er sich geirrt hätte und Isolde ihm doch treu geblieben wäre.

So nahm denn König Marke seine Gemahlin wieder in Gnaden auf. Tristan aber zog davon, zunächst nach Camelot, um sich dem Kreis der Artusritter anzuschließen. Dort überstand er manches Abenteuer, aber ruhelos und unstet blieb sein Sinn. Das Bild der fernen Geliebten wich Tag und Nacht nicht aus seinem Sinn. Er irrte weiter umher, war in Alemannien, in der Normandie, in der Bretagne, in Parmenie und schließlich in Arundel, dessen Königsburg er von ihren Belagerern befreite. Der Burgherr, er hieß Jovelin, hatte aber eine schöne Tochter, die allenthalben Isolde mit den weißen Händen genannt wurde. Schon dieser Name bewegte Tristans Herz und auch in ihrem Antlitz fand er Züge, die seiner fernen Geliebten glichen. Und er glaubte, er könne sie so lieben, wie man ein Spiegelbild liebt, und heiratete sie. Aber seine Sehnsucht nach der blonden Isolde aus Kurnewale blieb ungestillt.

Nur die Kriegszüge konnten das rastlose Herz des Unglücklichen etwas ablenken, aber die Wunde, die die Minne in sein Herz geschlagen hatte, blieb.

Eines Tages war er wieder mit seinem neuen Schwager auf Kriegszug, als er eine schwere Wunde erhielt, sodaß er sich nur mit großer Mühe seinen Verfolgern entziehen und zu der Burg seiner Gemahlin gelangen konnte. Isolde Weißhand pflegte ihn, so gut sie es konnte. Aber die Wunde war durch den Speer vergiftet, und bald schon rang der arme Tristan mit dem Tod. Da wußte er sich keinen anderen Rat mehr: Er schickte einen Boten an Markes Hof und ließ die geliebte Isolde bitten, zu ihm zu eilen. Vielleicht konnte sie ihm wieder das Leben retten, wie sie es damals in Irland getan hatte. Wenn nicht, so wollte er zumindest an ihrer Seite sterben.

Als Isolde die traurige Kunde erhielt, zögerte sie keinen Augenblick und bestieg das Schiff. Nun muß man auch noch wissen, daß das Schiff ein weißes Segel aufziehen sollte, wenn Isolde an Bord ist, und ein schwarzes, wenn es ohne die ferne Geliebte ankommen sollte. Aber die Reise zu See war lange und mühsam.

Schwere Stürme und Unwetter wüteten, widrige Winde verzögerten die Reise, und die geliebte blonde Isolde verzweifelte schier. Auch Tristan ging es von Tag zu Tag schlechter. Wartete er vordem noch Tag für Tag am Ufer und spähte nach einem kommenden Segel aus, so mußte er jetzt geschwächt und zu Tode krank auf seiner Lagerstatt harren. Statt seiner hielt nun seine Gattin Isolde Weißhand Ausschau und starrte tagelang auf den Horizont. Das Herz ward ihr immer schwerer, denn sie wußte, daß Tristan nur die eine Isolde liebte und daß er sie, Isolde Weißhand, verschmähte, wo sie ihn doch so liebte. Auf einmal erschien ein Schiff am Horizont, und siehe! es hatte weiße Segel gehißt!

»Welches Segel hat das Schiff?«, fragte Tristan, als Isolde Weißhand ihm Bescheid gab. Und Isolde war in ihrer Not so verzweifelt und gedemütigt, daß sie antwortete: »Ich sehe ein schwarzes Segel!« Da wurden die Gesichtszüge von Tristan ganz bleich; jeglicher Lebensmut wich ihm, er wollte nicht mehr, und da brach der Tod ihm das Herz. Groß war auch der Schmerz seiner angetrauten Gattin. Und mochte sie ihm noch so oft beteuern, daß sie ihm nicht die Wahrheit gesagt hatte, seine Lippen blieben stumm.

Kaum war die einzig geliebte Isolde ans Ufer gekommen, da hörte sie schon die Totenglocke. Flugs eilte sie zum Schloß, von dem einzigen Wunsch beflügelt, den Geliebten ein letztes Mal zu sehen. Stumm vor Schmerz stand sie nun vor ihm. Da nahm sie das Tuch von seinem bleichen Antlitz und küßte ihn zum letzten Mal. Mund an Mund lagen die beiden da, und da brach auch ihr das Herz. Isolde Weißhands Vater, Herzog Jovelin, hatte beide in Särge gelegt und einbalsamieren lassen und wollte den beiden ein würdiges Begräbnis zukommen lassen.

Inzwischen aber hatte auch König Marke von Kurnewale von dem Tod der beiden Liebenden gehört. Als er von der treuen Brangäne alles über den Liebestrank erfahren hatte und daß beide deshalb nicht mehr voneinander lassen konnten, erinnerte er sich auch, wie er die zwei unschuldig in der Höhle hatte zusammen liegen sehen, und sein Herz wurde von Mitleid geregt. Er fuhr zu Schiff hin und brachte die beiden heim in sein Reich. Dort ließ er zwei marmorne Särge anfertigen und bettete dort die Toten hinein. Im Garten von Markes Burg Tintajol wurden beide begraben. Auf Tristans Grab aber hatte Marke einen Rosenstock pflanzen lassen und auf dem Isoldes eine Weinrebe. So wuchsen mit der Zeit Rose und Rebe, und über beider Gräber neigte sich jeder Zweig dem anderen zu. Bald waren beide so eng verflochten, daß man sie nicht mehr trennen konnte.

HERR LANCELOT UND DIE GRALSRITTER

Gar viele tapfere Ritter gehörten zu König Artus' Tafelrunde; alle aber übertraf an Kraft, Mut und Ritterlichkeit Herr Lancelot.

Er war der Sohn des Benwicker Königs Ban, des treuen Freundes und Verbündeten König Artus'. Kurz nach seiner Geburt traf König Ban ein schwerer Schlag. König Claudas fiel in sein Reich ein, und Ban mußte in der Burg Trebes Zuflucht suchen. Die Boten die er um Hilfe ausgesandt hatte, kehrten unverrichteterdinge zurück; denn Bans Bruder Bors lag auf dem Sterbebett, und König Artus führte einen Krieg gegen die Sachsen. Und so wollte König Ban mit seiner Frau und dem kleinen Söhnchen selbst ausziehen, Hilfe zu suchen. Vom nahen See schaute er ein letztes Mal zurück – und erstarrte: Die Burg stand in Flammen. Der treulose Burgwart hatte Trebes dem Feind ausgeliefert. Bei diesem Anblick brach dem König das Herz. Und während sich die Königin jammernd über ihren toten Gemahl warf, tauchte eine wunderschöne Jungfrau aus dem See, nahm den kleinen Lancelot in den Arm und trug ihn davon.

So wurde Lancelot von der Seejungfrau aufgezogen, und deshalb nannte man ihn auch später Lancelot vom See. Als er achtzehn Jahre alt war, brachte ihn die Nymphe an König Artus' Hof, und dort gewann der junge Ritter schon bald die Gunst der edlen Königin Guenevera, die ihn zu ihrem Beschützer erwählte. Ihr zu Ehren vollbrachte er dann all seine späteren Heldentaten.

Zu jener Zeit kamen Boten des Königs Pelleas nach Camelot, die Ritter der Tafelrunde um Hilfe zu bitten. In der Nähe der Königsburg Corbenic hatte sich nämlich ein schrecklicher Drache niedergelassen, der jeden Tag ein junges Mädchen zum Fraß forderte.

»Ich werde gehen!« erklärte Herr Lancelot und brach noch am gleichen Tag auf.

König Pelleas begrüßte Herrn Lancelot freudig, hatte insgeheim aber doch Bedenken, ob der Ritter nicht zu jung sei, um es mit dem Drachen aufnehmen zu können. Nur die schöne Königstochter Elaine zweifelte keinen Augenblick an Lancelots Sieg.

Am nächsten Morgen begleitete Lancelot das junge Mädchen, auf das an diesem Tag das Los gefallen war, zu der Drachenhöhle. Der Drache kam aus seiner Behausung gekrochen, doch statt einer Jungfrau, die er zu verschlingen gedachte, stand da ein kühner Jüngling, bereit mit ihm zu kämpfen. Tapfer und kraftvoll schwang Lancelot sein Schwert, versetzte dem brüllenden und feuerspeienden Ungeheuer einen Schlag nach dem anderen, immer wieder geschickt den scharfen Krallen und dem giftigen Atem ausweichend. Lange währte der Kampf, bis es Lancelot schließlich gelang, dem Drachen, der schon aus vielen Wunden blutete, den Kopf abzuschlagen.

Jubelnd feierten der König und seine Untertanen den Sieger, und den Drachenkopf hängten sie über dem Burgtor auf.

Am meisten aber freute sich die schöne Elaine, die sich auf den ersten Blick in den jungen Ritter verliebt hatte. Und da der ihre Liebe erwiderte, wurde bald darauf auf

Corbenic eine prächtige Hochzeit gefeiert. Herr Lancelot blieb auf der Burg, und nach einiger Zeit gebar ihm Elaine einen Sohn, der den Namen Galahad erhielt.

Eines Abends saß Lancelot wie so oft mit dem König Pelleas zusammen. Da tat sich plötzlich die Tür auf, und herein schritt eine anmutige fremde Jungfrau und trug eine goldene Schale, die mit einem weißen Tuch bedeckt war, vor sich her. Ein betäubender Duft erfüllte den Raum, die Tische deckten sich von allein mit den köstlichsten Speisen, und Lancelot wurde von einem solchen Wonnegefühl ergriffen, wie er es noch nie erlebt hatte. König Pelleas aber kniete demütig nieder, und mit ihm alle anderen im Saal.

»Was ist das für ein Wunder?« rief Herr Lancelot staunend.

»Das ist das Kostbarste, was es auf der Welt gibt – der heilige Gral. Aus ihm hat Jesus beim letzten Abendmahl getrunken, und Joseph von Arimathia fing in ihm das Blut Christi auf und brachte dann die Schale in unser Land. Aber der heilige Gral wird uns um unserer Sünden willen bald wieder verlassen und so lange verschwunden bleiben, bis ihn drei Ritter der Tafelrunde finden. Doch auch dann wird er nicht in unser Land zurückkehren.«

Von dieser Stunde an fand Herr Lancelot keine Ruhe mehr. Die Worte seines Schwiegervaters gingen ihm nicht aus dem Sinn, und er mußte immer wieder daran denken, wer wohl die drei Ritter waren, die den Gral finden sollten, und ob er vielleicht zu den Auserwählten gehörte. Es hielt ihn nicht länger mehr auf Corbelic, und so zog er eines Tages aus, das Geheimnis des Grals zu ergründen.

Doch vergebens waren alle seine Nachforschungen. Vielleicht hätte ihm der weise Merlin helfen können. Aber der war wie vom Erdboden verschwunden, und selbst König Artus wußte nicht, wohin. Es hatte sich aber folgendes zugetragen:

Merlin hatte sich in die schöne Seejungfrau verliebt und um ihretwillen König Artus und die Ritter der Tafelrunde verlassen. Die Nymphe aber wollte nur alle Zauberkünste, die sie noch nicht kannte, von Merlin lernen, und als das geschehen war, ging sie mit ihm in den Wald von Broceliand, wo sie sich mit ihm unter einen blühenden Weißdorn setzte und wartete, bis der Zauberer eingeschlafen war. Dann beschrieb sie mit ihrem Schleier einen neunfachen Bannkreis um den Schlummernden und murmelte dabei eine Zauberformel. Diesen Bannkreis konnte er nur dann verlassen, wenn sie selbst den Zauber aufhob. So mußte Merlin seine Schwäche für die schöne Nymphe teuer bezahlen.

Das alles aber wußte Lancelot nicht. Sonst hätte er gewiß seine Ziehmutter überredet, Merlin freizugeben, und hätte nicht lange Jahre vergeblich durch die Welt irren müssen.

Dafür aber kam Herr Gawain zufällig in den Wald von Broceliand, stieß dort auf die starke, unsichtbare Mauer des Zauberkreises und hörte eine Stimme, die ihm irgendwie bekannt vorkam: »Eile zurück nach Camelot! Der heilige Gral verläßt uns, und es ist an den Rittern der Tafelrunde, ihn wiederzufinden. Diejenigen von euch, die ihn erlangen werden, sind bereits auserwählt.«

Herr Gawain wendete sein Pferd, und erst unterwegs fiel ihm ein, daß er Merlins Stimme vernommen hatte.

Auf Camelot fand Herr Gawain viele bekannte Ritter vor: seinen Bruder Gareth, Herrn Kay, Herrn Hektor, Herrn Lancelot und dessen Onkel Bors und auch Herrn Parzival, der gleich neben dem noch immer mit einem weißen Tuch verdeckten Gefährlichen Stuhl saß.

Indes trat ein fremder Einsiedler in den Saal und führte einen jungen Ritter in roter Rüstung herein. Schweigend führte er ihn zu dem leeren Platz, nahm das Tuch ab, und da erschien in goldenen Lettern die Inschrift: Dies ist der Platz des heiligen Ritters Galahad.

Herr Lancelot sprang auf und wollte den Sohn im Kreis der Artusritter begrüßen, doch im gleichen Augenblick grollte ein Donnern durch die Burg. Ein blendender Schein erleuchtete den Saal, und in diesem Schein schwebte, wie von unsichtbarer Hand getragen, der heilige Gral. Gleichzeitig erfüllte ein betäubender Duft den Saal, und die Tafel deckte sich von allein mit den köstlichsten Gerichten und Getränken.

Da erhob sich Herr Gawain und sagte: »Als ich durch den Wald von Broceliand ritt, vernahm ich die Stimme des weisen Merlins, der also sprach: ›Der heilige Gral geht von uns, und es ist an den Rittern der Tafelrunde, ihn wiederzufinden.‹«

Und dann standen die Ritter einer nach dem anderen von der Tafel auf und ritten davon, den heiligen Gral zu suchen.

Lange streiften die Artusritter durch die Welt, ohne daß einer von ihnen auch nur auf eine Spur gestoßen wäre. Manchem wurde auf geheimnisvolle Art verkündet, daß es ihm nicht bestimmt sei, den Gral zu schauen, und er kehrte um.

So begegneten zum Beispiel Herr Gawain und Herr Hektor einem Einsiedler, der ihnen sagte: »Kehrt um, ihr seid nicht auserlesen, dem heiligen Gral zu dienen.« Herrn Bors aber, der sie begleitete, gebot der Einsiedler: »Lege ein schwarzes Gewand an zum Zeichen deines Auftrages und faste bis zu jener Stunde, da der heilige Gral dich speisen wird!«

Auch Herr Lancelot gab schließlich die Suche auf. Er kam nämlich eines Nachts in eine große, verlassene Burg. Als er durch die öden Gänge streifte, sah er plötzlich aus einem Zimmer einen blendenden Schein und hörte zugleich eine warnende Stimme: »Kehre um, Lancelot, du bist nicht auserlesen, den heiligen Gral zu finden.«

Er wollte dennoch weitergehen, doch da schlug ihm plötzlich eine unsichtbare Flamme ins Gesicht, und er verlor das Bewußtsein. Und als er wieder zu sich kam, da sah er sich auf Burg Corbenic, und an seinem Lager saß König Pelleas. Die schöne Elaine aber war wenige Tage zuvor gestorben.

Nach Herrn Lancelot kamen drei andere Ritter der Tafelrunde zu der öden Burg. Es waren Herr Galahad und sein Onkel Bors, der sich vor Schwäche kaum auf dem Pferd halten konnte, da er ja fasten sollte, bis ihn der Gral speisen würde. Der dritte war Herr Parzival. Der Zufall hatte sie vor der Burg zusammengeführt, und dieses seltsame Zusammentreffen ließ sie ahnen, daß sie ihrem Ziel nahe waren. Und wirklich, sie kamen ungehindert bis in das von strahlendem Licht überflutete Zimmer, in dem auf einem silbernen Tisch der heilige Gral ruhte. Ein betäubender Duft zog durch den Raum, und auf dem Tisch standen die köstlichsten Speisen und Getränke. Die drei Ritter sanken vor dem heiligen Gral auf die Knie und beteten. Und dann setzten sie sich an den Tisch und stillten ihren Hunger.

In der Nacht erschien allen dreien im Traum ein Engel und verkündete ihnen: »Eilt sogleich zum Meer. Dort werdet ihr ein Schiff vorfinden und auf ihm den heiligen Gral. Das Schiff wird euch an jenen Ort tragen, an dem der heilige Gral von nun an verweilen wird.«

Als die Ritter erwachten, war der Gral wirklich verschwunden. Also befolgten sie das Gebot des Engels und ritten zum Meer, wo wirklich ein Schiff ihrer harrte. Kaum waren sie an Bord, legte es ab, obwohl sie keinen einzigen Menschen sahen. Am Mast aber stand der Tisch mit dem heiligen Gral.

Vierzehn Tage fuhr das Schiff ruhig übers Meer, bis zu der Stadt Sarras in Babylonien. Da trugen die Ritter den silbernen Tisch mit dem heiligen Gral vom Schiff in den Tempel und blieben dort als Gralshüter.

Bald hatte sich die Kunde von der wundertätigen Schale im ganzen Land herumgesprochen. Der heilige Gral sättigte die Hungrigen und heilte die Kranken, ja er erweckte sogar Sterbende wieder zum Leben. Tausende pilgerten nach Sarras, und keiner wurde enttäuscht.

Es dauerte nicht lange, da kamen die edelsten Männer des Reiches in die Kirche und baten die Gralsritter, daß einer von ihnen die Herrschaft des Landes übernehme, denn wer auserlesen sei, den heiligen Gral zu hüten, der sei auch der Krone würdig.

»So mag denn Galahad König sein«, entschied Herr Parzival, und Herr Bors stimmte ihm zu.

Doch Galahads Herrschaft war nicht von langer Dauer. Lancelots Sohn war nicht für weltlichen Ruhm geboren und starb sehr jung.

Im Land Babylonien herrschte große Trauer ob seines Todes. Das Volk wollte wieder einen Gralsritter zum König haben, aber sowohl Herr Parzival als auch Herr Bors lehnten ab, war ihnen doch wieder im Traum der Engel erschienen und hatte ihnen verkündet: »Euer Dienst am heiligen Gral ist zu Ende, und ihr könnt gehen, wohin immer ihr wollt.«

Herr Parzival legte die Mönchskutte an und ging ins Kloster. Er vollbrachte dort viele gute Taten und heilte jeden, der zu ihm kam. Nach einem Jahr aber segnete auch er das Zeitliche.

Herr Bors überlebte seine Gefährten, aber nach deren Tod hielt ihn nichts mehr in dem fremden Babylonien, und er kehrte zurück nach Camelot, wo ihn die Ritter der Tafelrunde freudig begrüßten und begierig waren, von dem heiligen Gral zu hören.

PARZIVAL

Der heilige Gral. Ein köstlicher Jaspis, der edle Stein, durch dessen Kraft der Phönix aus seiner Asche sich verjüngt, war bei dem Sturz Lucifers aus dessen Krone gefallen, und Engel hielten ihn lange schwebend in der Luft. Als Christus nun auf die Erde kommen sollte, gelangte auch jener wundervoll glänzende Stein dorthin, und es wurde daraus eine Schale verfertigt, die in den Besitz des Joseph von Arimathia gelangte. Aus dieser Schale reichte der Heiland in der Nacht, da er verraten ward, seinen Jüngern das heilige Abendmahl. In derselben Schale fing Joseph das Blut des Gekreuzigten auf, das aus der Wunde floß, die der Kriegsknecht dem Herrn mit der Lanze beibrachte. Darum besaß diese Schale fortan Kräfte des ewigen Lebens. Wer sie anschaut, der kann in derselben Woche noch nicht sterben; wer sie unaufhörlich anblickt, dem wird nicht grau das Haar, und währte es auch Jahrhunderte lang. So berichtet die Sage von dieser Schale, dem heiligen Gral.

Lange Zeit nach Christi Tod war niemand würdig befunden worden, dieses Heiligtum zu hüten, und Engel mußten es schwebend in der Luft halten. Da wurde endlich als Hüter Titurel, ein französischer Königssohn, nach Salvaterre in Biscaya berufen, wo er auf dem unnahbaren Berg Monsalvatsch eine Burg erbaute für die Gralshüter und einen herrlichen Tempel für das Heiligtum selbst. Titurel ward Gralkönig, weil er als der demütigste und treueste, als der reinste und keuscheste Ritter erfunden worden, und sein Nachfolger konnte nur werden, wer ihm glich. Unter ihm standen die Gralsritter, die weder nach Stand noch Geschlecht, sondern nur nach dem Stand ihrer Tugend zu diesem geistlichen Ritterorden zugelassen wurden, die sich fortwährend in starker Männlichkeit und Tapferkeit, in Treue gegen Gott und die Frauen, in Selbstverleugnung und Herzenseinfalt bewähren mußten. Diese Ritter hießen Templeisen, Tempelhüter. Ernährt und erhalten wurden sie durch den heiligen Gral, in den an jedem Karfreitag eine leuchtend weiße Taube die Hostie des Lebens vom Himmel herniederbrachte, wodurch seine Wunderkräfte stetig erneuert wurden.

Die Ritter waren auserkoren zum Schutz der bedrängten Unschuld, deren Not der Gral verkündete. Eine geheimnisvolle Inschrift an der heiligen Schale gab dann den Namen desjenigen Ritters an, welcher ausersehen war, das Amt zu übernehmen. Es war jedoch dann ihre heilige Pflicht, niemand zu gestatten, nach ihrer Herkunft zu fragen; geschah dies trotz ihres ausführlichen Verbots dennoch, so mußten sie sofort unweigerlich nach Monsalvatsch zurückkehren.

Das Heiligtum des Grals war ein aus zweiundsiebzig Chören oder Kapellen zusammengesetzter, wundervoller Bau. Auf je zwei dieser Kapellen stand ein Turm, auf dessen Spitze ein Rubin leuchtete, auf diesem wieder ein lichtes Kreuz von Kristall und auf diesem endlich ein goldener Adler mit ausgebreiteten Flügeln. Inmitten dieser sechsunddreißig Türme stand ein doppelt so hoher Turm, auf dessen Spitze ein riesiger Karfunkel, der den Templeisen des Nachts zur Heimkehr leuchtete. Um diesen von der zweiten Burg umschlossenen Tempel breitete sich ein dichter, sechzig Tagereisen weiter Wald von Ebenholzbäumen, Zypressen und Zedern aus, durch den niemand, der nicht gerufen war, hindurchdringen konnte. Aber auch einem solchen wurde dennoch das Geheimnis des Grals nicht erschlossen, wenn er nicht fragte; wer, wenn berufen, stumm und gleichgültig davor stehen blieb, der war für immer von der Gemeinschaft der Gralshüter ausgeschlossen.

PARZIVALS JUGEND UND AUSFAHRT. Parzivals Vater war Gamuret, ein jüngerer Sohn des Königs von Anjou, der auf Abenteuer ausgezogen war und bis ins Morgenland gelangte, wo er die Mohrenkönigin Belakane aus den Händen ihrer Feinde befreite und damit ihre Hand und Krone gewann. Nachdem sie ihm einen Sohn geschenkt, der seltsamerweise schwarz und weiß aussah und deshalb Feirefiz, d. h. bunter Sohn, genannt wurde, ergriff den Vater die Sehnsucht nach der Heimat und Christenleuten so stark, daß er Weib und Kind heimlich verließ und nach Hause zurückkehrte. Er erreichte Spanien und vernahm hier, daß die Königin Herzeloide von Waleis ein Turnier ausgeschrieben und als dessen höchsten Siegespreis ihre Hand und ihr Land ausgesetzt habe.

Gamuret begab sich dorthin. Er hatte zwar nicht die Absicht, Herzeloide zu gewinnen, da er ja eines Weibes nicht bedurfte; nachdem er aber die höchsten Preise gewonnen, wurde er dennoch von der Schönheit der Königin ergriffen, nahm ihre Hand an und vereinigte nun ihr Reich mit Anjou, zu dessen Herrscher er gleichfalls berufen wurde. Es währte jedoch nicht lange, so ergriff ihn wieder die Sehnsucht nach Belakane, und da er von neuer Kriegsbedrängnis derselben hörte, so machte er sich mit einer Schar von Reisigen zu ihrer Hilfe auf. Durch Verrat aber verlor er im Morgenland sein Leben, und die Nachricht von seinem Tod stürzte Herzeloide in den tiefsten Jammer. Da gebar sie einen Sohn, den sie vor dem Schicksal des Vaters glaubte bewahren zu müssen, was sie dadurch zu erreichen meinte, daß sie die Herrschaft niederlegte und sich in die Einsamkeit des Waldes Soltane zurückzog, wo sie nun allein der Erziehung ihres Sohnes Parzival lebte, fern von allen Menschen und dem Getriebe der Welt.

Trotz alledem konnte sie es nicht verhüten, daß Parzival, zu einem herrlichen und starken Jüngling erwachsen, dennoch eines Tages einigen Rittern begegnete, die durch den Wald ritten. Staunend betrachtete er die fremdartigen Gestalten, und die Männer wiederum hatten ihre Freude an dem so kräftigen und doch so unerfahrenen, völlig töricht erscheinenden jungen Menschen. Mit Vergnügen beantworteten sie seine tausend Fragen, belehrten ihn über den Gebrauch ihrer ihm unbekannten Waffen, da er nur meisterlich mit Bogen und Pfeilen und dem Wurfspieß umzugehen wußte; machten ihn bekannt mit dem Rittertum, den Ritterspielen und ritterlichen Kämpfen und erweckten in ihm die schlummernde Tatenlust, so daß er beschloß, auch ein Ritter zu werden und zu König Artus zu reiten, der ihn zu einem solchen machen konnte.

Den Jammer seiner Mutter, die nun alle ihre Pläne zerronnen sah, achtete er nicht, immer aufs neue verlangte er fort in die Welt, zu König Artus. Da glaubte Herzeloide ihren Zweck mit einer List zu erreichen. Sie ließ dem Sohn ein Narrenkleid verfertigen und gab ihm den elendesten Klepper als Reitpferd. So würde er zum Gespött der Menschen werden und das Gespött ihn bald in ihre Arme zurücktreiben. Von all dem hatte Parzival keine Ahnung. Jauchzend ritt er davon, doch als er ihren Augen entschwunden war, überwältigte sie dennoch der Jammer, und mit gebrochenem Herzen sank sie tot zur Erde. –

Ahnungslos reitet der Jüngling in die Welt und erlebt mancherlei Abenteuer, auch mit Sigune, einer nahen Verwandten, die ihn über seine hohe Herkunft und Erbansprüche belehrt. Das alles beachtet Parzival jedoch gar nicht, er strebt nur nach Nantes, wo König Artus Hof hielt, um bei diesem ein Ritter zu werden. Endlich erreicht er die Stadt und trifft vor dem Tor den ganz in rot gekleideten Ritter Ither, der rote Ritter genannt. Dieser hat von der Tafel des Königs einen kostbaren goldenen Becher hinweggerafft und harrt nun hier, ob einer der Ritter der Tafelrunde es wagen wird, von ihm, dem gewaltigen Kriegsmann, den Becher zurückzuholen. Er beauftragt den Jüngling, dies dem König Artus anzuzeigen. Den Auftrag auszuführen reitet Parzival in seinem närrischen Aufzug sofort in die Stadt, verfolgt von allen Gassenbuben, tritt kühn in die Königshalle und entledigt sich der Sendung. Zugleich bietet er sich aber auch zum Kämpfer für den König an. So lächerlich dies erscheint, so gewährt ihm der König doch die Bitte, da er voraussetzt, daß der gewaltige Ither einen solchen Knaben nicht schädigen wird. Artus will ihn dazu ausstatten, doch Parzival verlangt nur die Rüstung des roten Ritters, die er sich selbst erkämpfen will, um dann zum Ritter geschlagen zu werden. »Das ist nicht nötig«, lacht der König, »denn, wenn du das vollbringst, so bist du ein Ritter wie der besten einer.« Lustig reitet Parzival wieder vor das Tor, fordert keck von Ither die Rüstung und den Becher, und als dieser nur den Speer nimmt, und seinen Gegner schlägt, da schleudert Parzival mit sicherer Hand seinen Wurfspieß, und zum Tode getroffen sinkt Ither vom Roß.

Mit Hilfe von Ithers Knappen legt nun Parzival die rote Rüstung des gefällten Gegners an, kehrt aber nicht zu König Artus zurück, da er ja nun den Ritterschlag nicht mehr nötig hat, sondern sendet ihm nur den Becher und sprengt auf Ithers rotem Roß davon. –

Groß war das Erstaunen der Tafelrunde des Königs Artus über diese erstaunliche Heldentat, und man behielt den neuen roten Ritter in bestem Andenken.

Was ihm nun noch an dem Wesen eines echten Ritters fehlte, das lernte er endlich noch von dem greisen Fürsten Gurnemanz, der ihn in seiner Burg gastlich aufnahm, ihn wie einen Sohn lieb gewann und ihn in allem unterwies, nicht nur fechten, Lanzen werfen und Rosse tummeln lernte Parzival, sondern auch guten Geschmack und feine Sitten. Der vielerfahrene Hausherr gab ihm gute Lehren für alle Verhältnisse des Lebens und riet ihm vor allen Dingen, nicht stets sich auf seine Mutter zu berufen, denn das mache ihn lächerlich, auch solle er sich aller unnützen Fragen enthalten.

Feierlich gelobte Parzival, diesen Lehren nachzustreben, und da doch endlich geschieden sein mußte, so ließ er sich wieder von seinem guten Roß tragen, wohin es sei. So gelangte er in das Königreich Brobarz zur Stadt Pelrapeire, die gerade von wilden Feinden, deren Fürst die verwaiste Königstochter Kondwiramur mit Gewalt zu seiner Gattin machen wollte, belagert wurde. Parzival wurde eingelassen und bot der königlichen Maid, die wie eine Rose im Morgentau blühte und ihm ihr Leid klagte, seine Hilfe an. Er besiegte im Zweikampf die Führer der feindlichen Heere, befreite die belagerte Stadt, und Kondwiramur schenkte ihm Herz und Hand.

So wurde Parzival König von Brobarz und verlebte an der Seite seiner holden Gattin glückliche Tage.

PARZIVALS SCHULD. Ähnlich seinem Vater Gamuret kann aber auch Parzival im Glück nicht ausdauern. Der Drang nach Abenteuern treibt ihn wieder auf, hinaus in die Welt: Schon am ersten Tag reitet er ziellos so weit, daß ein Vogel es mit Mühe erflogen hätte. So gelangt er abends an einen See und trifft einen Fischer, der traurig in einem Kahn sitzt, aber ein herrlich Gewandt trägt; den fragt er nach einer Nachtherberge. »Auf dreißig Meilen«, antwortet der Fischer, »ist kein Haus zu finden, als das eine dort um den Fels. Geht ihr dahin, so bin ich selber euer Wirt.«

Parzival findet eine stattliche Burg mit vielen Türmen. Es ist die Gralburg, doch kennt er weder ihren Namen, noch ihre Bedeutung. Auf seine Meldung, daß ihn der Fischer vom See sende, senkt sich die Zugbrücke, und er reitet ein. Öde und still ist es ringsum, Turnier und Ritterfeste scheinen hier etwas Fremdes zu sein. Als der Gast aber, von Knappen bedient, vom Pferd gestiegen und in die Burg eingetreten ist, erblickt er die blendendste Pracht und nie gesehene Herrlichkeit. In einem weiten festlichen Saal, von hundert Kronleuchtern erhellt, sitzen viele Ritter und in ihrer Mitte der Gralkönig Anfortas. Mit Staunen erkennt

Parzival in ihm den Fischer vom See, weiß aber nicht, daß Anfortas, der ihn neben sich niedersitzen heißt, der Bruder seiner Mutter, also sein Oheim ist.

Nun öffnet sich eine Tür und herein trägt ein Knappe einen Speer, an dessen Schaft Blut herabrinnt. Lautes Wehklagen ertönt im Saal. Nun trägt der Knappe den Speer wieder hinaus und eine lange Reihe schöner Jungfrauen tritt herein, Fürstinnen und Edeldamen. Sie tragen kostbares Gerät, das sie auf die Tafel setzen. Zuletzt kommt die Schönste der Schönen, eine Jungfrau mit goldener Krone, Repanse de Schoie. Auf grünem Seidenkissen trägt sie eine Schale von wunderbar funkelndem Schein, den heiligen Gral, den sie vor den König niedersetzt. Nun beginnt ein königliches Mahl. Hundert Knappen bedienen die Gralsritter. Wonach sie die Hand ausstrecken, das spendet der Gral in Fülle. Aber das wunderbare Mahl ist kein Freudenmahl, tiefe Trauer ruht auf der ganzen Versammlung.

Wohl bemerkt Parzival die Seltsamkeit aller dieser Vorgänge, aber eingedenk der Lehren des alten Gurnemanz, schweigt er und fragt nicht, auch dann nicht, als am Schluß des Mahles ihm der König ein kostbares Schwert reicht, das er selbst einst in gesunden Tagen geführt, wobei er auch seiner schweren Verwundung gedenkt. Als danach die Jungfrauen den Saal verlassen, sieht Parzival durch die geöffnete Tür auf einem Ruhebett einen schönen schneeweißen Greis, ohne zu ahnen, daß es sein eigener Urgroßvater, der alte Gralkönig Titurel ist, und ohne danach zu fragen. Tieftraurig blicken ihn alle an, schwer seufzt der König Anfortas, aber Parzival schweigt beharrlich und wird von Knappen in ein köstliches Schlafgemach geführt.

Am Morgen findet er vor dem Lager seine Rüstung, aber niemand erscheint zu seiner Bedienung. Er kleidet sich an, findet ebenso im Hof sein Roß und seine Waffen, sieht aber keinen Menschen. Das Tor öffnet sich scheinbar von selbst, nur als er über die Zugbrücke reitet, tönt ihm eine Stimme nach: »Ihr seid eine Gans und sollt nun der Sonne Haß tragen. Hättet ihr den Wirt gefragt, so hättet ihr der Erde höchsten Wunsch und einen Preis erjagt wie kein anderer.«

In tiefem Sinnen ritt Parzival davon.

PARZIVALS IRRFAHRT UND ERHÖHUNG. Planloser denn je schweift nun Parzival umher, trifft dabei aber zufällig auf König Artus und die Ritter von der Tafelrunde, die schon ausgezogen waren, um ihn, den roten Ritter zu suchen. Groß ist die gegenseitige Freude. Sie sollte aber nicht lange dauern, denn auf einem hohen fahlen Maultier kommt ein mißgestaltetes Weib daher, die alle zu ihrem Schrecken als Kundrie, die Gralbotin erkennen.

Mit schriller Stimme wendet sie sich zum König Artus und erklärt ihm, daß die Tafelrunde entehrt sei, weil ihr ein Falscher angehöre. Dann aber verflucht sie Parzival: »Du hast den traurigen Fischer unerlöst gelassen, hast das Heiligtum, den blutigen Speer, den heiligen Gral selbst gesehen und hast nicht gefragt: ›Warum all das?‹ Darum sei verflucht dein lichter Schein und deines Wuchses Männlichkeit!« Händeringend reitet sie davon. In tiefster Bestürzung stehen die Ritter, traurig und mit Verachtung blicken sie auf Parzival, der nicht weiß, wie ihm geschehen ist. Er fühlt sich aufs tiefste gedemütigt, fühlt daß er der Ritterschaft ein Ärgernis und ein Spott geworden, verläßt die Tafelrunde und reitet trübselig hinweg, um aufs neue den Gral zu suchen und seine Sünde gut zu machen. Aber er findet ihn nicht und irrt nun in der Welt umher, zu Roß und zu Schiff, ohne Frieden, ohne Freude, mit sich selbst zerfallen, sich selbst zuwider. Da hadert er auch mit Gott und nie betritt er ein Gotteshaus, nur wo Streit und Zank ist, wird er gesehen, und tapfer erweist sich sein Schwert im Zweikampf wie in der Schlacht.

So vergehen fünf Jahre. Da begegnet ihm einst im winterlichen Wald eine Schar Pilger, an ihrer Spitze ein edler Herr in grauer Kutte, der demütig sein Roß am Zügel führt, mit ihm Weib und Kinder und Knappen, alle demütigen Ganges. Der Alte vertritt Parzival den Weg und macht ihm vorwürfe, daß er heute, am heiligsten Tag der Christenheit, dem Karfreitag, so daherreite, an dem Tag, an dem sich Gottes Gnade an der Menschheit offenbart habe. Parzival weiß nichts davon, er bezweifelt sogar die Gnade Gottes, den er stets im Sinn gehabt habe, und dessen Hilfe ihm doch fern geblieben sei. Da redet der graue Ritter ihm ernstlich ins Gewissen und verweist ihn, so er kein Heide sei, an den heiligen Einsiedler, zu dem auch er eine Wallfahrt gemacht habe.

Betroffen bleibt Parzival zurück, die Mahnungen des Ritters haben in seiner Seele gezündet, und er beschließt, den Einsiedler aufzusuchen. So kommt er zu dem Einsiedler Trevrezent, der ihn gastlich aufnimmt. In dem frommen Mann lernt er nun seinen Oheim kennen, den Bruder seiner Mutter, von ihm erfährt er, daß der Gralkönig Anfortas ebenfalls sein Oheim und die weiße Greisengestalt in der Gralburg sein Urgroßvater Titurel sei, erfährt auch den Tod seiner Mutter. Parzival beichtet dem Oheim und empfängt dessen eingehende Belehrung über Gottes Güte und Erbarmen, wie über die erforderlichen Eigenschaften eines echten Gralsritters. Hochmut und Zweifel können niemals vor dem Gral bestehen; er selbst habe der Würde entsagt, weil er sich so hoher Ehre unwert erachtet; sein Bruder Anfortas selbst, obwohl König des Grals, habe einmal nicht die rechte Demut im Herzen getragen, sei deshalb im Streit unterlegen und durch einen vergifteten Speer schwer verwundet worden, so daß er sich nun im elenden Siechtum dahinschleppe, das er doch nicht gewaltsam enden könne und dürfe, weil er täglich durch den Anblick des Grals neue Kraft und neues Leid schöpfe, bis eines Tages ein berufener Ritter erscheinen würde, der nach den dort geschauten Wundern des Grals fragen und dadurch sich als den bezeichnen wird, dem Anfortas sein hohes Amt zu übergeben habe. Dazu sei aber kein anderer berufen als Parzival selbst.

So wird Parzival geläutert. An der Seele genesen, mit wiedergewonnenem Glauben und neu erstarktem Vertrauen auf Gott, von Sünden freigesprochen, verläßt er endlich die Höhle seines Oheims und zieht, ein neuer Mensch, fröhlich weiter. Er besteht noch manchen Kampf, kommt auch wieder zu König Artus' Tafelrunde, die sich ihm nun aufs neue öffnet. Kaum aber hat er dort seinen Sitz eingenommen, so kommt auch Kundrie wieder, aber nicht als ein mißgestaltetes Weib, sondern als herrliches Frauenbild, in schwarzem Samtmantel mit den goldenen Turteltauben, dem Wappen des Grals. Sie sinkt Parzival zu Füßen, fleht um seine Huld und bringt ihm die Botschaft, daß er durch die Inschrift am heiligen Gral zum Herrn des Heiligtums erkoren sei.

»Und Kondwiramur, meine edle Gemahlin?« fragt er noch leise zweifelnd.

»Sie harret schon dein am Saum des heiligen Waldes, denn sie wird an deiner Seite walten und bringt dir, wovon du noch nichts weißt, deine beiden Zwillingssöhne Kardeis und Lohengrin, die du noch nie gesehen hast.« –

Glückstrahlend erhob sich nun Parzival, und alle blickten mit Bewunderung auf die hehre Heldengestalt. Dann aber machte er sich, von Kundrie geführt, sofort auf den Weg nach dem Heiligtum auf Montsalvatsch. Eine Schar Templeisen war ihnen entgegengezogen, die Ritter sprangen von den Rossen, entblößten ihre Häupter und führten ihren neuen Herrn ehrerbietig in die Burg.

Hier begab sich alles wie damals, als Parzival so kindischtöricht handelte. Diesmal aber blieb er nicht stumm, sondern fragte mitleidig: »Oheim, was fehlt dir?« Sofort erhob sich der Leidende in voller Mannesschöne, umarmte Parzival, dankte ihm für die Erlösung von unsäglicher Qual, begrüßte ihn als seinen Erben und den neuen Träger der Krone des heiligen Grals, und alle Ritter und Frauen huldigten dem neuen Herrn.

Danach wurden ihm auch seine edle Gemahlin Kondwiramur und seine beiden Söhne zugeführt. Parzival bestimmte den älteren Kardeis zum Nachfolger in seinen weltlichen Erblanden, unter der Vormundschaft eines treuen Herzogs. Den jüngeren behielt er in der Gralburg, und Lohengrin erblühte zu einem herrlichen Helden unter den Gralsrittern, stets bereit, im Dienst des heiligen Grals die bedrängte Unschuld zu schützen.

LOHENGRIN

Der Herzog von Brabant und Limburg war gestorben, ohne einen anderen Erben zu hinterlassen als seine einzige Tochter Elsa. Sie sollte des Reiches Krone tragen bis sie sich einen Gemahl erwählen würde, der ihr die Bürde des Herrschens abnehmen könnte. Doch bis dahin hatte sie der Vater auch nicht ohne Schutz lassen wollen, und damit vertraute er einen seiner vornehmsten Dienstmannen, den Grafen Friedrich von Telramund, der sein volles Vertrauen besaß. Der Graf gelobte, die ihm anempfohlene junge Herzogin zu schirmen, wie seinen Augapfel, und so, seiner schwersten Sorge ledig, konnte der Herzog ruhig sterben.

Friedrich von Telramund war ein tapferer Degen. Er hatte, bevor er an den Rhein kam, in Schweden schon den Kampf mit einem fürchterlichen Drachen bestanden und sich dann auf mannigfachen Kriegszügen durch Mut und Tapferkeit ausgezeichnet. Infolgedessen stand er auch nicht nur bei den Großen des Brabanter Landes in hohem Ansehen, sondern auch der deutsche König Heinrich der Vogeler wußte ihn zu schätzen. Was Wunder, daß nun, da er als Verweser des Landes an Elsas Statt die höchste Macht in Händen hielt, diese nicht nur bis zu der Herzogin Vermählung, sondern für immer zu behalten gedachte. Dies war jedoch, da er irgendwelche Erbansprüche nicht aufzuweisen hatte, nur dann möglich, wenn Elsa keinen andern als eben ihn zu ihrem Gemahl erkor und ihn so zur Herzogswürde emporhob.

Soviel er sich indes auch Mühe gab, Elsa dazu zu bewegen, es wollte ihm nicht gelingen; mit seiner Werbung um Elsa wurde er von dieser zurückgewiesen. Sie achte ihn, sagte sie, als einen tapferen Ritter und als Vertrauten ihres Vaters, habe auch alles Vertrauen zu seiner uneigennützigen Verwaltung ihres Herzogtums, aber als Gemahl könne sie ihn nimmer an ihre Seite wünschen. Dringendere Werbungen hatten keinen besseren Erfolg. Da versuchte er es denn mit der Behauptung, der Herzog habe ihn an sein Sterbebett rufen lassen und ihm zum Gemahl seiner Tochter bestimmt. Jedoch auch damit drang Telramund nicht durch, denn hier konnte ihn die entrüstete Fürstin leicht der Lüge überführen, da die letzten Weisungen, welche ihr der sterbende Vater gegeben, den Grafen Telramund nur als den Verweser des Reiches bezeichnet hatten, dem er auch das Vertrauen schenke, daß er die Fürstin bis zu deren dereinstiger Vermählung nachdrücklich schützen würde; von Telramund als ihrem Gemahl sei aber nie die Rede gewesen.

Nun hatte Telramund unter den Grafen und Herren von Brabant einen großen Anhang, und er konnte wohl mit Sicherheit voraussetzen, daß er seinen Zweck endlich mit deren Hilfe ereichen würde. Er behauptete also nun vor ihnen und versicherte hoch und teuer, der Herzog habe auf seinem Sterbebett nicht nur ihn zum Gemahl seiner Tochter bestimmt, sondern diese habe auch in die Hand des Sterbenden gelobt, diesem seinem Herzenswunsch nachzukommen. Die Herren von Brabant hatten keinen Grund, den Worten Telramunds zu mißtrauen, kannten sie ihn doch als einen untadeligen Ritter. Sie drangen deshalb in Elsa, ihrem Gelöbnis zu entsprechen und dem Land in Friedrich von Telramund einen neuen Herzog zu geben. Nicht wenig erstaunt aber waren sie und endlich ernstliche erzürnt, als Elsa sich nichtsdestoweniger beharrlich weigerte, und da die Ritter Friedrichs Forderungen zu Recht erkannten, so billigten sie nicht nur seine Absicht, dieses Recht dem König Heinrich zur Entscheidung vorzulegen, sondern forderten dies sogar als den einzigen Ausweg aus dieser für sie alle so wichtigen Streitsache. Daß der Graf dann auf diesem Weg sein Recht finden würde, davon waren sie alle überzeugt.

Im Gefühl ihrer Unschuld und ihres guten Rechts beharrte Elsa aber dennoch auf ihrer Weigerung.

»Weißt du auch, Fürstin«, sagte man ihr, »daß du dein Recht in einem Gottesurteil durch einen erwählten Streiter gegen den Helden Friedrich wirst verteidigen müssen?«

»Ich weiß es«, antwortete Elsa ruhig.

»Und wen hast du zu deinem Kämpfer ausersehen?«

»Niemand, denn unter euch sehe ich keinen, der für mich und mein Recht das Schwert ziehen würde. Gott wird aber der Unschuld einen Streiter erwecken.«

In der Tat fand sich kein Kämpfer für Elsa, denn auch unter den Getreuen, die ihr geblieben, war keiner, der es mit dem streitbaren Grafen von Telramund aufzunehmen gewagt hätte.

Da betete die Herzogin inbrünstig zu Gott, daß er ihr einen Retter aus dieser Not senden möge. Und ihr Gebet wurde erhört, denn gleichzeitig ertönte fern von Brabant in der Gralburg Montsalvatsch die Glocke zum Zeichen, daß eine Unschuld dringender Hilfe bedürfe. Die Tempelhüter traten zusammen und die Inschrift auf der heiligen Schale bezeichnete Lohengrin, den Sohn des Gralkönigs Parzival, als den auserwählten Streiter für Elsas Unschuld. Sofort rüstete der Held und war schon im Begriff, zu Roß zu steigen, als man auf dem Wasser einen Schwan dahergezogen kommen sah, der an silberner Kette einen Nachen hinter sich herzog. »So bringt das Roß wieder zu seiner Krippe«, entschied Lohengrin, »ich will mit diesem Schwan ziehen, den der heilige Gral mir sendet, er wird mich führen.« Speise für sich nahm er im Vertrauen auf Gott nicht mit in das Schiff. So fuhr Lohengrin über das Meer und dann die Schelde aufwärts gen Brabant. Von Zeit zu Zeit fuhr der Schwan mit dem Schnabel ins Wasser und fing einen Fisch, aß ihn halb und gab dem Fürsten die andere Hälfte. –

Indessen hatte Friedrich von Telramund wirklich seine Klage bei König Heinrich erhoben und dieser die streitenden Parteien nach Mainz entboten, wohin er einen großen Gerichtstag ausgeschrieben hatte. Elsas Mannen und Verwandte sammelten sich in Antwerpen und zogen von hier nach Mainz, wo der Streit durch ein Gottesurteil im Zweikampf erledigt werden sollte.

So großes Vertrauen König Heinrich zu dem ihm wohlbekannten Kämpen Friedrich auch hatte und in seine Ansprüche setzte, so wurde er doch irre, als Elsa vor ihn hintrat. Konnte ein so liebliches Mädchen, konnten so unschuldsvoll und offen blickende Augen trügen? Und mit ruhiger Einfachheit und Würde bestand Elsa auf ihrer Behauptung, daß die Aussagen des Grafen nicht auf Wahrheit beruhten, daß nie davon die Rede gewesen wäre und sie auch nie dazu würde bewegt werden können, ihm als Gattin die Hand zu reichen. Als aber der König dem Grafen nun sehr eindringliche Vorstellungen machte und auf den hohen Ernst eines Gottesurteils hinwies, hielt auch dieser seine Klage aufrecht. Glaubte er doch sicher sein zu können, daß niemand den Kampf mit ihm aufnehmen und kein Streiter für Elsa sich finden würde.

Und es schien, als sollte er Recht behalten. Denn als nun das Gestühl errichtet, die Schranken abgesteckt waren und der Herold hervortrat, um nach allen vier Himmelsgegenden mit lauter Stimme die Aufforderung zu verkünden, daß derjenige vortreten solle, der im Gottesgericht für Elsa von Brabant streiten wolle, legte sich tiefes Schweigen über das Gefilde, und es meldete sich niemand. Eine zweite Aufforderung blieb ebenso ohne Erfolg. Da sandte Elsa noch einmal ein Gebet zum Himmel, daß Gott ihr einen Retter aus dieser Not senden möge, und als die dritte Aufforderung ergangen war, geschah etwas Wunderbares.

Rheinaufwärts kam ein Schwan geschwommen, der zog an silberner Kette einen Nachen mit einem kostbar geharnischten Ritter daher. Gleich einem geschickten Schiffsmann steuerte der Schwan durch die blaue Flut und brachte den Nachen ans Gestade. Der Ritter stieg ans Land und sprach zu dem Schwan: »Zieh deinen Weg wohl lieber Schwan, wann ich deiner wieder bedarf, werde ich dich rufen.« Sogleich schwang sich der Vogel herum und fuhr mit dem Nachen wieder davon.

Herrlich empfing der König den fremden Ritter, nahm ihn bei der Hand und führte ihn zu dem Fürsten. Er nannte zwar seinen Namen, Lohengrin, müsse aber über seine Herkunft Stillschweigen bewahren, da dies sein Orden so gebiete. Nun hörte er die Klage von beiden Seiten, hörte wie Friedrich von Telramund sich zum Gottesgericht für sein Recht erboten und daß niemand den Kampf für Elsa aufzunehmen wage. Da erhob er sich, schalt den Grafen einen Lügner und schlechten Mann und war bereit, ihm im Kampf gegenüberzutreten.

Lange währte dann dieser Kampf, denn beide Helden waren sich nahezu gleich an Kraft und Gewandtheit. Endlich aber wurde doch die Wahrheit durch den Sieg des fremden Ritters an den Tag gebracht, und Graf Telramund mußte bekennen, daß nur seine Hab- und Herrschsucht ihn getrieben habe, Elsa zum Ehebund zwingen zu wollen. Er wurde geächtet, abgeführt und später mit dem Beil gerichtet.

Dankerfüllt sank Elsa ihrem Retter zu Füßen. Die Liebe entbrannte in beider Herzen. Mit Freuden wählte ihn Elsa zum Gemahl, und unter allgemeinem Jubel wurde Lohengrin nun zum Herzog von Brabant und Limburg ausgerufen.

Ehe dies jedoch geschah, hatte Elsa feierlich geloben müssen, niemals nach der Herkunft Lohengrins zu fragen. In dem Augenblick, wo sie dies Gelöbnis brechen würde, sei auch das Band zwischen ihnen zerrissen, und Lohengrin müsse zurückkehren, woher er gekommen, auf Nimmerwiederkehr. –

Eine Zeit lang lebten die Eheleute in ungestörtem Glück, und Lohengrin beherrschte das Land weise und mächtig; auch dem Kaiser leistete er auf den Zügen gegen die Hunnen und Heiden große Dienste.

Es trug sich aber zu, daß er einmal im Speerwechsel den Herzog von Kleve vom Pferd stach und dieser den Arm brach. Neidisch redete da die Klever Herzogin laut unter den Frauen: »Ein kühner Held mag Lohengrin sein und Christenglauben scheint er zu haben; schade nur, daß des

Adels halber sein Ruhm nur gering ist, denn niemand weiß, woher er ans Land geschwommen kam.«

Diese Worte gingen der Herzogin von Brabant durch das Herz, sie errötete und erbleichte. Nachts im Bett weinte sie. Lohengrin sprach: »Lieb, was verwirrt dich?« Sie antwortete: »Die Klever Herzogin hat mich zu tiefem Seufzen gebracht«, aber Lohengrin schwieg und fragte nicht weiter. Die zweite Nacht weinte sie wieder, er aber achtete es nicht und beruhigte sie nochmals. Aber in der dritten Nacht konnte sich Elsa nicht länger halten und sprach: »Herr, zürnt mir nicht! Aber ich wüßte gern, von wannen ihr geboren seid, denn mein Herz sagt mir, ihr seid reich an Adel.«

Da seufzte Lohengrin schwer auf, und als der Tag anbrach, hieß er die Grafen und Herren sich versammeln und verkündete öffentlich, daß Parzival, der König des heiligen Grals auf Montsalvatsch sein Vater und er vom Gral hergesandt worden sei, die Unschuld Elsas gegen die Falschheit des Grafen Telramund zu beschützen. Die Frau aber habe in der Nacht ihr Gelöbnis gebrochen, und so müsse er denn scheiden auf Nimmerwiederkehr.

Darauf ließ er seine beiden Kinder bringen, küßte sie und befahl, ihnen Horn und Schwert, die er zurücklasse, wohl aufzuheben, und der Herzogin ließ er seinen Ring. Kaum war dies geschehen, so kam auch schon der Schwan geschwommen mit dem Nachen; der Fürst trat hinein und fuhr dahin, wieder in des heiligen Grales Amt.

Ohnmächtig sank Elsa nieder, Kaiser und Reich aber nahmen sich der jungen Söhne Johann und Lohengrin an. Die Herzogin aber klagte und weinte ihr übriges Leben lang um den geliebten Gatten, der nimmer wiederkehrte.

TANNHÄUSER

Tannhäuser, ein edler deutscher Ritter, war weit in der Welt herumgekommen und hatte viele Wunder der Welt gesehen. Da kam er auch in den Venusberg, darin Frau Venus, die schöne Göttin, mit ihren Frauen und Jungfrauen wohnte. Hier gefiel es dem Ritter gar wohl, und im Verkehr mit den schönen Frauen dachte er lange Zeit nicht mehr an die Welt da draußen vor dem Berg. Endlich aber begann sein Gewissen doch, ihm Vorwürfe zu machen, daß er als ein christlicher Ritter mit heidnischen Frauen sich vergnüge. Da beschloß er, wieder aus dem Berg herauszugehen und Vergebung für seine Sünden zu suchen. Er begehrte deshalb Urlaub von der Göttin. Die hörte aber von solchem Entschluß sehr ungern und versuchte, den Ritter zum Bleiben zu bewegen.

»Herr Tannhäuser«, sprach sie, »was sind das für Reden, daß Ihr mich verlassen wollt? Ihr sollt bei mir bleiben, und die schönste von meinen Gespielinnen will ich Euch zum Weib geben.«

Der Ritter aber erwiderte: »Ich habe mir eine andere Herrin erwählt, der ich dienen will, das ist die himmlische Jungfrau Maria. Die will ich bitten um meiner Seele Seligkeit, damit ich nicht ewig in der Hölle Glut brennen muß.«

»Was wißt Ihr denn von der Hölle Glut?« sprach da die Göttin. »Bleibt nur hier, Ihr werdet in keinem andern Dienst soviel Freude und Wonne haben wie in dem meinen.«

Als sie noch länger fortfuhr, den Ritter zum Bleiben zu ermahnen, als sie ihm die Freuden, die seiner in ihrem

Dienst warteten, mit den lebhaftesten und verführerischsten Farben malte, sprang Tannhäuser auf und rief: »Ihr seid eine Teufelin, und ich will nichts wissen von Eurem roten Mund. All mein Sinn ist mir verstört, und mein Leben ist hier und ewig verloren, wenn ich noch länger bei Euch bleibe.« Und in größter Erregung rief er die himmlische Jungfrau an: »Hilf mir, Maria, himmlische Maid, von diesem Ort der Sünde.«

Da konnte ihn die Göttin nicht länger halten.

Reuevoll wandte der Ritter seine Schritte gegen Rom; je näher er Rom kam, desto fröhlicher ward sein Gemüt, denn hier hoffte er bei dem Papst Urban Vergebung seiner Sünden zu finden. Mit gesenktem Antlitz trat er vor den Papst und beichtete: »Ich klage Euch meine Sünde. Ich bin ein Jahr in Frau Venus' Berg gewesen. Nun legt mir eine Buße auf, daß meine Seele gerettet werde und ich einst Gottes Antlitz schauen möge.«

Der Papst, der einen Stab in der Hand hatte, sprach aber zu dem Ritter: »Sowenig dieser dürre Stab, den ich in meiner Hand halte, noch grünen und Blätter treiben wird, so wenig kann Euch diese Sünde vergeben werden.«

Da fing der Ritter an zu klagen: »Ach, sollte ich auch nur ein Jahr noch auf dieser Erde leben, so wollte ich solche Buße tun, daß ich Gottes Huld wieder erwerbe.« Mit ausgestreckten Armen fiel er vor dem Kreuz am Altar nieder und betete inbrünstig: »Ich bitte dich, Herr Jesu Christ, du wolltest dich mein erbarmen!«

Voll Jammer und Leid wandte er dann der Stadt Rom den Rücken und brach in die schmerzliche Klage aus: »Oh, daß du mich verstoßen hast, Maria, himmlische Maid, daß ich dir nicht dienen darf und von dir scheiden muß! Nun bleibt mir nichts übrig, als zu Frau Venus in den Berg zurückzukehren, von der ich um meines Seelenheiles willen entflohen war.«

Als er wieder zu dem Berg kam, empfing ihn Frau Venus voll großer Freude und hieß ihn hoch willkommen.

Drei Tage aber, nachdem der Papst den harten Spruch über den Ritter getan hatte, fing des Papstes Stab an zu grünen und Knospen und Blätter zu treiben. Da sah der Papst, daß Gott dem Ritter seine tiefbereute Sünde vergeben wollte, und er schickte Boten in alle Lande aus, den edlen Tannhäuser zu suchen und ihm das Wunder, das sich zugetragen, zu verkünden. Aber es war zu spät. Nirgends fand man den Ritter, der bereits wieder im Venusberg weilte, trauernd über des Papstes Spruch und doch noch nicht ganz an Gottes Gnade verzweifelnd.

GRISELDA

Gualtieri, Markgraf von Saluzzo, war ein junger Mann, der seine Zeit mit Vogelstellen und Jagen zu verbringen pflegte. Seine Ungebundenheit erschien ihm als höchstes Gut, und nie hatte er daran gedacht, sie eines Weibes wegen aufzugeben. Anders natürlich dachten seine Vasallen, die wünschten, daß ihr Herr einen Leibeserben bekäme. Und darum sprachen sie dem Gualtieri von Heirat und erboten sich auch, ihm eine Gemahlin herbeizuschaffen, die nach seinem Sinn wäre.

Gualtieri aber sprach: »Wie könnt Ihr mir zu etwas raten, das einen unglücklich fürs Leben machen kann. Wo gäbe es wohl eine Frau, die mit ihrem Mann so eines Sinnes wäre, daß es zwischen ihnen keinen Streit, sondern nur dauerndes Glück gäbe? Gibt es überhaupt Frauen, die zu Männern passen? Geht, laßt mich mit euren Heiratsvorschlägen zufrieden! Ich lebe mein Leben nach meiner Art, und damit basta!«

Als die Vasallen aber nicht aufhörten, auf die Notwendigkeit einer Eheschließung hinzuweisen, und dabei dauernd das Wort Saatsinteresse im Mund führten, erklärte sich Gualtieri endlich bereit, sich eine Frau zu nehmen, aber nur unter der Bedingung, daß er die Wahl seiner zukünftigen Gemahlin selbst treffen werde. Damit waren die Vasallen einverstanden.

Der Markgraf hatte einmal, als er sich auf einem Jagdzug befunden hatte, in einem Dorf ein blutarmes Mädchen kennengelernt, das ihm infolge ihrer Schönheit und ihres bescheidenen Wesens über alle Maßen wohlgefallen hatte. Er ritt also in dieses Dorf, und als er vor der Hütte, in der das Mädchen, das Griselda hieß, wohnte, angekommen war, ließ er ihren Vater, den alten Giannucolo, herausrufen und teilte ihm mit, daß er seine Tochter heiraten wolle. Der Alte fing vor lauter Glück über das Gehörte an, auf einem Bein umherzutanzen ...

Nun ließ Gualtieri alles zur Hochzeit herrichten. Er hatte eine Menge schöner Kleider für Griselda schneidern lassen und Schmuck und einen gar reichen Brautkranz besorgt.

Als der Tag der Hochzeit angebrochen war, stieg der Markgraf in der zweiten Morgenstunde zu Pferd und begab sich, begleitet von einer stattlichen Reiterschar, in das Dorf vor Griseldas Hütte. Als sie dort eintrafen, kehrte das Mädchen gerade mit einem Krug voll Wasser vom Brunnen zurück.

Als Gualtieri das Mädchen erblickte, fragte er sie, wo denn ihr Vater wäre.

Verschämt antwortete Griselda: »Er ist in der Hütte, mein Gebieter.«

Da sprang Gualtieri vom Roß und trat allein in die Hütte, wo er denn auch den armen, alten Giannucolo fand. Vor ihm fragte er nun Griselda, ob sie seine Gemahlin werden, in steter Treue zu ihm halten und ihm in allen Stücken gehorsam sein wolle. Als Griselda alle Fragen bejahend beantwortet hatte, ergriff er sie an der Hand und führte sie hinaus in den Kreis seiner Gefolgschaft. Dort befahl er ihr, sich vor aller Augen splitternackt auszuziehen, und als sie das, vor Scham tief errötend, getan hatte, ließ er ihr ein kostbares Gewand, das er mitgebracht, anlegen.

Dann faßte er das schöngeputzte Mädchen bei der Hand und sagte: »Ihr Herren, dies ist meine Frau!«

Da huldigten ihr alle Ritter, und Gualtieri hob Griselda vor sich auf sein Roß und brachte sie in seinen reichgeschmückten Palast, in dem bereits alles zur Hochzeitsfeier hergerichtet war. Und o Wunder! es war, als ob Griselda nicht die Tochter eines armen Hirten, sondern eine Prinzessin von Geblüt gewesen wäre. So prächtig war sie anzuschauen, so adlig war ihr Wesen und so vornehm ihre Gesittung. Gleich am Hochzeitstag flogen ihr alle Herzen zu, und man beglückwünschte den Markgrafen zu seiner Wahl, die, wie alle behaupteten, nicht hätte besser sein können.

Pünktlich nach neun Monaten gebar Griselda dem Gualtieri eine Tochter. So große Freude auch der Markgraf darüber äußerte, so verfiel er doch auf den Gedanken, den Gehorsam seiner Gemahlin, den sie ihm einst geschworen und bisher auch immer gehalten hatte, auf die Probe zu stellen. Wieso er auf diesen Gedanken verfiel, hätte niemand erklären können, zum wenigsten er selbst. Kurz, er begann zu sticheln und ihr gegenüber kränkende Bemerkungen zu machen. Er ließ sie ihre niedrige Herkunft fühlen, machte ihr des Kindes wegen Vorwürfe, daß sie ihm eine Tochter statt eines Sohnes geboren habe, und daß darob außer ihm auch seine Vasallen unzufrieden seien.

Als Griselda ihn also schmähen hörte, sagte sie: »Mein Gebieter, tue mit mir nach deinem Gutdünken. Ich bin nichts weiter als deine gehorsame Magd, die nichts anderes zu denken hat, als sich der Ehre, die du ihr durch die Heirat erzeigtest, würdig zu erweisen.«

Gualtieri war mit dieser Antwort zufrieden, denn sie bewies ihm, daß Griseldas Herz Stolz und Hochmut noch nicht kennengelernt hatte. Dessenungeachtet fuhr er in den Prüfungen fort.

Eines Tages erschien bei Griselda ein Diener Gualtieris, der ihr das Kind abverlangte. Es geschehe dem Willen des Markgrafen gemäß, der das Kind, weil es ein Mädchen und kein Knabe sei, beseitigen wolle.

Griselda hob darauf ihr Töchterchen aus der Wiege, küßte es zärtlich und segnete es und legte es in die Arme des Dieners: »Nimm das Kind, wie es der Herr geboten, nur sorge, daß nicht Wölfe oder Raubvögel es verzehren.

Gualtieri staunte sehr über Griseldas Standhaftigkeit. Er schickte das Kind zu einer Verwandten nach Bologna, der er auftrug, es aufs sorgfältigste zu erziehen, es aber nie wissen zu lassen, wessen Tochter es sei.

Nach einem Jahr genas Griselda eines zweiten Kindes, diesmal eines Söhnchens. Die Freude des Markgrafen darüber war groß, aber er verbarg sie und zeigte sich der Wöchnerin gegenüber voll Zorn und Wut. So fuhr er sie an: »Weib, seitdem du diesen Knaben zur Welt gebracht hast, weiß ich mich vor den Vorwürfen der Vasallen kaum zu retten! Immer und immer wieder schmähen sie das Schicksal, das ihnen einen Enkel des Schafhirten Giannucolo auf den Thron setzen wird. Wenn ich nicht will, daß sie mich des Thrones verlustig erklären und mich außer Landes verweisen, werde ich mich nach einer andern Gemahlin umsehen müssen, die mir ebenbürtig ist!«

Da senkte Griselda ihr Haupt und erwiderte bloß: »Mein Gebieter, sorge nur für deine Ruhe, meinetwegen mache dir keine Gedanken. Ich habe nur das zu tun, was dir gefällt!«

Ein paar Tage nach diesem Gespräch erschien der Diener Gualtieris abermals bei Griselda.

Er forderte ihr den Sohn ab, wie er einst nach der Tochter verlangt hatte. Und Griselda tat wie das erste Mal. Und wieder war Gualtieri über die Seelengröße seiner Gemahlin aufs höchste verwundert. Gleich dem Mädchen, schickte er auch den Knaben zur Erziehung nach Bologna. Griselda aber ließ er in dem Glauben, daß er beide Kinder hätte töten lassen.

Unter des Markgrafen Untertanen hatte es sich nunmehr auch herumgesprochen, daß Gualtieri seine Kinder habe morden lassen, und es wurde daher manche harte Anklage gegen ihn erhoben. Um so ehrlicheres und größeres Mitleid wendete sich Griselda zu.

Seitdem war manches Jahr verstrichen. Da schien es dem Markgrafen an der Zeit, seine Frau der letzten Probe zu unterwerfen. Zu diesem Zweck äußerte er sich seiner Umgebung gegenüber, daß er beim Papst Dispensation zur Lösung seiner Ehe erwirken wolle. Eine Jugendtorheit, die er mit dieser Heirat begangen habe, könne er doch unmöglich mit der Aufgabe seines ganzen Lebensglücks büßen.

So sehr er dieses Planes wegen von vielen seiner Ritter getadelt wurde, so unerschütterlich fest schien er bei seinem Entschluß beharren zu wollen. Natürlich war alles, was Gualtieri über seine Absichten geäußert hatte, auch Griselda zu Ohren gekommen. Und still, ohne sich ihren

Frauen gegenüber auch nur mit einem Wort zu beklagen, bereitete sie sich vor, den Palast ihres Gatten zu verlassen.

Mittlerweile hatte sich der Markgraf fingierte Briefe schicken lassen, die angeblich vom Papste herrührten und in denen der Heilige Vater ihm die Lösung seiner Ehe erteilte. Den Inhalt dieser Briefe teilte er seinen Leuten mit. Dann ließ er Griselda zu sich bescheiden. Als sie in demütiger Weise vor ihm stand, sagte er: »Der Papst hat mir erlaubt, mich von dir scheiden zu lassen. Ich fordere von dir, daß du mit der Mitgift, die du mir zugebracht hast, meinen Palast verläßt und in die Hütte deines Vaters zurückkehrst! Ich aber werde mich nach einer Gemahlin umsehen, die meiner würdig ist und die mir nicht durch ihre niedere Herkunft Schande bereitet.« Mit stockender Stimme erwiderte Griselda: »Glaubt mir, mein Gebieter, daß ich es immer gefühlt habe, daß die Art unseres Herkommens so zweierlei ist, daß wir kaum zueinander paßten. Hier gebe ich Euch Euren Ring zurück, der mich an Euch gebunden hat. Und was meine Mitgift anbelangt, die ich Euch zugebracht habe, so werden wir zu ihrer Rückerstattung an mich keines Zahlmeisters bedürfen. Ich bin nackt und bloß zu Euch gekommen und will auch nackt und bloß von Euch gehen, wenn Ihr nichts dagegen einzuwenden habt, daß mein Leib, der Eure Kinder getragen hat, von allem Volk gesehen wird. Um dies zu verhüten, habe ich eine Bitte an Euch: Gewährt mir für meine Jungfrauenschaft, die ich Euch gegeben habe, ein Hemd, damit ich mit ihm meine Blöße verhüllen kann. Diejenigen, die ergriffen und bis ins Innerste von Griseldas Demut gerührt, im Kreis umherstanden, baten den Markgrafen, seiner Gemahlin doch wenigstens ein Kleid zu schenken, aber Gualtieri blieb allen Bitten gegenüber taub, und so verließ Griselda wirklich nur mit einem Hemd bekleidet, den Palast. Zu Fuß und nachdem sie auf der Reise große Entbehrungen erlitten hatte, kam sie bei ihrem alten Vater an. Giannucolo, der vorhergesehen hatte, daß Griselda eines Tages wieder den Weg zu ihm zurückfinden werde, hielt für seine Tochter noch die alten Kleider bereit, die sie getragen, als sie der Markgraf zur Hochzeit abgeholt hatte. Griselda legte sie an und begann wieder wie einst alle Arbeiten in der Hütte und auf dem kleinen Acker zu verrichten.

Währenddem hatte Gualtieri das Gerücht ausgestreut, daß er die Tochter eines Grafen von Panago zum Ehegemahl erwählt habe. Er ließ scheinbar Vorbereitungen zur Hochzeit treffen und schickte zu Griselda, daß sie sofort kommen möge, um die Ausschmückung der Zimmer zu übernehmen. Nach vollzogener Hochzeit könne sie wieder in ihre Hütte zurückkehren.

Griselda erschien sofort und erklärte; daß sie die Gemächer in Ordnung bringen werde. Sie machte sich auch alsbald an die Arbeit, kehrte die Räume aus, klopfte die Teppiche, bestellte die Küche, kurz, sie tat es der niedrigsten Magd gleich, ohne sich auch nur mit einem Wort darüber zu beklagen.

Als der angebliche Hochzeitstag gekommen war, bereitete sich Griselda, dem Befehl des Markgrafen gemäß, darauf vor, die ankommenden Festgäste zu empfangen.

Gualtieri hatte heimlicherweise dafür Sorge getragen, daß an diesem Tag seine beiden Kinder aus Bologna nach Saluzzo kamen. Seine Tochter war inzwischen zwölf Jahre, der Sohn elf Jahre geworden. Die Tochter war das Ebenbild ihrer Mutter, wenn nicht noch schöner, während der Sohn dem Vater glich.

Ferner hatte der Markgraf angeordnet, daß der Begleiter seiner Kinder, Graf von Pagano, überall sage, daß das Mädchen die Braut des Gualtieri sei. –

Die Hochzeitsgäste saßen in gespannter Erwartung der kommenden Dinge beim Mahl, als sich die Flügeltüren des Saales weit öffneten und der Graf von Pagano zur Seite eines blendend schönen Mädchens erschien. Die Gesellschaft brach in einen Ruf des höchsten Entzückens aus. Diese herrliche Jugend begeisterte alle und man konnte sich nicht genug daran tun, den Grafen zu dieser Braut zu beglückwünschen.

Kaum hatte das Mädchen an der Seite Gualtieris Platz genommen, da trat durch eine Seitentür Griselda ein. Sie schritt mit gesenktem Haupt auf das Mädchen zu, beugte die Knie vor ihr und sagte: »Willkommen sei meine Gebieterin!« Dann erhob sie den Kopf und sah dem Mädchen ins Gesicht …

Griselda taumelte zurück. War es ein Traum? War es Wirklichkeit? Hielt ein Zauber ihre Sinne umfangen?

Weit, weit breitete die Frau im ärmlichen Gewand ihre Arme aus. Und das Mädchen starrte sie aus verwunderten Augen an.

Und da geschah das, was noch niemand gesehen hatte: Aus Griseldas Augen quollen Tränen und tief, tief aus ihrer Brust, aus ihrem Herzen. heraus, kam der Ruf: »Meine Tochter!«

Nun trat Gualtieri hinzu. Er ergriff die Hände Griseldas und zog die weinende Frau an seine Brust. Und laut und vernehmlich sprach er: »Griselda, es ist endlich Zeit, daß du die Frucht deiner langen Geduld erntest. Was du erlitten hast, all der Kummer und alle die Kränkungen, die ich dir zufügte, waren Prüfungen, die ich mit dir anstellte, um deine Treue und deinen Gehorsam zu erproben. Nun bist du erst mein geworden, für immer mein! Aber nicht nur mich will ich dir geben, sondern hier auch deine Tochter und dort, deinen Sohn. Du findest sie als halberwachsene, wohlerzogene Menschen wieder.«

Unglück macht stark, Glück aber noch stärker. Und Griselda stand da und ließ die Liebkosungen ihres Gatten und ihrer Kinder über sich ergehen. Sie zürnte ihrem Gatten nicht, daß er sie so harter, grausam scheinender Prüfungen unterzogen hatte: fühlte sie doch nun ein Glück, wie sie es nie gleich groß empfunden hätte, wäre der Weg zu ihm minder schwer und dornenvoll gewesen …

WILHELM TELL

Als erste der drei Waldstätten wurde Uri gegründet durch Siedler, die mit Erlaubnis des Römischen Reiches das wilde Land rodeten; dann kamen die Römer nach Unterwalden und als letzte Schweden, die durch Hunger und teure Zeit aus ihrer Heimat vertrieben worden waren, nach Schwyz. Lange zeit saßen die drei Länder in guter Ruhe, und das änderte sich für's erste auch noch nicht, als die Grafen von Habsburg das umliegende Gebiet unter ihre Herrschaft brachten. Als aber Rudolf von Habsburg zum deutschen König gesetzt war, sandte er Boten zu den Waldstätten und bat sie mit guten Worten, ihm in des Reiches Namen untertänig zu sein und eine bescheidene Steuer zu zahlen, dafür wolle er sie schirmen und fromme Männer zu Vögten über sie setzen. Nur dem Reich sollten sie zugehören und in allen ihren Rechten und Freiheiten belassen werden. Das gingen die Waldstätten ein, und König Rudolf hielt, so lange er lebte, treulich, was er ihnen versprochen hatte.

Als er aber gestorben war, nahmen seine Erben die habsburgischen Länder in Besitz und begannen auch mit den Waldstätten zu schalten, als seien sie ihr eigen und nicht des Reiches. Edelleute aus dem Aargau, Thurgau und Zürichgau, die gern die großen Herren spielen wollten, bewarben sich um die Vogteien, und so ward ein Geßler Vogt zu Uri und Schwyz und eine Landenberg Vogt zu Unterwalden. Sie führten ihre Ämter mit Härte und achteten die Freiheiten der Waldstätte nicht, schrieben willkürlich Abgaben aus und gedachten die Länder aus der Hand des Reiches in ihre eigene Gewalt zu bringen. Mutwillig bedrückten und mißhandelten sie die Biederleute. Wenn einer eine hübsche Frau oder Tochter hatte, führten sie sie ihm weg und behielten sie auf ihren Burgen, solange sie wollten; und wer sich darüber beschwerte, den straften sie hart und nahmen ihm Hab und Gut.

Der Landenberg, der auf der Burg zu Sarnen saß, hörte, daß ein alter Bauer im Melchtal ein besonders schönes Joch Ochsen besaß; gleich schickte er einen Knecht, sie wegzunehmen und ihm zu bringen. Der Knecht ging hin und bestellte, wie ihm geheißen ward: »Die Bauern sollen ihren Pflug selbst ziehen, die Ochsen gehören dem Vogt!« Als er aber die Tiere ausspannen und wegtreiben wollte, kam des Bauern Sohn Arnold dazu, der wollte den Raub nicht dulden und schlug mit dem Geißelstecken auf den Knecht, daß er ihm einen Finger entzweibrach. Schreiend lief der Knecht heim und erzählte dem Herrn, was ihm widerfahren war. Der Vogt befahl, den Sohn zu ergreifen, aber die Häscher fanden ihn nicht mehr, denn er war bereits entflohen. Da ließ der Landenberg den Vater gefangen nach Sarnen führen und blenden und nahm ihm alles, was er hatte.

Zur selben Zeit ritt der Junker von Wolfenschießen, den der Landenberg als seinen Amtmann auf die Burg Roßberg gesetzt hatte, zum Haus eines Biedermanns in Altzellen, als dieser gerade ins Holz gegangen und seine hübsche Frau allein war; und er verlangte von ihr, daß sie ihm seinen Willen täte, ob es ihr lieb sei oder leid. Da sie ein frommes Weib war, sträubte sie sich; aber er hörte nicht auf ihre Bitten und befahl ihr ein Bad zu rüsten, darin wolle er sich mit ihr erfreuen. Als das Bad fertig war, ging er hinein und hieß sie nachkommen, verzweifelt rief sie zu Gott, und weil er die Seinen nicht verläßt, wenn sie ihn anrufen, kam in diesem Augenblick ihr Mann vom Holz zurück, die Axt auf der Schulter. »Was fehlt dir, Frau?« fragte er, da er sie in solcher Betrübnis sah, und sie erzählte ihm in Hast, was geschehen war. Da geriet der Mann in Zorn und sprach: »So will ich ihm sein Bad segnen!«, lief in die Stube und schlug den Junker mit der Axt auf einen Streich zu Tode. Danach entrann er, und obzwar der Landenberg ihn verfolgen ließ, ward er nicht gefunden.

Nicht weniger gefürchtet als der Landenberg in Unterwalden war in Schwyz und Uri der Geßler. Für gewöhnlich saß er auf der Burg zu Küßnacht; um Uri aber besser in der Faust zu haben, begann er in Altorf mit der Errichtung einer starken Feste, die den Namen Zwing-Uri tragen solle. Eines Tages kam der Vogt durch Schwyz geritten und sah dort ein schönes Haus, ganz aus Stein gebaut; er ließ den Werner Stauffacher, der darin wohnte, herausrufen und fragte ihn: »Wem gehört dies Haus?« Der Stauffacher war wohl auf der Hut und antwortete: »Gnädiger Herr, das Haus ist euer, und ich trage es nur zum Lehen« – denn er getraute sich nicht zu sagen, es sei sein. Da sprach der Vogt: »Ich will nicht, daß die Bauern wie Herren wohnen«, und ritt für diesmal weiter, aber Stauffacher wußte, daß er von ihm nichts Gutes zu erwarten habe. Seine Frau, die nicht weniger klug war als er selbst, merkte bald, daß er mit Sorgen umherging, und bat ihn, da er nicht von selbst sprach: »Erzähl mir, was dich bekümmert! Wiewohl man sagt: Frauen geben kalte Räte – wer weiß, ob Gott mir nicht einen guten Gedanken schickt!« Darauf vertraute er sich ihr an, und als sie gehört hatte, was ihm widerfahren war, sagte sie: »Weißt du nicht jemand in Uri, mit dem du die Sache in Heimlichkeit besprechen könntest? Dort wohnt doch Werner Fürst, der ein Ehrenmann und dein Freund ist!«

Nach diesem Rat tat der Mann, er ging nach Uri und fand den Fürst gleichen Sinns und von gleichen Sorgen bedrückt. Nun berieten sie, ob sie nicht als dritten einen aus Unterwalden an sich ziehen könnten, und wählten dazu Arnold von Melchtal, den jungen Bauern, der vor dem Landenberger aus der Heimat geflohen war. Er irrte, nirgends sicher, umher, und sein glühender Wunsch war, Rache für seinen Vater zu nehmen; mit Freuden trat er Stauffacher und Fürst zur Seite. Die drei Männer schworen sich Treue und kamen oft zusammen. Heimlich warben sie in allen drei Waldstätten sichere Leute zu Freunden, die mit Eiden gelobten, in Treue und Wahrheit zusammenzustehen und Leib und Gut zu wagen, um sich der Herren zu erwehren. Wenn sie etwas zu beraten hatten, trafen sie sich heimlich auf dem Rütli, einer Halde am Mythenstein, und brachten die mit, denen sie vertrauten.

Während sich so der Bund festigte, wurde Geßlers Übermut immer ärger. Er ließ zu Altorf bei der Linde eine Stange aufrichten und hängte einen Hut daran; daneben stellte er einen Knecht als Wache. Und er gebot: wer da auch immer vorbeigehe, der sollte sich vor dem Hut neigen, als wäre der Herr selbst zu Stelle; wer es aber weigere, den wolle er mit schwerer Buße strafen. So ungern sie es taten, gehorchten doch alle, die vorübergehen mußten dem Befehl. Nur ein redlicher Mann, der Tell, der auch zu dem Bund geschworen hatte, ging mehrere Male vor dem Hut auf und ab, ohne sich zu neigen, und der Knecht, der bei der Stange wachte, zeigte ihn dem Landvogt an. Sofort forderte Geßler den Tell vor sich und fragte ihn: »Warum neigtest du dich nicht vor dem Hut, da ich's doch geboten habe?« Tell antwortete: »Es geschah von ungefähr, ich wußte nicht, daß es Euer Gnaden so ernst damit sei! Wäre ich wohlbedacht, so hieße ich nicht der Tell!« Nun war Tell der beste Schütze, den es im ganzen Land gab, und er hatte schöne Kinder, die er sehr liebte. Die ließ Geßler herbringen und fragte: »Sag, welches von deinen Kindern ist dir wohl das liebste?« – »Sie sind mir alle gleich lieb«, antwortete Tell. Da griff der Landvogt das jüngste, einen sechsjährigen Knaben, bei der Hand und sprach zum Vater: »Wilhelm, ich hörte, du seist ein guter Schütze und fehltest nie dein Ziel – das wirst du mir jetzt beweisen: du sollst deinem Kind hier einen Apfel vom Haupt schießen!« Vergebens bat der Tell, ihm das zu erlassen, und sprach: »Was ihr verlangt, ist gegen die Natur; weist mir ein anderes Ziel!« Der Landvogt bestand auf seinem Willen und legte selbst dem Kind den Apfel aufs Haupt.

Der Tell, rings von den Knechten umstellt, sah, daß es kein Entrinnen gab; so willigte er ein. Er nahm einen Pfeil und steckte ihn in sein Wams, einen zweiten legte er auf die Sehne, spannte die Armbrust und bat Gott, sein Kind zu behüten; dann zielte er und schoß glücklich den Apfel von des Kindes Haupt, ohne es zu versehren. »Das war ein Meisterschuß!« lobte ihn der Vogt; »aber sag mir, Tell: warum stecktest du den ersten Pfeil in dein Wams?« Der Tell antwortete: »Das ist so Gewohnheit bei uns Schützen.« Doch damit wollte sich der Landvogt nicht abspeisen lassen, sondern drängte weiter, bis der Tell sagte: »Versprecht mir Sicherheit für mein Leben, dann will ich's Euch ganz nach der Wahrheit sagen!« Nachdem der Landvogt das versprochen hatte, sprach der Tell: »So hört es denn: Hätte ich mit dem ersten Schuß den Apfel verfehlt und mein Kind getroffen, dann wollte ich Euch mit dem zweiten nicht verfehlt haben!« Da sagte der Landvogt: »Ich versprach dir Sicherheit für dein Leben, und das will ich halten. Aber ich werde dich an einem Ort verwahren, wohin weder Sonne noch Mond scheint!« Flugs ließ er ihn von den Knechten anpacken und binden und in den Nachen werfen, mit dem er selbst nach Schwyz hinüberfahren wollte; Tells Schießzeug aber legten sie auf die hintere Bank.

Wie sie über den See fuhren und nach Axen kamen, erhob sich ein Sturm, so stark, daß Herr und Knechte zu ertrinken fürchteten, denn sie waren des Boots nicht mehr mächtig. In dieser Not sprach einer der Knechte zum Vogt: »Herr, Ihr seht, wie es um uns steht! Wenn Ihr dem Tell die Fesseln abnehmt, so könnt er uns wohl davonbringen, denn er ist en starker Mann und versteht sich auf Wasser und Wind!« Da sagte der Vogt zu Tell: »Willst du dein Bestes tun, uns zu helfen, so will ich dich losbinden lassen!« »Gern, Herr!« antwortete der Gefangene. Sie nahmen ihm die Fesseln ab, er stellte sich zum Steuer und lenkte das Schiff mit starker Hand durch die Wellen; dabei sah er sein Schießzeug dicht neben sich liegen. Als sie sich der Felsplatte näherten, die seitdem die Tellplatte genannt wurde, rief er den Knechten zu: »Jetzt fest gerudert! Kommen wir hin zur Platte, dann haben wir das Schlimmste hinter uns!« Sie ruderten aus allen Kräften, und als sie nahe genug waren, riß er mit Macht das Steuer herum, daß sich das Schiff mit dem Hinterteil gegen das Land drehte, packte sein Schießzeug und sprang mit einem großen Satz auf die Platte hinauf; den Nachen aber stieß er mit einem Fußtritt in die Flut zurück, mitten hinein in die empörten Wogen. Während das Schifflein auf dem See schwankte, lief er auf verborgenen Bergpfaden in aller Eile nach Schwyz und weiter auf Küßnacht zu; in der hohlen Gasse, die nach dem Ort führt, machte er halt und wartete.

Mit Mühe war der Vogt aus Sturm und Wogen entkommen; jetzt kam er mit seinen Dienern durch den Hohlweg geritten und sprach mit ihnen davon, wie sie des Entflohenen habhaft werden möchten, um ihn zu töten. Der Tell stand hinter einem Gebüsch und hörte das Gespräch, da spannte er seine Armbrust und schoß dem Geßler einen Pfeil ins Herz, daß er tot vom Pferd fiel. Dann machte er sich eilends fort und lief durch die Berge nach Uri, um die Nachricht von seiner Tat zu den Eidgenossen zu bringen.

Als sie das Geschehene hörten, hielten sie den Augenblick für gekommen, um die Knechtschaft abzuschütteln; denn sie waren inzwischen mächtig genug geworden, und auch manche von Adel waren ihnen beigetreten. Mit bewaffneter Hand erhoben sie sich, brachen die Burgen und vertrieben die übermütigen Herren. Die noch nicht vollendete Feste Zwing-Uri zerstörten sie bis auf den Grund; die Burgen Roßberg und Sarnen, die sehr fest waren, nahmen sie mit List. In Roßberg war eine Dienstmagd die Liebste eines ihrer Gesellen, er überredete sie, ihn in der Nacht an einem Seil zu einem Fensterloch hinaufzuziehen. Aber unten an der Mauer warteten zwanzig Eidgenossen, und während er in der Kammer mit der Magd scherzte, kletterten sie an dem herabhängenden Seil hinauf und machten sich zu Herren der Burg. Den Amtmann mit seinen Leuten setzten sie gefangen, bis auch Sarnen als letzte Burg genommen war, dann jagten sie die fremden Herren aus dem Land.

Sarnen gewannen sie an einem Neujahrstag, an dem sie dem Landvogt Landenberg Geschenke zu bringen hatten, je nachdem, was jeder besaß, ein Kalb, ein Schaf oder eine Sau. Dreißig Eidgenossen versteckten sich wohlbewaffnet vor der Burg in einem Erlengebüsch, andere zwanzig gingen mit den Geschenken zum Schloß. Dem Befehl des Vogts gemäß führten sie keine Waffen bei sich, sondern nur Stöcke; aber sie trugen die Speereisen in ihren Wämsern verborgen und hatten ihre Stöcke so zugerichtet, daß sie die Eisen leicht daran stecken konnten. Unterwegs schon begegneten sie dem Landvogt, der mit seinem Gefolge zur Kirche ritt, und da er sie unbewaffnet sah, gebot er ihnen die Geschenke in die Burg zu bringen. Kaum waren sie darin, so pflanzten sie die Eisen auf und ließen das Horn blasen, da stürmen die Genossen aus dem Erlenbusch herbei und nahmen mit ihnen vereint alle gefangen, die in der Burg waren. Der Landvogt und seine Diener hörten den Hornruf und das Getümmel bis in die Kirche, und da sie die Burg verloren sahen, ergriffen sie die Flucht.

Die Eidgenossen erblickten die Fliehenden, wie sie an den Bergen entlangjagten, aber verfolgten sie nicht, sondern ließen sie laufen, zufrieden damit, sie los zu sein. Die Burg Sarnen ward wie alle anderen Zwingburgen bis auf den Grund geschleift.

So waren die Eidgenossen, die sich heimlich zusammengetan hatten, Meister des Landes geworden. Und nun richteten die drei Waldstätte öffentlich ihren Bund auf und schworen einander, gemeinsam die Freiheiten und Rechte zu wahren jetzt und immerdar.

LIBUSSA

Unter den berühmten Frauen der Vorzeit nimmt Libussa, Böhmens Herzogin, einen bedeutenden Rang ein, denn sie war ebenso ausgezeichnet als Regentin wie als Prophetin, sie verstand Magie und konnte in den Sternen lesen, ihre Schönheit war bewundernswürdig und wurde durch Sanftmut und echt weibliche Würde noch erhöht.

Sie war die jüngste der drei Töchter des weisen Richters Krokus, welcher eine lange Reihe von Jahren glücklich über das Böhmerland geherrscht hatte. Wegen ihrer Tugend und Weisheit erwählte das Volk sie zu seiner Fürstin und ihre weisen und sanftmütigen Schwestern erkannten sie willig als Regentin an und verehrten ihre hohen Gaben.

Libussa nahm eine Anzahl der schönsten und edelsten Jungfrauen des Landes als ihre Ehrendamen zu sich, unterrichtete sie und hielt sie zum Fleiß an. Sie bezog das von ihrem Vater Krokus erbaute Schloß Psary, ließ es befestigen und nannte es hierauf Libin.

Durch strenge Gerechtigkeit erwarb sich Libussa das Vertrauen, durch Güte und Wohltätigkeit die Liebe ihrer Untertanen. Das Volk, welches sich unter ihrer Regierung glücklich fühlte, dachte mit Bangen daran, daß auch Libussa sterblich sei, und weil es die Zukunft im Auge hatte, sandte es die Ältesten des Volkes zur Herzogin und ließ sie anflehen, sich einen Gemahl zu wählen.

Libussa hatte diesen Wunsch ihrer Untertanen vorausgewußt, und weil sie einsah, daß sie sich, um Frieden im Land zu erhalten und ihre Macht zu befestigen, vermählen müsse, sprach sie zu den Abgesandten: »Ich will Euren Wunsch erfüllen, laßt mir drei Tage Zeit, mich mit meinem Geist zu beraten.«

Als nach drei Tagen sich das Volk um ihr Schloß versammelte und die Ältesten zu ihr in den Saal traten, um zu vernehmen, wen sie sich zum Gemahl gewählt, sprach die Herzogin mit Hoheit: »Ich weiß es nun, wen die Götter mir zum Gemahl beschieden haben. Es ist ein junger Akkersmann namens Primislaus, dem die Götter gleich mir die Gabe der Weissagung verliehen haben.« Hierauf ließ sie ihr weißes Leibroß in den Schloßhof führen, trat mit den Ältesten auf den Söller und sprach: »Geht mit meinem Roß vom Libin weg, und laßt es den Weg einschlagen, den es will. Folgt seinen Tritten, bis ihr einen Ackersmann findet, dessen Mahlzeit auf einem eisernen Tisch steht. Sobald Ihr ihn seht, begrüßt ihn als Euern Fürsten, bekleidet ihn mit dem herzoglichen Gewand und mit diesen Schuhen hier, und führt ihn auf den Libin. Dieser Primislaus ist der Euch bestimmte Fürst und sein Geschlecht wird volle sechshundert Jahre über Böhmen herrschen.«

Hierauf verneigten sich die Gesandten vor Libussa und gingen hinab in den Hof, dort banden sie das Roß los, öffneten das Hoftor, ließen das Roß hinlaufen, wohin es Lust hatte und folgten genau seinen Schritten.

Über Berg und Tal ging das Roß, endlich blieb es bei einem Acker stehen, an dessen Rand ein junger Mann saß. Er hielt eben sein Mittagsmahl und hatte Brot und Käse auf der Pflugschar liegen. Sogleich blieben auch die Gesandten stehen und fragten ihn um seinen Namen, und als er sich

Primislaus nannte, neigten sie sich ehrerbietig vor ihm und begrüßten ihn nach Libussas Gebot als ihren Herzog. Primislaus schien nicht sehr über diese Kunde verwundert, er schwieg nur einen Augenblick nachdenklich, und als ihn die Gesandten zum zweitenmal anredeten, antwortete er: »Es geschehe, wie sie gesagt!« Hierauf nahm Primislaus den Ochsen das Joch ab, welche ungewöhnlich schnell davonliefen und in einem Berg verschwanden. Jetzt lud der neue Fürst die Abgesandten ein, an seinem Mahl teilzunehmen; sie setzten sich neben ihn auf den Acker und aßen von dem eisernen Tisch. Und Primislaus nahm die Rute, welche er in der Hand gehalten hatte, und steckte sie in die Erde, und alsbald wuchs eine Haselstaude auf, welche drei frische grüne Zweige trieb. Zwei davon verdorrten bald, aber einer grünte empor und trug Früchte.

Die Abgesandten verwunderten sich nicht wenig darüber, und Primislaus sprach: »Eilt, der Herzogin anzukündigen, daß ich den Willen der Götter befolge. Eins nur bekümmert mich, nämlich daß Ihr gekommen seid, bevor ich den Acker umgepflügt habe, denn daraus sehe ich, daß in Zukunft Hungersnot im Land sein wird.«

Nun legte Primislaus das herzogliche Gewand und die Schuhe an, welche ihm Libussa gesandt hatte, und bestieg das weiße Roß, um auf den Libin zu ziehen, sich mit Libussa zu vermählen. Aber seine Schuhe von Bast und seine Speise nahm er in einem Säcklein mit sich, und als die Abgesandten fragten: »Warum, o Herr, nehmt Ihr so geringe Dinge, die einem Fürsten nicht ziemen, mit Euch?« erwiderte er: »Damit ich mich immer meiner Abkunft erinnere und fein demütig bleibe.«

Weiter fragten die Gesandten: »Sage uns, Herzog, was bedeutet die Haselstaude, die so schnell wuchs, grünte und Früchte trug?« Und der Herzog sprach: »Dies bedeutet, daß Libussa mir drei Söhne gebären wird, wovon zwei frühzeitig sterben werden, der dritte aber wird lange leben und sich einer zahlreichen Nachkommenschaft erfreuen. Hättet Ihr mich nicht im Ackern gestört, würde mein Stamm nimmer ein Ende nehmen, aber so wird er nur sechs Jahrhunderte bestehen.« Und als die Gesandten ihn fragten, warum er seine Mahlzeit auf einer Pflugschar und nicht auf der Erde eingenommen hätte, entgegnete Primislaus: »Das geschah, um Euch anzudeuten, daß einige meiner Nachkommen Euch mit eiserner Rute züchtigen werden.«

Als der Herzog Primislaus und seine Gesandten sich dem Libin nahten, erscholl Jubel und Musik von dem Schloß herab und aus dem Tal.

Libussa an der Spitze ihrer Frauen und Fräuleins, geführt von ihren Schwestern Kascha und Tetka, kam im festlichen Schmuck dem Erwählten entgegen, welcher ganz erstaunt über die hohe Schönheit seiner Braut, sich vor ihr auf ein Knie niederließ.

Libussa hob ihn liebreich auf, denn auch Primislaus gefiel ihr wohl, und sie bereute es nicht, den Eingebungen ihres Geistes gefolgt zu sein.

Ihre Vermählung mit Primislaus wurde mit großer Pracht vollzogen. Der Herzog gab weise Gesetze und wußte sich durch Würde und Gerechtigkeit sein Ansehen zu erhalten. Es wurden reiche Gold- und Silberbergwerke entdeckt, Primislaus ließ den Ackerbau fleißig betreiben und so war das Land ein gesegnetes.

Zwei Jahre hatte Primislaus beglückt und beglückend an Libussas Seite geherrscht, als der Geist ihr sagte, sie solle eine Stadt erbauen an dem schönsten Strom des Landes, eine Stadt, welche noch nach Jahrhunderten berühmt und herrlich dastehen würde.

Primislaus, dem sie dieses Gesicht mitteilte, gab gern seine Einwilligung zu der Ausführung dieses Planes. Es wurden sogleich Arbeiter in die von Libussa bezeichnete Gegend gesandt, welche den Bau der Stadt begannen. Als die Herzogin gefragt wurde, wie die Stadt heißen solle, sagte sie zu zweien ihrer Diener: »Geht an das Ufer der Moldau und fragt den Arbeiter, den Ihr rechts finden werdet, was er arbeite, danach soll die Stadt heißen.«

Sogleich befolgten die Diener der Herzogin Befehl, und sahen wirklich einen Mann am rechten Ufer der Moldau, welcher einen Stamm fällte, und als sie ihn fragten, was er mache, entgegnete er: »Eine Schwelle«, das heißt auf böhmisch: Prah, und die Herzogin, als sie dies vernahm, nannte die Stadt Praha, Prag, und sagte: »Diese Stadt wird dereinst große Ehre haben, gekrönte Häupter werden daselbst wohnen und von dem Hauptpalast der Stadt aus weit und breit hin Gesetze erteilen.«

Primislaus nahm nun seine Pflugschar und umpflügte ein großes Stück Land, und sprach: »So groß soll die Stadt sein, welche jetzt erbaut wird.«

Libussa gebar zwei Prinzen, welche früh starben, der dritte Sohn aber, ein wohlgebildeter, lebhafter Prinz, gedieh und wuchs zur Freude seiner Eltern.

Als der Prinz sechs Jahre alt und Libussa vierzehn Jahre mit Primislaus vermählt war, starb sie sanft und selig. Sie hatte ihren Todestag richtig vorausgewußt, auf das rührendste von ihrem Gemahl und ihrem Sohn Abschied genommen, und alle, die im Leben ihr gedient hatten, reich beschenkt.

Primislaus und sein Sohn wollten sich über Libussas Tod gar nicht trösten, im ganzen Land beklagte man ihren Tod, und niemals ist wohl eine Fürstin tiefer und aufrichtiger betrauert worden als Libussa, Böhmens erste Herzogin, die Gründerin von Prag.

Unter den Jungfrauen, welche Libussa gedient hatten, zeichnete sich besonders Wlasta durch Schönheit, Geist und Mut aus. Sie war von Libussa sehr geliebt worden und stand bei den übrigen Jungfrauen und bei dem Volk, welches sie für eine Seherin hielt, in großem Ansehen.

Libussa war fein und schlank gebaut, ihr Auge mild himmelblau, ihr Haar goldgelb und ihre Hoheit ging von ihrer unbeschreiblichen Milde und Sanftmut aus: sie sah aus wie ein verklärtes Wesen. Wlasta hingegen sah aus wie die schönste Amazone, die man sich nur denken kann. Sie war fast übergroß, ihr Wuchs kräftig und voll, ihr Auge schwarz und blitzend und frei um den Nacken wallte ihr nächtliches Haar. Als nun Wlasta hörte, wie Libussa betrauert wurde, und sah, wie niemand auf sie achtete, beschloß sie den Libin zu verlassen und fragte die Jungfrauen, welche von ihnen ihr folgen und in Freiheit leben und welche hinfort, wie bisher, als Dienerinnen auf dem Libin bleiben wollten.

»Wir wollen keinem Mann dienen!« riefen alle; eine davon aber, die schlaue Stratka, sprach: »Wir wollen nur einer Herzogin dienen. Da sich Primislaus aber früher oder später mit einer fremden, unbedeutenden Magd vermählen könnte, der wir nicht dienen möchten, so ist es besser, wir schlagen ihm vor, Wlasta zur Gemahlin zu wählen, ihr wollen wir gern gehorchen.« Und Wlasta senkte das schöne Haupt und schwieg, aber sie verhinderte es nicht, daß sechs Jungfrauen, Stratka an der Spitze, zu Primislaus gingen, ihm Wlastas Hand anzutragen.

Wlasta liebte seit Jahren Primislaus und hatte heimlich Libussa beneidet, aber sie hatte sie auch geliebt. Jetzt aber war die Herzogin tot, Kascha und Tetka waren nicht mehr, warum sollte sie nicht der Hoffnung Raum gehen, sich mit dem geliebten Primislaus zu vermählen und Böhmens Herzogin zu werden?

Ungeduldig erwartete Wlasta die Rückkehr der Jungfrauen. Sie erschienen mit niedergeschlagenen Mienen und brachten der stolzen Jungfrau die Antwort: Primislaus wolle sich jetzt noch nicht wieder vermählen und würde sich seine Gemahlin schon selbst erküren!

Da wurde Wlasta dunkelrot vor Zorn und Scham und rief: »Solchen Übermut sollen wir ertragen? Primislaus hat in mir alle Frauen und Jungfrauen des Landes beleidigt, kommt und laßt uns Rache nehmen.«

Die Jungfrauen waren bereit, Wlasta zu gehorchen; hierauf bewaffneten sie sich, bestiegen ihre Rosse, verließen den Libin und fingen an, die Männer zu morden, zu berauben und ihre Wohnungen einzuäschern.

Als Primislaus diesen Frevel vernahm, sandte er Diener zu Wlasta aus und ließ ihr ernsthaft befehlen, sich ruhig zu verhalten oder gerechte Strafe zu fürchten. Aber Wlasta spottete des Herzogs und zog mit ihren Mägden auf einen Berg, dem Libin gegenüber. Mit schwerem Gold gewann sie Arbeiter, sie und die Mägde legten selbst mit Hand an und erbauten eine Burg, welche sie Diwin, auf deutsch Mägdeburg, nannten. Die Männer aber, welche ihnen bei dem Bau geholfen hatten, töteten sie hinterlistig. Nun befestigten sie die Burg, erhoben Wlasta zu ihrer Herzogin und lebten nach Art der Männer ganz frei, jagend oder mit Waffenübungen beschäftigt. Sie ritten im Land umher, töteten und beraubten Männer, wo sie nur welchen begegneten und ihr Übermut wuchs von Tag zu Tag.

Wlasta weissagte, kochte Gift und Heiltränke und sprach: »Nimmer wollen wir uns von Männern befehlen lassen, ich vermag mehr, als alle drei Töchter des Krokus, folget mir nach, und Ihr werdet alle glücklich sein.«

Solche Rede gefiel den Jungfrauen. Wurde eine Gattin vom Gatten, eine Tochter vom Vater gescholten, so entflohen sie diesen und eilten auf den Diwin, wo sie von Wlasta freudig aufgenommen und sogleich in Führung der Waffen unterwiesen wurden.

Vergebens waren Primislaus' strenge Gebote an die Jungfrauen ergangen, vergebens zog endlich ein wohlgerüstetes Heer gegen den Diwin. Die Mägde sandten einen Regen von Pfeilen und Steinen auf die Streiter herab, so daß der größte Teil fiel, der kleinere aber, um dem sicheren Tod zu entgehen, die Flucht ergriff. Dadurch wurden die Mägde noch stolzer und kecker und fingen an, das Land zu verwüsten und den Samen des Unfriedens zwischen Eheleute auszustreuen.

Es kam endlich soweit, daß die Ehefrauen ihre Männer heimlich mordeten und sich auf den Divin begaben. Wlasta lebte daselbst herrlich und in Freuden mit ihnen und belohnte die Tapfersten unter ihnen reich. Sie gab Gesetze und ließ sie sogar den Männern zum Trotz im Land bekanntmachen:

Wenn ein Knäblein geboren würde, so solle man ihm den Daumen an der rechten Hand abhauen, damit keins in Zukunft ein Schwert ziehen könne, ferner solle man ihnen das rechte Auge ausstechen, damit keins zielen oder hinter dem Schild hervorschauen könne.

Wenn eine Tochter geboren würde, so sollte ihre rechte Brust mit einem Eisen niedergebrannt werden, damit sie nicht dadurch am Spannen des Bogens gehindert werde.

Es solle kein Mann nach Reitersitte zu Pferd sitzen und keine Waffen führen, alle Männer, vornehm und gering, sollten den Acker bebauen und das Vieh beschicken, die Weiber aber sollten regieren und Krieg führen.

Jede Jungfrau sollte sich den Gatten selbst wählen!

Endlich war dem Primislaus das Morden und Rauben der Mägde doch zu arg. Er sah ein, daß mit Gewalt allein die Mägde nicht zu bezwingen wären, und nahm seine Zuflucht zur List. Er sandte einige wohlgerüstete, bewaffnete Männer zu Wlasta und ließ ihr sagen, er sei seit Libussas Tod lebensmüde und krank und wolle den Libin verlassen und sich ganz von der Regierung zurückziehen, sie sei die Würdigste zu herrschen und solle auf den Libin kommen, die Regierung und seinen Sohn Nemiszlav zu übernehmen.

Wlasta war darüber sehr erfreut, aber sie kam doch nicht selbst, sondern sandte drei ihrer schönsten und klügsten Jungfrauen an den Herzog, um zu hören, ob alles sich so verhalte, wie die Gesandten des Primislaus ihr gesagt. Kaum hatten die drei Mägde den Libin erreicht, so wurden sie getötet.

Als Wlasta ihrer lange vergebens geharrt hatte und ihren Tod vernahm, war sie außer sich vor Zorn. Sie gelobte dem Primislaus glühende Rache und zog an der Spitze ihres Heeres gerüstet nach dem Libin.

Doch am Fuß des Libins kam den Mägden ein wohlgeordnetes, starkes Heer entgegen. Ein mörderischer Kampf begann, Wlasta und ihre Schar wurden getötet. Die Männer zogen den toten Mägden die Rüstungen aus und beraubten sie ihres Schmucks.

Den Ring der Wlasta brachte man dem Primislaus, der ihn nachdenkend an seinen Finger steckte.

Primislaus Nachfolger war sein Sohn Nemiszlav, und sein und Libussas Stamm grünte sechs Jahrhunderte hindurch.

KÖNIG LEIR

Bladud hatte einen Sohn namens Leir; nach seines Vaters Hingang waltete er dieses herrlichen Landes sein Leben lang, welches sechzig Winter währte. Nach den Ratschlägen seiner Weisen baute er eine prächtige Burg und ließ sie nach sich selbst benennen. Kaerleir hieß die Burg, die der König sehr liebte, in unsrer Muttersprache nennen wir sie Leicester. In den alten Zeiten war es eine herrliche Burg, aber später überkam sie viel Leid, und sie wurde vernichtet, nachdem ihre Bewohner gefallen waren.

Sechzig Winter lang beherrschte Leir dies Land. Der König hatte von seiner edlen Gattin drei Töchter, aber keinen Sohn, daher war er bekümmert, wie er sein Land erhalten sollte. Die älteste Tochter hieß Gornoille, die zweite Regau, die dritte Cordoille. Diese war die jüngste Schwester, sie war von großer Schönheit, von höfischen Sitten und ihrem Vater so lieb wie das eigene Leben. Nun ward der König alt und schwach, und er bedachte bei sich, was nach seinem Hinscheiden aus seinem Reich werden sollte. Er sagte kummervoll zu sich selbst: »Ich will mein Königtum unter meine Töchter verteilen, aber zuerst will ich erproben, welche mich am meisten liebt, und die soll den besten Teil von meinem schönen Land haben.« So dachte der Edle und handelte danach.

Er rief Gornoille, seine liebe Tochter, aus ihrer Kammer und sprach so zu ihr: »Sage mir die Wahrheit, Gornoille; du bist mir sehr teuer, wie teuer bin ich dir? Hältst du mich für wert, mein Königreich zu verwalten?« Gornoille war sehr vorsichtig, wie die Frauen stets sind, und sagte lügnerisch zu ihrem Vater, dem König: »Lieber Vater, so wahr ich Gottes Gnade erwarte, so bist du mir lieber als die ganze strahlende Welt, ja, ich will dir mehr sagen: du bist mir lieber als mein Leben. Das sage ich dir fürwahr und du darfst mir wohl trauen.« Der König Leir glaubte dem Trug seiner Tochter und antwortete: »Ich sage dir, Gornoille, liebe Tochter, groß soll dein Lohn sein für diese Liebe. Ich bin vom Alter sehr geschwächt, und du liebst mich sehr, mehr als alles im Leben Ich will mein ganzes schönes Land in drei Teile teilen: dein soll der beste Anteil sein; du bist meine liebste Tochter und sollst den besten Than, den ich in meinem Reich finden kann, zum Gatten haben.«

Später sprach der König mit seiner zweiten Tochter: »Geliebte Tochter Regau, was sagst du mir zum Trost? Sage mir vor allem Volk, wie lieb ich dir in deinem Herzen bin!« Da antwortete sie mit klugen Worten: »Alles, was es auf der Welt gibt, ist mir nicht halb so teuer, als dein Leben.« Zwar sagte sie nicht mehr Wahrheit als ihre Schwester, aber ihr Vater glaubte ihren Lügen. Zufrieden antwortete der König: »Den dritten Teil meines Landes gebe ich in deine Hand und du sollst einen Gatten nehmen, der dir am besten gefällt.«

Noch wollte der König nicht von seiner Torheit lassen; er bat seine Tochter Cordoille, zu ihm zu kommen. Sie war die jüngste und die wahrhaftigste von allen, und der König liebte sie mehr als die beiden andern. Cordoille hörte die Lügen, die ihre Schwestern dem König sagten, und sie schwor bei sich, daß sie ihren Vater nicht anlügen, sondern ihm die Wahrheit sagen wolle, wäre es ihm lieb oder leid. Da sprach der übel beratene alte Mann: »Ich will von dir hören, meine Tochter Cordoille, wie lieb dir mein Leben ist.« Cordoille antwortete ihrem geliebten Vater laut mit Scherz und Lachen: »Du bist mir lieb, weil du mein Vater bist, und ich dir, weil ich deine Tochter bin. Ich liebe dich treu, weil wir so nahe verwandt sind, und da ich Lohn erwarte, so will ich dir mehr sagen: du bist so viel wert, als du in deiner Gewalt hast, und solange du mächtig bist, werden die Leute dich lieben, denn verhaßt ist der Mann, der wenig besitzt.«

So sprach die Jungfrau Cordoille und dann verharrte sie wieder in Schweigen. Dem König aber gefielen diese Worte nicht und er ward zornig, denn er wähnte in seinem Herzen, es sei aus Verachtung, daß sie so rede und ihn nicht so achten wolle wie ihre beiden Schwestern, welche alle beide Lügen geredet hatten. Der König Leir wurde so schwarz wie ein schwarzes Tuch, die Farbe seiner Haut verdunkelte sich, denn er war über die Maßen wütend. Durch den Zorn war er so betäubt, daß er in Ohnmacht fiel. Dann erhob er sich langsam wieder und brach in böse Worte gegen die erschrockene Jungfrau aus: »Höre, Cordoille, ich will dir meinen Willen sagen: du warst mir die liebste meiner Töchter, jetzt bist du mir die verhaßteste von allen! Nie sollst du einen Anteil an meinem Reich haben, sondern unter die beiden andern will ich es verteilen, du aber sollst verflucht sein und im Elend leben! Ich wähnte niemals, daß du mich so beschimpfen würdest, deshalb flieh aus meinen Augen, wenn dir dein Leben lieb ist. Deine Schwestern sollen mein ganzes Land erhalten, das ist mein Wille. Der Herzog von Cornwall soll Regau haben und der schottische König die schöne Gornoille, ihnen gebe ich all die Besitztümer, die mir gehören.«

Und der alte König tat, wie er gesagt hatte. Oft war der Jungfrau weh, aber nie weher als da. Bekümmert war ihr das Herz wegen ihres Vaters Zorn. Sie ging in ihre Kammer, wo sie lange sorgenvoll saß und heftig seufzte, denn sie hatte ihren lieben Vater nicht belügen wollen. Sie war tief beschämt, weil ihr Vater sie mied, und sie hatte doch den besten Ausspruch getan; nun wartete sie in ihrer Kammer und litt das Herzweh und trauerte tief. Und so stand es eine Weile an.

In Frankreich herrschte ein reicher und kühner König, der hieß Aganippus; er war der edelste seines Volkes und ein junger Mann, aber ihm fehlte eine Gattin. Daher sandte er seine Boten in dieses Land zum König Leir und ließ ihm freundlichen Gruß entbieten. Reisende Männer hätten ihm von der Jungfrau, von ihrer Schönheit und Züchtigkeit erzählt, wie geduldig sie wäre und von welch edlen Sitten, daß kein Weib halb so edel wäre in König Leirs Land. Solches ließ er dem alten König sagen. Dieser bedachte sich, was er tun solle, dann ließ er ein gut abgefaßtes Schreiben aufsetzen und sandte es durch seine Boten in das Land Frankreich. Das Schreiben aber enthielt folgende Worte: »Der König Leir von Britannien grüßt Aganippus, den Edelsten von Frankreich. Deine Großmut und deine schöne Botschaft ehren mich sehr, aber ich tue dir durch dieses mein Schreiben zu wissen, daß ich mein Reich zwiegeteilt und meinen beiden Töchtern gegeben habe, welche mir sehr teuer sind. Ich habe eine dritte Tochter, aber es kümmert mich nicht, wo sie lebt, denn sie verachtete mich und machte mich so zornig, daß sie von meinem ganzen Land und Volk, das ich je besaß oder besitzen mag – das sage ich dir fürwahr – nichts haben soll. Aber wenn du sie gewinnen willst – denn sie ist eine schöne Jungfrau – so will ich sie dir ausliefern und in einem Schiff zusenden mit dem einzigen Kleid, das sie trägt, mehr bekommt sie nicht. Wenn du sie willst, so will ich so handeln, du weißt nun, warum. Du selbst aber bleibe gesund!«

Dies Schreiben kam nach Frankreich zu dem edlen König, der ließ es sich vorlesen und ward froh darüber. Es schmerzte ihn, daß König Leir, ihr Vater, sie ihm vorenthalten wolle, und umso heißer verlangte ihn nach dem Mädchen. Er sagte zu seinen Baronen: »Ich bin reich genug und brauche nichts mehr. Nie soll mir Leir die Jungfrau abschlagen, sondern ich will sie gewinnen als meine Königin. Behalte doch ihr Vater all sein Land und all sein Silber und Gold. Ich frage nicht nach seinen Schätzen, denn mir fehlt nichts als die Jungfrau Cordoille; habe ich sie, so sind alle meine Wünsche erfüllt.« Mit Schreiben und Worten sandte er darauf Boten in dieses Land und bat den König Leir, ihm seine schöne Tochter zu senden, er wolle sie mit allen Ehren aufnehmen. Der alte König nahm die edle Jungfrau mit ihrem einzigen Kleid und ließ sie über die See fahren, ach, ihr Vater war so hart zu ihr! Aganippus, der französische König, empfing die Jungfrau gut, sie gefiel dem ganzen Volk und wurde seine Königin, und so blieb sie dort, von allen geliebt.

Und König Leir, ihr Vater, lebte in seinem Land und hatte seinen beiden Töchtern sein ganzes Reich gegeben. Er gab Gornoille dem schottischen König, der Maglaunus hieß und sehr mächtig war, und Cornwalls Herzog gab er Regau, seine Tochter.

Es ereignete sich bald darauf, daß der schottische König und der Herzog heimlich miteinander verhandelten und sich vornahmen, daß sie alles Land in ihre eigene Hand nehmen und den König Leir mit vierzig Gefolgsmannen ernähren wollten, solange er lebte; sie wollten ihm Habichte und Hunde geben, daß er durch das Land reiten möchte und in Freude leben, solange ihm Gott die Sonne gönnte. So verabredeten sie und hielten es nachher nicht. Und König Leir hörte es gern, aber hernach mißfiel es ihm. König Leir kam zum schottischen König Maglaunus, seinem Schwiegersohn, und zu seiner ältesten Tochter. Er wurde mit großer Freundlichkeit empfangen und gut verpflegt, samt seinen vierzig Gefolgsleuten, seinen Pferden und Hunden und allem Zubehör. Bald darauf aber ereignete es sich, daß sich Gornoille überlegte, was sie tun solle. Es schien ihr übel um ihres Vaters Hausstand bestellt und sie begann ihrem Gatten Maglaunus gegenüber zu klagen und sprach zu ihm im Bett, als sie beieinander lagen: »Sage mir, lieber Herr, mich dünkt, daß mein Vater nicht ganz bei Verstand ist, er kennt keine Ehrerbietung, er hat seinen Witz verloren. Er hält hier Tag und Nacht vierzig Ritter, er verfügt über seine Thane und all ihre Burschen, Hunde und Habichte, sie verlassen uns nie und vergeuden alles. Das Gute, das wir ihnen tun, nehmen sie hin und Undank allein wird uns für unsre Wohltaten. Sie tun uns große Schande und schlagen unsre Leute, mein Vater hat zu viel überflüssiges Volk. Laß uns ein Viertel des ganzen Trosses entfernen, dreißig werden genügen, ihm bei Tisch zu dienen. Wir selbst haben Köche, Pförtner und Schenken genug. Lassen wir einige von dieser unmäßigen Menge fahren, wohin sie wollen; so wahr ich je Gottes Gnade erwarte, ich will es nicht länger ertragen.« König Maglaunus hörte, was sein Weib zu ihm sprach und antwortete mit edlen Worten: »Frau, du redest übel! Hast du nicht Schätze genug? Laß doch deinem Vater seine Freude, er wird nicht mehr lange leben. Wenn fremde Könige hören sollten, daß wir so handelten, so würden wir Vorwürfe ernten. Mag er seinen Troß nach seinem Willen behalten, das ist mein Rat, denn er wird bald tot sein und wir haben die ganze Hälfte seines Reiches in der Hand.« Da sagte Gornoille: »Sei still, Herr, überlaß es mir, ich will sie entlassen!«

Sie sandte voll Trug in die Herberge der Ritter und bat sie, ihres Weges zu gehen, denn sie wolle die vielen Thane und Diener, die mit König Leir hierhergekommen wären, nicht mehr ernähren. König Leir hörte dies; er ward sehr zornig und sprach mit klagenden Worten: »Weh wird dem Mann, der Land und Leute hat, und sie an seine Kinder ausliefert, dieweil er sich ihrer noch erfreuen kann, denn oft trifft es ein, daß ihm nachher die Reue kommt. Jetzt will ich von dannen fahren geradeswegs gen Cornwall, ich will Rat holen bei meiner Tochter Regau, welche den Herzog Amari hat und mein halbes Reich.

Fort eilte der König in den südlichen Bezirk zu Regau seiner Tochter, denn Rat fehlte ihm. Als er nach Cornwall kam, wurde er gut aufgenommen, so daß er ein halbes Jahr lang mit all seinem Gefolge dort verblieb. Dann sprach Regau zu Herzog Amari: »Höre, Herr, ich sage dir fürwahr:

wir haben unklug gehandelt, als wir meinen Vater mit dreißig Rittern aufnahmen. Es gefällt mir nicht. Tun wir zwanzig weg, zehn mögen genug sein, denn sie essen und trinken nur und sind für nichts gut.« Da sagte Amari, der Herzog, welcher seinen alten Vater verriet: »Bei meinem Leben, er soll nur fünf Ritter haben, damit hat er Gefolge genug, denn er tut doch nichts, und wenn er von dannen fahren will, so soll er bald entlassen sein.« Sie führten alles aus, was sie besprochen hatten; sie nahmen ihm all seine Ritter und ihre Diener fort, sie wollten ihm nichts lassen als fünf Ritter. König Leir sah es und weh ward ihm. Sein Sinn begann sich zu verwirren, er klagte heftig und sagte sorgenvoll diese Worte: »O Glück, Glück, Glück! Wie betrügst du manchen Mann! Wenn er auf dich am meisten traut, dann verrätst du ihn. Es ist nicht lange her, keine vollen zwei Jahre, daß ich ein reicher König war und meinen Rittern Schätze spendete, jetzt habe ich den Tag erlebt, daß ich nackt und bloß bin, meiner Besitztümer beraubt. Weh ist mir! Ich war bei Gornoille, meiner geliebten Tochter, ich wohnte in ihrem Land mit dreißig Rittern, ich hätte es aushalten können, aber ich ging von dort weg; ich wähnte gut daran zu tun und habe Übles erfahren. Ich will wieder zurück nach Schottland zu meiner lieben Tochter, ihr Mitleid zu erflehen und sie zu bitten, mich mit meinen fünf Rittern aufzunehmen. Dort will ich wohnen und eine kleine Weile diesen Harm dulden, denn ich werde nicht mehr lange leben.«

König Leir ging fort zu seiner Tochter, die im Norden wohnte; volle drei Nächte beherbergte sie ihn und seine Mannen, aber am vierten Tag schwor sie beim Allerhöchsten, daß er nicht mehr als einen Ritter haben solle, und wolle er das nicht, so möge er gehen, wohin es ihm beliebe. Oft war Leir weh, aber nie weher als jetzt. Der alte König sprach aus gequältem Herzen: »Weh, Tod, weh, Tod! Daß du mich nicht vernichten willst! Wahr sagte Cordoille – das wird mir jetzt offenbar – meine jüngste Tochter, die mir so teuer war, und die ich dann am meisten haßte. Höchste Wahrheit sagte sie mir, daß der Mensch, der wenig besitzt, unwert und verachtet lebt, und daß ich nicht mehr wert sei als der Besitz, den ich hatte. Mehr als wahr sprach das junge Weib und tiefste Weisheit war in ihr. Solange ich mein Königreich besaß, liebte mich mein Volk wegen meines Landes und meines Gutes und meine Grafen fielen vor mir auf die Knie. Jetzt bin ich ein armer, alter Mann, deshalb liebt mich niemand. Aber meine Tochter sagte mir die Wahrheit und ich glaube ihr jetzt, während ihre beiden Schwestern mich anlogen, daß ich ihnen so teuer wäre, teurer als das eigne Leben. Cordoille tat recht, daß sie mich so liebte, wie man seinen Vater lieben soll. Was wollte ich mehr von meiner Tochter verlangen? Jetzt will ich fortgehen und über die See fahren, um von Cordoille zu hören, was ihr Wille ist. Mit Zorn nahm ich ihre wahren Worte auf, deshalb schäme ich mich jetzt, denn nun muß ich aufsuchen, die ich zuvor mißachtete. Sie kann mir nichts Schlimmeres antun als mir ihr Land verbieten.«

Leir ging mit einem einzigen Diener auf See und niemand kannte ihn. Sie fuhren über das Meer und erreichten bald den Hafen. König Leir fragte nach der Königin, und die Leute wiesen ihn zu ihrem Schloß. Er wanderte über ein Feld, und seine müden Glieder versagten ihm den

Dienst. Sein treuer Knappe ging zur Königin Cordoille und sagte ihr insgeheim: »Heil dir, schöne Königin! Ich bin deines Vaters Knecht; dein Vater grüßt dich, er ist hierher gekommen, weil ihm sein ganzes Land genommen ist. Deine beiden Schwestern haben sich gegen ihn verschworen, und er kommt notgedrungen zu dir in dies Land; jetzt hilf ihm, wenn du kannst, er ist dein Vater!« Die Königin Cordoille saß lange schweigend und wurde rot als wäre sie vom Wein trunken, und der Knappe saß zu ihren Füßen. Dann brach sie in diese guten Worte aus: »Herr, ich danke dir, daß mein Vater zu mir gekommen ist! Mit Freude vernehme ich die Nachricht, daß mein Vater noch am Leben ist. Ich will sein Trost sein, wenn mein Leben länger als seines währt. Höre nun, guter Bursche, was ich dir sage! Ich will dir einen großen Kasten geben, mit wohl hundert Pfund an Geld darin. Ich gebe dir ein gutes und starkes Roß, diesen Schatz zu meinem Vater zu bringen und du sollst ihm sagen, daß ich ihn von Herzen grüße und ihn bitte, alsbald auf eine stolze Burg zu gehen, oder in einer reichen Stadt Wohnung zu nehmen. Er soll sich alles verschaffen, was er am meisten wünscht: Speise und Trank, kostbare Kleider, Hunde, Habichte und wertvolle Rosse; er soll in seinem Haus vierzig Gefolgsleute halten, bekleidet mit prächtigen Gewändern, er soll sich ein Bad bereiten und sich zur Ader lassen. Wenn du mehr Geld willst, so hole es bei mir; ich will ihm genug senden und kein Herzog, Ritter oder Knecht in seinem ehemaligen Reich soll es erfahren. Ehe vierzig Tage vergangen sind, soll mein Land erfahren, daß Leir über die See gekommen ist, meine Reiche zu sehen, und ich will so tun, als wüßte ich von nichts. Ich will ihm mit meinem Gemahl entgegengehen und wir wollen uns über das unerhoffte Zusammentreffen freuen. Zuvor soll es niemand erfahren, daß er angekommen ist, auch mein Herr, der König, nicht. Du aber nimm dein Geld und verwende es gut, und wenn du es gerecht verteilst, so soll es zu deinem Heil sein!«

So erhielt der Knappe das Geld und ging zu seinem Herrn, den er auf dem Feld kummervoll am Boden hokkend fand, und teilte ihm die Nachricht mit. Bald wurde der alte König getröstet und froh und sagte mit sanfter Stimme diese Worte: »Nach dem Leid kommt die Freude, wohl dem, der sie erwarten kann.« Sie gingen zu einer stolzen Burg und taten alles, was die Königin befohlen hatte. Als vierzig Tage vergangen waren, nahm König Leir seine treuesten Gefolgsleute und ließ seinem Schwiegersohn Aganippus durch Boten mitteilen, er sei in sein Land gekommen, um seine teure Tochter aufzusuchen. Aganippus war froh über Leirs Ankunft; er ging ihm mit all seinen Rittern entgegen und auch die Königin Cordoille begleitete ihn: da hatte Leir seinen Willen. Sie trafen zusammen und küßten einander oft, dann gingen sie in das Schloß und Freude herrschte im ganzen Haus. Da tönten die Trompeten und die Pfeifen klangen, alle Säle waren mit Teppichen behängt, die Speisetische waren mit Gold umsäumt, jeder Mann trug goldene Ringe an der Hand, zu Fiedeln und Harfen sangen die Männer. Der König ließ Leute auf den Wall gehen und überall laut ausrufen, daß der König Leir in das Land gekommen sei: »Jetzt bittet Aganippus, welcher der höchste über uns ist, daß ihr alle dem König Leir gehorsam seid; er soll euer Herr in diesem Land sein, solange es ihm gefällt, hier zu verweilen, und Aganippus, euer König, wird ihm untertan sein. Wer sein Leben liebt, der halte sich danach und wenn einer dagegen handelt, so soll ihn bald die Rache treffen.« Da antwortete das Volk: »Wir wollen offen und insgeheim allen Willen des Königs tun.« Das ganze Jahr hindurch lebten sie so in Freundschaft und Eintracht.

Als das Jahr vorüber war, da wollte König Leir heimziehen und bat den König um Urlaub, in sein Land zurückzukehren. Der König Aganippus antwortete Leir so: »Nie sollst du von hier fortgehen ohne ein großes Heer; ich will dir fünfhundert Schiffe mit meinen besten Rittern füllen und alle Ausrüstung zu diesem Feldzug verschaffen. Und deine Tochter Cordoille, dieses Landes Königin, soll mit dir fahren. Gehe in dein Land, wo du König warst, und wenn du jemand findest, der dir widerstehen will, so nimm dein Recht und dein Reich mit Gewalt, kämpfe kühn und wirf sie zu Boden. Erobere dein ganzes Land und leg es in Cordoilles Hand, damit sie es nach deinem Tod ganz besitze.« König Leir tat alles, was sein Freund ihm vorschlug. Mit seiner geliebten Tochter kam er in sein Land, er schloß Frieden mit den Guten, die sich ihm unterwerfen wollten, und fällte alle, die sich ihm entgegenstellten. So gewann er sein ganzes Land zurück und gab es Cordoille, der Königin von Frankreich. Eine kleine Weile stand es so an. König Leir lebte noch drei Jahre auf dieser Erde, dann nahte sein letzter Tag, daß er zu sterben kam. In Leicester ließ ihn seine Tochter bestatten.

Cordoille verwaltete das Land fünf volle Jahre lang mit großer Macht; in dieser Zeit starb der König von Frankreich, und sie erhielt die Nachricht, daß sie Witwe geworden sei.

Als der König von Schottland erfuhr, daß Aganippus und Leir gestorben seien, da sandte er durch Britannien nach Cornwall und befahl dem bösen Herzog, im südlichen Bezirk Krieg zu führen, er selbst wolle das Land im Norden erobern. Denn es wäre eine große Schmach und ein großes Leid, daß eine Frau in diesem Land herrschen sollte, während ihre Söhne, welche besser wären als sie, der Königswürde beraubt wären. »Wir wollen es nicht länger dulden, wir wollen das ganze Land haben!« Sie begannen den Krieg und die Söhne der beiden Schwestern sammelten ein Heer. Sie führten ihre Kräfte an und stritten, oft hatten sie die Oberhand und oft unterlagen sie, bis zuletzt das geschah, was ihr heißester Wunsch war, nämlich daß sie die Briten schlugen und Cordoille gefangennahmen. Sie warfen sie in ein martervolles Gefängnis und quälten sie über die Maßen, so daß das Weib so zornig ward, daß es sich selber verhaßt wurde. Sie nahm ein langes Messer und beraubte sich selbst des Lebens. Da war sie übel beraten, als sie sich selbst tötete.

VOM KAISER ROTBART

Kaiser Friedrich, der Rotbart, aus dem Geschlecht der Hohenstaufen, hatte Deutschland zu Macht und großem Ansehen gebracht. Im hohen Alter unternahm er noch einen Kreuzzug, um das heilige Land den Händen der Sarazenen zu entreißen. Dort kämpfte der alte Held mit solchem Mut und solcher Tapferkeit, daß sein Name im Morgenland mit Furcht und Achtung genannt wurde. Nachdem er in Syrien ein Heer der Sarazenen geschlagen hatte, wollte er geraden Weges nach Jerusalem ziehen. Auf diesem Marsch mußte er mit der ganzen Heeresmacht über den Fluß Saleph setzen. Nur eine schmale Brücke führte über das durch Regen angeschwollene Wasser. Da der Übergang dem alten Helden zu lange dauerte, sprengte er in seinem Feuereifer auf seinem Pferd in den Fluß, um schwimmend das andere Ufer zu ereichen. Aber die reißenden Wogen des sonst kleinen Flusses erfaßten Roß und Reiter, die sich in der Rüstung nicht frei bewegen konnten, und der greise Held fand seinen Tod in den Wellen des Saleph. Das Volk aber konnte es gar nicht glauben, daß sein geliebter Kaiser im fremden Land gestorben sei und hoffte immer auf seine Rückkunft. Hatte es doch oft geheißen, wenn er zum Kampf nach Italien gegangen war, er sei tot, oft auch war er wunderbar den größten Gefahren entronnen und stets wiedergekommen. So bildete sich denn nach und nach die Sage, daß der Kaiser heimlich in seine Heimat zurückgekehrt sei, sich aber dem uneinig gewordenen Volk nicht zeigen wolle, sondern im Kyffhäuserberg in Thüringen weile, bis die deutschen Stämme wieder einig geworden seien.

Im Innern des Berges, auf dem noch die Reste einer alten Burg zu sehen sind, saß er schlafend in einer weiten Halle an einem Tisch von Marmor, das Haupt auf die Hand gestützt, und im Lauf der Jahrhunderte war sein Bart durch den Tisch gewachsen. Sein ganzer Hofstaat und auch seine Tochter Utchen waren bei ihm. Zwerge, die Geister der Berge wachten über seinen Schlaf und brachten ihm ab und zu Nachricht von der Oberwelt. Häufig aber war es auch Menschen vergönnt, in den Berg zu gehen und den alten Kaiser zu sehen.

Einmal soll ein Hirtenjunge auf dem Berg in der Nähe der Burg gesessen und und auf seiner Flöte lustige Stücklein gespielt haben. Da erschien zwischen Kraut und Gestein ein altes Gesicht und blinzelte ihm freundlich zu. Als der Hirtenjunge erstaunt mit Spielen aufhörte, erhob sich ein winziger Zwerg und fragte ihn, ob er nicht auch einmal dem Kaiser Friedrich im Berg seine Weisen vorspielen wolle. Der Junge war dazu bereit und ging mit dem Zwerg durch einen Spalt im Gebirge hinab in die Tiefe. Endlich kamen sie in eine große Halle, an deren Wänden edles Gestein glitzerte und glänzte. Am Marmortisch saß der Kaiser ernst und still und rings um ihn her seine Ritter in prächtiger Rüstung. Der Hirtenjunge nahm unaufgefordert seine Flöte und spielte seine Stücklein, wozu der Kaiser freundlich mit dem Kopf nickte. Als der Junge dann mit Spielen aufhörte, fragte der Kaiser: »Fliegen oben noch Raben um den Berg?« Der Junge antwortete »Ja, im Turm haben sie ihre Nester.« Da seufzte der Kaiser und sagte: »Dann muß ich noch hundert Jahre hier unten schlafen, denn mein Deutschland wird noch nicht einig sein.« Darauf wurde der Junge reich beschenkt entlassen und von den Zwergen nach Hause gebracht.

Ein anderer Hirtenjunge, der auch zum Kaiser Friedrich in den Berg geführt wurde, traf den Herrn aber nicht still sinnend und träumend, sondern mit seinem Hofstaat beim Kegelspiel. Der Junge mußte nun den Rittern die Kegel aufsetzen, und ein Diener brachte ihm einen Krug voll Wein. Wenn er müde wurde, trank er von dem Wein und war dann wieder so erquickt, daß alle Müdigkeit verflogen war. Endlich hörten die Herren mit Spielen auf, und der Junge legte sich aufs Ohr und schlief ein. Als er erwachte, befand er sich oben vor den Mauern der Burg. Wie lange er geschlafen hatte und wie lange er unten im Berg gewesen, wußte er nicht, meinte aber einen Tag lang; nur kamen ihm die Sträucher auf dem Berg viel größer vor, als sie nach seiner Meinung gestern gewesen waren. Von seiner Herde sah er nichts mehr und nicht ohne Beklemmung wanderte er seinem Dorf zu, weil er glaubte, man würde ihm wegen Verlassens der Herde Vorwürfe machen, oder ihn gar aus dem Dienst jagen. Die Leute, welche ihm begegneten, sahen ihn ganz verwundert an, und er kannte keinen davon. In dem Dorf aber kannte ihn auch niemand. Nach langem Hin- und Herfragen stellte sich schließlich heraus, daß der Hirte fünfzig Jahre im Berg gewesen, alt und grau geworden war, und daß seine Spielkameraden zum größten Teil bereits gestorben waren.

Jetzt wird wohl der alte Rotbart nicht mehr dort unten sitzen und schlafen. Durch den alten Kaiser Wilhelm, der Deutschland geeinigt und wieder zu einem Kaiserreich erhoben hat, ist ja sein Wunsch und Traum erfüllt worden.

RICHARD LÖWENHERZ UND BLONDEL

In dem Kreuzheer, mit welchem Kaiser Friedrich Rotbart zur Befreiung der heiligen Stätten nach Kleinasien gezogen war, befanden sich auch als Führer ihrer Scharen viele vornehme Fürsten, so die Könige von Frankreich und England und der herzog von Österreich. Nach dem Tod des alten Rotbart, der, wie bekannt, während des Kreuzzuges im Fluß Saleph ertrank, entstand unter diesen Fürsten ein Streit darüber, wer von ihnen nun die Führung des ganzen Kreuzheeres übernehmen sollte. Besonders waren es der mutige Herzog Leopold von Österreich und der gleich tapfere und stolze König Richard Löwenherz von England, welche auf das lebhafteste um die Vorherrschaft stritten. Bei der Belagerung der Stadt Akkon hatte König Richard in seinem unbändigen Stolz den Herzog Leopold tief beleidigt, und das war so gekommen.

Das Heiligtum der Krieger ist ihre Fahne, um die sie sich im Kampf scharen, die sie so hoch in Ehren halten, daß sie dieselbe mit ihrem Blut und Leben verteidigen. Die Österreicher hatten nun ihre Fahne an einem Ort, den sie erobert hatten, aufgepflanzt, um diesen Platz als ihr Eigentum zu bezeichnen. König Richard aber ließ die Fahne von seinen Leuten herunterreißen und in den Staub treten. Das war ein Schimpf, der die Österreicher tief kränken mußte und den Herzog Leopold nicht vergeben konnte, darum schwor er dem König Richard ewige Rache.

Richard Löwenherz verließ bald mit seinen Engländern das heilige Land, und auch die anderen Kreuzfahrer kehrten heim, da eine Seuche im Heer ausgebrochen war, die viele Opfer forderte. König Richard, der den Seeweg gewählt hatte, wurde von einem Sturm an die Küste des adriatischen Meeres verschlagen und kam auf diese Weise in das Land seines Todfeindes Leopold von Österreich. Um nicht erkannt zu werden, legte er Pilgerkleidung an und wollte so durch die österreichischen Lande heimwärts wandern. Doch er hatte ein Schmuckstück, einen kostbaren Ring, nicht abgelegt, und der sollte zu seinem Verräter werden; denn daran wurde er erkannt, man nahm ihn gefangen und lieferte ihn an den Herzog Leopold aus. Der ließ ihn auf eine seiner starken Burgen bringen und in harter Gefangenschaft schmachten. Als der deutsche Kaiser, Heinrich der VI., das erfuhr, bewirkte er, daß der Gefangene an ihn ausgeliefert wurde, aber dadurch wurde dessen Los nicht gebessert. Der Kaiser hielt den englischen König in ebenso harter Gefangenschaft, und erst als man ein Lösegeld von 150 000 Mark zahlte, erhielt Richard die Freiheit. Die Sage aber erzählt, daß Richard seine Freiheit der Liebe eines Freundes zu verdanken hatte.

Richard Löwenherz war ein echter, rechter Ritter, der nicht nur Freude am Waffenruhm hatte, sondern gleich vielen anderen edlen Rittern seiner Zeit auch Dichtkunst und Gesang hegte und pflegte. von seinen Untertanen wurde er geehrt und geliebt, denn er verschmähte es nicht, auch dem geringen Mann freundlich gegenüberzutreten. So hatte er ein inniges Freundschaftsbündnis mit einem einfachen Sänger, dem treuen Blondel, geschlossen, der seinem Herrn in herzlicher Liebe zugetan war. Nachdem der König in die Hände seines Feindes, des Herzogs Leopold, gefallen war, ließ dieser ihn auf die herrlich gelegene Burg Dürenstein an der Donau bringen. Aber von der Herrlichkeit des Landes sah Richard nichts, denn er mußte im schauerlichen Burgverlies des festen Turmes schmachten. Herzog Leopold sorgte auch dafür, daß niemand erfuhr, wo er seinen Gefangenen verborgen hielt, denn er fürchtete, daß er ihn dann gegen ein Lösegeld in Freiheit setzen müsse, wie es Ritterpflicht war, und das wollte er nicht. In seiner Heimat wurde König Richard schmerzlich vermißt. Man wußte wohl, daß er in die Hände seines schlimmsten Feindes gefallen war, hoffte aber, daß er noch am Leben sei und forschte darum fleißig nach seinem Aufenthalt, aber vergeblich.

Nun war aber unter allen seinen Untertanen keiner, der den König inniger liebte als sein Freund Blondel. Der wollte alles daran setzen, um den geliebten Herrn zu finden und zu befreien; und so machte er sich mit allem, was er besaß – und das war seine Laute, mit deren Klang er seine Lieder begleitete – auf den Weg, den König zu suchen. Als er in den deutschen Landen angekommen war, zog er von Burg zu Burg, sang vor den Rittern und ihrem Hofstaat seine Lieder und forschte dabei nach seinem Herrn; ja, er mischte sich selbst unter die Waffenknechte und die Dienerschaft, rastete auch in den Herbergen der Söldner und fahrenden Leute, weil er hoffte, da hier etwas zu erfahren sei; aber all sein Bemühen war vergebens: nirgends war eine Spur de Königs zu entdecken.

So war Blondel auch an die Donau gekommen. Da lag vor ihm der Dürenstein mit seinen Zinnen und Türmen.

traurig und hoffnungslos klomm er den steilen Weg hinan, um auch in dieser Burg zu singen und zu forschen. Doch ehe er durchs Burgtor eintrat, rastete er an der Burgmauer am Fue eines starken Turmes. Wehmütig schweifte sein Blick über die herrliche Landschaft, und voll Trauer und Sehnsucht griff er nach seiner Laute, um seiner Stimmung in einem Lied Ausdruck zu geben. Unwillkürlich hatte er leise für sich die Weise angestimmt, die er einst mit seinem hohen Freund, dem edlen König Richard ersonnen hatte. Als er den ersten Vers gesungen, übermannte ihn die Rührung, und in der Erinnerung an seinen königlichen Freund erstickten Tränen seine Stimme, so daß er nicht mehr weitersingen konnte. Doch was war das! Aus dem Turm hörte er die von ihm angestimmte Weise auch erklingen, und als er lauschte, vernahm er deutlich die Worte des zweiten Verses. Wer diese Worte sang, konnte sie nur von König Richard gelernt haben, oder es mußte wohl gar der König selbst sein. Als sich Blondel darauf dem kleinen Turmfenster näherte, erkannte er auch die Stimme seines Königs. Nun war seine Freude groß und die seines Herrn, welcher seinen Freund ebenfalls erkannte nicht geringer. Leise und vorsichtig, damit niemand etwas erfahre, verständigten sich jetzt die beiden Freunde, und Blondel eilte so schnell er konnte in die Heimat zurück. Dort verkündete er, daß er den König entdeckt habe, für den nun die Engländer ein hohes Lösegeld boten. Doch Herzog Leopold wollte sich in keine Verhandlungen einlassen, weil er seinen Feind gern in ewiger Gefangenschaft gehalten hätte. Die Engländer riefen daraufhin die Hilfe des deutschen Kaisers an. Der mischte sich auch gern in diese Angelegenheit; denn er hatte zu neuen kriegerischen Unternehmungen viel Geld notwendig und konnte das von Herzog Leopold zurückgewiesene Lösegeld gerade gut gebrauchen. Er entschied darum, König Richard habe nicht allein die Österreicher beschimpft, sondern das ganze deutsche Heer und Volk und gehöre deshalb vor seinen Richterstuhl. So mußte Herzog Leopold seinen Gefangenen an den Kaiser ausliefern, der nun seinerseits das Lösegeld verlangte. Doch bevor die hohe Summe herbeigeschafft war, brachte man den König noch an manchen festen Platz, so nach Worms, Mainz und schließlich auf die feste Burg Trifels in der Pfalz, bis er endlich die Freiheit erlangte.

Die Sage erzählt nun weiter, König Richard, der in der langenschweren Haft erfahren, was es heißt, der Freiheit beraubt, Tage und Jahre im schauerlichen Kerker zu schmachten, in der Hand eines rohen Kerkermeisters zu sein, der seine Gefangenen oft ohne jeden Grund peinigt und quält, habe sich vorgenommen, wenn es ihm vergönnt sein sollte, wieder in Freiheit schalten und walten zu können, alles zu tun, die Lage der Gefangenen zu verbessern und die Unschuldigen unter ihnen zu befreien. Als er dann wieder in seinem Land regierte, sei er oft unerkannt in die Schlösser und Burgen gegangen, um zu erforschen, wie man die Gefangenen halte. Da habe er denn manches Übel abstellen lassen, viele, die unschuldig in den Burgverliesen schmachteten, befreit und andern ihr Los erleichtert. Durch solches Vorgehen machte sich Richard freilich die hartherzigen Ritter zu Feinden; aber das kümmerte ihn nicht, die edelgesinnten standen ihm zur Seite, wenn er auszog, die schlechten zu demütigen.

HEINRICH DER VOGLER

Als Konrad I. deutscher König und Kaiser war, vermochte er alle deutschen Fürsten unter seine Gewalt zu beugen, nur einen nicht: Heinrich, den mächtigen Herzog der Sachsen. Um sich König Konrads Gnade zu erwerben, versuchte Erzbischof Hatto von Mainz, der schon Adalbert von Bamberg verräterisch ums leben gebracht hatte, auch Heinrich mit List zu verderben. Er lud ihn freundlich zu einem Besuch ein, insgeheim aber ging er zu einem Goldschmied und bestellte eine goldene Kette. Die sollte dem Gast, wenn er käme, verehrt werden; hätte er sie aber erst um den Hals gelegt, so wollte man ihn damit erdrosseln. Als Hatto einmal beim Goldschmied war, um die fast fertige Kette zu besehen, wog er sie in der Hand und seufzte dabei. Der Goldschmied fragte, was ihn betrübe, und Hatto antwortete: »Ich seufze, weil diese Kette bald von dem Blut eines Fürsten gerötet werden wird, den ich töten muß und der doch ein vortrefflicher Mann und der Liebe wert ist.« Der kluge Goldschmied erriet, wer gemeint sei, und eilte, sobald er die Kette abgeliefert hatte, zu Heinrich, um ihn zu warnen. Da sandte Heinrich die Boten Hattos, die noch bei ihm weilten, zurück zu ihrem Herrn und ließ ihm sagen: »Ich habe keinen härteren Hals als Adalbert, darum will ich lieber daheim bleiben und dir die Kosten für die Bewirtung sparen!« Ohne Verzug beschlagnahmte er die Güter, die der Erzbischof in Sachsen und Thüringen besaß, und jagte dessen Verwandte aus dem Land; mit ihren Gütern belehnte er seine eigenen Getreuen. So wuchs infolge des verräterischen Anschlags seine Macht, sehr zum Verdruß Hattos, der bald darauf eines elenden Todes starb. Denn da er während einer Hungersnot, arme Menschen, die ihn um Brotkorn anflehten, hatte in einer Scheune einschließen und verbrennen lassen, ihr Jammergeschrei verhöhnend mit den Worten: »Hört wie die Mäuse pfeifen!«, sandte Gott zur Strafe Mäuse gegen ihn, vor denen er sich vergebens in einen festen Turm mitten im Rhein zu bergen suchte: die Mäuse durchschwammen den Strom, drangen in den Turm – der jetzt noch der Mäuseturm heißt und bei Bingen steht – und fraßen den hartherzigen Verräter bei lebendigem Leib auf.

König Konrad aber sandte gegen Heinrich seinen Bruder Eberhard mit gewaltiger Heeresmacht und ließ den Herzog in seiner Feste Eresburg belagern. Da verließ Heinrich heimlich die Burg, um neue Truppen zum Entsatz heranzuholen. Eberhard aber prahlte und forderte die Eingeschlossenen heraus, weil sie sich auf Heinrichs Befehl still in den Mauern hielten. »Wo stecken die frechen Sachsen?« rief er zu ihnen hinauf; »warum verkriechen sie sich und wagen sich aus ihrem Loch nicht hervor?« Aber als er sich's nicht versah, kamen sie über ihn: sie brachen aus der Feste, sobald Heinrich mit dem Hilfsheer nahe war, und es wurden so viele Franken erschlagen, daß die Sachsen spotteten: es werde wohl keine Hölle groß genug sein, sie alle zu fassen. Eberhard entkam nur mit Not dem Tod und brachte dem Bruder die Nachricht von der Niederlage. Auch der König selbst hatte gegen die Sachsen kein Glück und mußte, als er gegen sie zu Felde zog, unverrichteterdinge umkehren. Doch so feindlich er dem Sachsenherzog gesonnen war, war er doch ein weiser Herrscher, der wohl sah, daß kein Fürst im ganzen Deutschen Reich Heinrich an Kraft und Tapferkeit gleichkam. Als nun Konrad in einem Krieg gegen den Bayernherzog Arnulf schwer verwundet worden war und seinen Tod nahen fühlte, rief er seinen Bruder Eberhard zu sich und sprach: »Lieber Bruder, unser Geschlecht ist reich an Macht und Ehren, aber uns fehlt eines: das Glück. Das steht bei Heinrich, dem Sachsen, und darum wird er der Stärkste sein und bleiben. Deshalb, um der Franken und des ganzen Reiches willen, soll er die Krone tragen. Nimm sie und die anderen Zeichen der königlichen Würde und eile damit, sobald ich tot bin, zu ihm! So wirst du Frieden mit ihm haben, und er wird ein König sein, der über das Reich und andere Völker gewaltig herrscht!«

Eberhard verhieß dem Sterbenden, seinem Rat zu folgen, und als Konrad die Augen geschlossen hatte, berief er sofort die Fürsten, die Heinrich auf seinen Vorschlag zum König wählten. Er selbst aber ritt mit einigen von ihnen eilends ins Sachsenland, um dem Erkorenen Krone, Schwert und Königsmantel zu überbringen. Es war zur Winterszeit und sie fanden Heinrich auf seinem Hof Dinklar, wie er gerade mit einem Rudel lustiger Bauernjungen Schlingen für die Vögel legte; daher ward er nachmals der Vogler genannt. Eberhard sprang vom Roß, bog das Knie und brachte ihm die Kunde von seiner Wahl, indem er ihm die Zeichen der königlichen Würde darbot. Da nahm Heinrich die Wahl an, aber die Krone setzte er nicht aufs Haupt, auch nicht, als er in Aachen feierlich auf den Thron erhoben wurde; und er trug sie bis an seinen Tod niemals, denn er sprach:

»Wie soll ich die Krone aufsetzen, da ich, solange Konrad sie trug, gegen sie gestritten habe!«

Jedoch auch ohne daß er die Krone trug, brachte er die Königswürde wieder zu Ehren und machte das Reich stark und gefürchtet. Nicht mehr wollte der deutsche König fremden Völkern Zins zahlen, wie es seine Vorgänger, die sich römische Kaiser nannten, getan hatten. Voll kluger Überlegung schloß er mit den Ungarn, als er einen ihrer Fürsten gefangen hatte, einen Waffenstillstand von mehreren Jahren, während deren der Tribut ruhen sollte; unterdessen baute er Burgen, sicherte die Grenzen und schuf sich ein starkes Heer. Als aber die Ungarn nach Ablauf der Frist Boten zu ihm sandten, um wieder den Tribut zu fordern, ließ er ihnen einen fetten räudigen Hund vor die Füße werfen, dem zu größerer Schmach noch Ohren und Schwanz abgeschnitten waren: »Den bringt eurem König, und begehrt er noch mehr Zins, so werden wir ihn mit dem Schwert zahlen!« Bald danach zogen die Ungarn heran, den Schimpf zu rächen; fünfzigtausend Reiter fielen wie Heuschrecken über das Land her, verheerten das östliche Sachsen und bezogen bei Merseburg ein Lager: dort überfiel sie König Heinrich mit sechzehntausend Mann seines Landsturms und schlug sie, daß die Überlebenden in wilder Flucht das Land räumten.

Ein mächtiges Reich errichtete er und hinterließ es seinem Sohn Otto, auf dessen Haupt die Krone, die der schlichte König Heinrich nie getragen hatte, in gewaltigem kaiserlichem Glanz erstrahlte.

HEINRICH DER LÖWE

In Braunschweig lebte einst ein tapferer Held, Heinrich geheißen, der war des heiligen römischen Reiches deutscher Nation Erzmarschall, Herzog zu Sachsen und Bayern, Graf zu Braunschweig, Lüneburg und Nordheim, ein Herr von der Elbe bis an den Rhein und vom deutschen Meer bis an den Harzwald. Dieser streitbare Herzog war von so kühnem und beherztem Gemüt, daß ihn jedermann wie einen Löwen fürchtete, daher er auch Heinrich der Löwe geheißen ward. Die Sage jedoch hat die Meinung, daß er diesen Beinamen aus einem ganz anderen Grund führte, und davon soll nachfolgende Geschichte berichten.

Einst versammelte der noch junge Herzog seine Mannen und stellte ihnen vor, daß es doch solcher Helden nicht würdig wäre, müßig daheim zu sitzen, sondern sie müßten auf Abenteuer ausziehen und große Taten verrichten; er für seine Person wäre fest dazu entschlossen, wer mit ihm sein wolle, der möge es melden. Da meldeten sich gar viele und nach wenigen Tagen waren sie alle gerüstet und zum Auszug bereit.

Nun galt es noch des Herzogs Abschied von seiner Gemahlin Mechthildis, einer Königstochter aus England. »Allerliebstes Weib«, sprach er zu ihr, »Gott möge dich behüten! Nimm hier die Hälfte meines Goldringes und gedenke meiner bei seinem Anblick! Bin ich jedoch nach sieben Jahren noch nicht wieder heimgekehrt, so harre meiner nicht länger, sondern nimm einen andern zum Ehegemahl!« Da die

Herzogin darauf vorbereitet war und sich auch schon völlig in die lange Trennung ergeben hatte, so küßte er sie nur noch zärtlich und zog dann mit seinen Mannen von dannen.

Sie ritten durch Deutschland, Österreich, Ungarn, Bulgarien und gelangten endlich an das Gestade des Meeres. Hier ließen sie ihre Rosse zurück und mieteten ein Schiff. Als die Helden in diesem das wilde Meer befuhren, erhob sich ein heftiger Sturm und verschlug den Herzog und seine Leute; lange Tage und Nächte irrten sie umher ohne Land zu finden. Bald fing den Reisenden die Speise an auszugehen, und der Hunger quälte sie schrecklich. In dieser Not wurde beschlossen, Lose in einen Hut zu werfen; und wessen Los gezogen ward, der verlor das Leben und mußte der anderen Mannschaft mit seinem Fleisch zur Nahrung dienen. Willig unterwarfen sich die Unglücklichen und ließen sich für den geliebten Herrn und ihre Gefährten schlachten. So wurde den Übrigen das Leben eine Zeit lang gefristet; doch die Vorsehung schickte es, daß niemals des Herzogs Los herauskam. Aber das Elend wollte kein Ende nehmen; zuletzt war bloß der Herzog mit einem einzigen Knecht noch auf dem ganzen Schiff lebendig, und der schreckliche Hunger hielt nicht inne.

Da sprach der Fürst: »Laß uns beide losen, und auf wen es fällt, von dem speise sich der andere.« Über diese Zumutung erschrak der treue Knecht, doch dachte er, es werde nicht ihn selbst treffen und er ließ es zu; aber siehe, da fiel das Los auf seinen edlen liebwerten Herrn, den jetzt der Diener töten sollte.

Da sprach der Knecht: »Das tue ich nimmermehr, und wenn alles verloren ist, so habe ich noch etwas anderes ausgesonnen: Ich will euch in einen ledernen Sack einnähen, wartet dann, was geschehen wird.«

Der Herzog war es zufrieden, und der Knecht nahm nun die Haut eines Ochsen, den sie vordem auf dem Schiff verspeist hatten, wickelte den Herzog darein und nähte sie zusammen, doch hatte er sein Schwert neben ihn mit hineingesteckt. Nicht lange, so kam der Vogel Greif geflogen, faßte den ledernen Sack in die Klauen und trug ihn durch die Lüfte über das weite Meer in sein Nest. Als der Vogel dies bewerkstelligt hatte, sann er auf einen neuen Fang, ließ die Haut liegen und flog wieder aus.

Mittlerweile faßte Herzog Heinrich das Schwert und zerschnitt die Nähte des Sackes. Als die jungen Greifen den lebendigen Menschen erblickten, fielen sie gierig und mit Geschrei über ihn her; aber der Held wehrte sich tapfer und schlug sie sämtlich tot. Als er sich aus dieser Not befreit sah, schnitt er eine Greifenklaue ab, die er zum Andenken mit sich nahm, stieg aus dem Nest den hohen Baum hinunter und befand sich nun in einem weiten wilden Wald. In diesem ging der Herzog eine gute Weile fort, da sah er einen fürchterlichen Lindwurm wider einen Löwen streiten und der Löwe schwebte in großer Not zu unterliegen. Weil aber der Löwe insgemein für ein edles und treues Tier gehalten wird, und der Wurm für ein böses, giftiges, säumte Herzog Heinrich nicht, sondern sprang dem Löwen mit seiner Hilfe bei. Der Lindwurm brüllte, daß es durch den Wald schallte und wehrte sich lange; endlich aber gelang es dem Helden, ihn mit seinem Schwert zu töten. Hierauf nahte sich der Löwe, legte sich zu des Herzogs Füßen neben den Schild auf den Boden und verließ ihn nie mehr von dieser Stunde an.

Als der Herzog nach Verlauf einiger Zeit, während welcher das Tier ihn mit gefangenem Wild ernährt hatte, überlegte, wie er aus dieser Einöde und aus der Gesellschaft des Löwen wieder unter die Menschen gelangen könnte, baute er sich ein Floß aus zusammengelegtem Holz mit Reisern durchflochten, und setzte dasselbe aufs Meer. Als nun einmal der Löwe in den Wald gegangen war, um zu jagen, bestieg Heinrich sein Fahrzeug und stieß vom Ufer ab. Der Löwe aber, welcher zurückkehrte und seinen Herrn nicht mehr fand, kam zum Gestade und erblickte ihn in weiter Ferne; alsbald sprang er in die Wogen und schwamm so lange, bis er auf dem Floß bei dem Herzog war, zu dessen Füßen er sich ruhig niederlegte. Hierauf fuhren sie eine Zeitlang auf den Meereswellen, bald aber überkam sie Hunger und Elend. Der Held betete und wachte und hatte Tag und Nacht keine Ruhe.

Da erschien ihm der böse Teufel und sprach: »Herzog, ich bringe dir Botschaft. Du schwebst hier in Pein und Not auf offenem Meer, und daheim zu Braunschweig ist lauter Freude, denn heute an diesem Abend hält ein Fürst aus fremden Landen Hochzeit mit deinem Weib, da die gesetzten sieben Jahre seit deiner Ausfahrt verstrichen sind.«

Traurig versetzte Heinrich, das könnte wahr sein, doch wolle er sich Gott ergeben, der alles wohl mache.

»Du redest noch viel von Gott«, sprach der Versucher, »der hilft dir nicht aus diesen Wasserwogen; ich aber will dich noch heute zu deiner Gemahlin führen, sofern du mein sein willst.«

Sie hatten ein langes Gespräch, aber Herr Heinrich wollte sein Gelübde gegen Gott nicht brechen; da schlug ihm der Teufel vor, er wolle ihn, samt dem Löwen, ohne Schaden noch heute Abend auf den Giersberg vor Braunschweig tragen und hinlegen, da solle er seiner warten. Finde er ihn nach Rückkunft schlafend, so sei er ihm und seinem Reich verfallen.

Der Herzog, welcher von heißer Sehnsucht nach seiner geliebten Gemahlin gequält wurde, ging darauf ein und hoffte auf des Himmels Beistand wider alle Künste des Bösen. Alsbald ergriff ihn der Teufel, führte ihn schnell durch die Lüfte bis vor Braunschweig, legte ihn auf dem Giersberg nieder und rief: »Nun wache, Herr, ich kehre bald wieder.« Heinrich aber war aufs höchste ermüdet, und der Schlaf überwältigte ihn. Nun fuhr der Teufel zurück, um den Löwen, wie er verheißen hatte auch abzuholen, und es währte nicht lange, so kam er mit dem treuen Tier dahergeflogen. Als nun der Teufel, noch oben in der Luft, den Herzog in Müdigkeit versenkt auf dem Giersberg ruhen sah, freute er sich schon im voraus, allein der Löwe, der seinen Herrn für tot hielt, begann laut zu brüllen, so daß Heinrich in demselben Augenblick und noch rechtzeitig erwachte. Der böse Feind sah nun sein Spiel verloren und bereute es zu spät, das wilde Tier herbeigeholt zu haben; er warf den Löwen aus der Luft zu Boden, daß des krachte. Der Löwe kam aber glücklich auf den Berg zu seinem Herrn, welcher Gott dankte und sich aufrichtete, um, da es Abend werden wollte, hinab in die Stadt Braunschweig zu gehen.

Nach der Burg war natürlich sein erster Gang, und der Löwe folgte ihm. Hier scholl ihm großes Getön entgegen. Er wollte in das Fürstenhaus treten, aber da wiesen ihn die Diener zurück.

»Was bedeutet das Getön und Pfeifen?« rief Heinrich aus, »sollte es doch wahr sein, was mir der Teufel gesagt? Und ist ein fremder Herr in diesem Haus?«

»Kein fremder«, antwortete man ihm, »denn er ist unserer gnädigen Frau verlobt und bekommt heute das Braunschweiger Land.«

»So bitte ich«, sagte der Herzog, »die Braut um einen Trunk Wein, mein Herz ist mir ganz matt.«

Da lief einer von den Leuten hinauf zur Fürstin und meldete ihr, daß ein fremder Gast, anscheinend ein Pilger, dem ein Löwe folge, um einen Trunk Wein bitten lasse. Die Herzogin verwunderte sich, füllte ein Geschirr mit Wein und sandte es dem Pilger.

»Wer magst du wohl sein«, sprach der Diener, »daß du von diesem edlen Wein zu trinken erhältst, den man allein der Königin einschenkt?«

Der Pilger trank, nahm die Hälfte seines goldenen Ringes, warf sie in den Becher und hieß diesen der Braut zurücktragen. Als diese den halben Ring erblickte, worauf des Herzogs Schild und Name geschnitten war, erbleichte sie, stand eilends auf und trat an das Fenster, um nach dem Fremdling zu schauen. Sie fand bald den Herrn, der da mit dem Löwen saß. Darauf ließ sie ihn in den Saal entbieten und ließ ihn fragen, wie er zu dem Ring gekommen wäre, und warum er ihn in den Becher gelegt hätte.

»Von keinem hab' ich ihn bekommen, sondern ihn selbst genommen, es sind nun länger als sieben Jahre; und den Ring hab' ich hingelegt, wo er hingehört.«

Als man der Herzogin diese Antwort meldete, schaute sie den Fremden näher an und erkannte ihren geliebten

Gemahl. Da entstand große Freude im ganzen Saal, Herzog Heinrich setzte sich zu seiner Gemahlin an den Tisch; dem jungen Bräutigam aber wurde ein schönes Fräulein aus Franken angetraut. Hierauf regierte Herzog Heinrich lange und glücklich in seinem Reich. Als er in hohem Alter starb, legte sich der Löwe auf seines Herrn Grab und wich nicht davon, bis er auch verschied. Das Tier liegt auf der Burg begraben und seiner Treue zu Ehren wurde ihm eine Denksäule errichtet, auf der ein großer erzener Löwe steht. Die Greifenklaue wurde im Dom zu Braunschweig aufgehängt, wo sie ebenfalls noch heute zu schauen ist.

NACHWORT DES HERAUSGEBERS

Was eine Sage ist und worin der Unterschied zu Märchen und Mythos besteht, ist ein weites Feld. Allen drei Gattungsbegriffen liegt eine gemeinsame Basis von Dämonischem und Übernatürlichem zugrunde. Nach dem »Deutschen Wörterbuch« der Brüder Grimm ist Sage »Kunde von Ereignissen der Vergangenheit, welche einer historischen Beglaubigung entbehrt.« Daraus ergibt sich, daß neben dem mythischen Wesenskern der Sage historische Begebenheiten und Persönlichkeiten den Verlauf der Erzählung prägen, die aber nicht gesichert sind. Der Realitätsanspruch der Sage steht jedoch deutlich höher als der von Mythen und Märchen. Der Sage haftet etwas Bewußtes, etwas Greifbares an. Sie spielt sich ab an einem bestimmten geographischen Ort, der oft präzise benannt wird, und die agierenden Helden tragen meist historisch gesicherte Namen. Die Sage kann nicht wie das Märchen überall und nirgends zu Hause sein. Sie ist nicht zeitlos und versucht auch nicht, wie der Mythos die dem Menschen unerklärliche Welt durch Bilder verständlich zu machen. Die Helden der Sage sind identifizierbar und keine Götter. Das betonten schon die Brüder Grimm in der Vorrede ihrer »Deutschen Sagen« (1816): Das Märchen ist *poetisch* und die Sage *historisch.*

Grundsätzlich unterscheidet man zwei Großgruppen von Sagen: die mythisch-dämonologische *Volkssage* und die *historische Sage.* Das Spektrum der *Volkssage* ist weit gefaßt. Sie erklärt Ortsnamen, bestimmte Lokalitäten, ein gewisses Brauchtum, wichtige Geschehnisse. Oft geht es auch um den Versuch einer Erklärung von Naturphänomenen wie Irrlichter oder besondere Formen von Bergen und Seen, bisweilen auch um Genealogisches. Insofern erheben die Volkssagen einen gewissen Erklärungs- und Wahrheitsanspruch, wobei das Numinose und Dämonische in den Vordergrund tritt.

Die *historische Sage* hat ein bestimmtes historisches Ereignis oder eine bekannte Persönlichkeit zum Gegenstand. Die vorliegenden Sagen des Mittelalters sind solche historischen Sagen, wobei die klassische Heldensage und die daraus entstandene Rittersage den Hauptbestand des Bandes bilden.

Wie allen Sagen liegt auch der Heldensage der Mythos desjenigen Volkes zugrunde, von dem die Sage mündlich tradiert ist. Die mittelalterlichen Heldensagen führen zurück zu den Quellen der europäischen Zivilisation, zu den heidnischen Anfängen der christlichen Kultur des Abendlandes. Es ist vor allem der skandinavisch-germanische und der keltische Mythos, der das heidnische Substrat bildet. Die klassische Mythologie der Griechen und Römer hat sich nicht mehr als Grundkern der mittelalterlichen Sage erhalten, weil die antiken Mythen im Zuge der immer weiter fortschreitenden Christianisierung ihre Glaubhaftigkeit eingebüßt hatten. Teilweise wurden sie von der Kirche als heidnisches Gut verteufelt und nur noch als Bildungsgut erhalten und als solches weiter tradiert, teilweise hat die Kirche aber auch heidnische Feste geschickt erhalten und ihnen christliches Gedankengut übergestülpt und damit integriert. So basiert das christliche Weihnachtsfest u. a. auf dem altrömischen *Saturnalienfest*, und das keltische Winter- und Totenfest *Samuin* wurde zu Allerheiligen.

Dabei läßt sich auch feststellen, daß im frühen Mittelalter der alte germanische und keltische Mythos in der Heldensage noch recht stark zum Ausdruck kam und daß sogar die Hauptgötter noch über allem schwebten. Nach und nach verblaßte dieses heidnische Substrat, und das Hochmittelalter war schon primär christlich geprägt. Das heidnische Element lag jetzt außerhalb: Es waren die Sarazenen oder Mauren, die nach Spanien vorgedrungen waren und die es dort, aber auch in weiterer Ferne im Heiligen Land zu bekämpfen galt. Die Sage um Roland und solche von den Kreuzzügen künden davon.

Die klassischen Heldensagen des Mittelalters sind ein gemeinsames Erbe Europas, das bis in die Völkerwanderung zurückreicht. Der Vorstoß meist germanischer Stämme über die Grenzen des römischen Reiches begann schon im 3. Jahrhundert nach Christus, und bis zum 6. Jahrhundert hatten die Germanen schon ihre Herrschaft fast im ganzen westlichen Europa errichtet. Die Franken waren in Westdeutschland und im ehemaligen Gallien, die Westgoten und Vandalen in Italien, die Angeln und Sachsen in Britannien, wo sie auf römische und auch noch keltische Bevölkerung stießen.

Die ältesten nichtchristlichen Heldenlieder des frühen Mittelalters stammen noch aus dem keltischen *Irland*, dort wo keine Römer und auch keine Germanen waren. Sie wurden von christlichen Mönchen niedergeschrieben, atmen aber noch wie die in der *Edda* niedergeschriebenen germanischen Sagen den mythischen Geist der alten Götterwelt. Noch lange, nachdem St. Patrick die Iren bekehrt hatte, wurden dort die alten Sagen in nicht christianisierter

Form vorgetragen und weiter überliefert. So groß war das Maß an Toleranz auf der irischen Insel.

Eine weitere Ausbreitung germanischen Erzählgutes brachten vom 8. bis 11. Jahrhundert die Eroberungszüge der Wikinger mit sich. Anfangs noch unberührt vom Christentum, waren diese waghalsigen *Nord-mannen* aus Dänemark, Norwegen und Schweden aufgebrochen und hatten die westlichen Küsten Europas unsicher gemacht, bis es dem Normannenfürsten Wilhelm dem Eroberer 1066 sogar gelang, England zu besetzen und es zu halten. Auch die Normannen brachten uraltes Erzählgut mit sich. Als auch sie zum Christentum bekehrt und in die abendländische Kulturgemeinschaft aufgenommen waren, begann die letzte heroische Periode des Kriegertums in Europa: die Kreuzzüge.

Auf diese Jahrhunderte dauernde Wanderung von ganzen Völkern, deren ursprüngliche Kulturen sich vermischten und die nun vom Band des Christentums zusammengehalten wurden, gehen die meisten Heldensagen des Mittelalters zurück. Obwohl christlich, war es noch eine von Dämonischem und Übernatürlichem brodelnde Zeit, in der es vor allem für die Menschen der Führungsschichten nur wenige feste ethische Begriffe gab, die sie schon seit Urzeiten kannten: Liebe und Haß, Treue und Verrat, Kraft und Schwäche, Glück und Unglück.

Anfangs wurzelten die Handlungen und Gestalten der Heldensage noch im germanischen Mythos wie bei Beowulf, Gudrun und Wieland. Später hatte sich die Gesellschaft der adligen Schicht schon verfeinert. Sagen von den Nibelungen, um Etzel, um Dietrich von Bern und vor allem um König Artus atmen schon das höfische Ideal. Die

Helden scharten einen Kreis hochgesinnter Freunde um sich, die eine Menge von Abenteuern gegen das Böse zu überstehen hatten.

In Britannien hatten die bereits von christlicher Kultur geprägten keltischen Stämme gegen die heidnischen germanischen Angelsachsen zu kämpfen, die in ihr Land eingedrungen waren und es erobert hatten. Von diesem heroischen Abwehrkampf kündet auch der Artusstoff. Die Gralssuche ist das deutlichste christliche Element in diesen Sagen. Obwohl ein keltischer Zauberkessel dem Mythos zugrunde lag, war dieses heilige Gefäß, der Kelch vom letzten Abendmahl Christi, dasselbe, in dem bei der Kreuzigung das Blut aufgenommen wurde, das aus Christi Speerstichwunde floß. Es wurde der Sage nach von Joseph von Arimathia nach Britannien gebracht, ging aber später verloren. Die Suche nach diesem heiligen Gefäß beschäftigte Artus' Ritter.

Die Sage um Artus und seine Tafelrunde gelangte durch die in die festländische Bretagne ausgewanderten britischen Kelten nach Frankreich, wo sie im Hochmittelalter durch die altfranzösischen *chansons de geste* und die *lais*, wie z. B. von Dichterin Marie de France, zu großer Literatur wurde. Diese altfranzösischen Dichtungen verbreiteten den Ruf des legendären Königs Artus und seiner Tafelrunde auch auf dem Festland.

Im französischen Bereich ragen besonders die vielen Sagen um Karl den Großen heraus, der wie Dietrich von Bern und Artus eine ihm ergebene Heldenschar um sich gesammelt hatte, die Paladine. So wurden Dietrich von Bern, Artus und Karl der Große zum eigentlichen Zentrum mittelalterlicher Heldensagen und prägten entscheidend das Bild des mittelalterlichen Idealkönigs und -ritters.

Zunächst wurden diese Geschichten von Spielleuten von Hof zu Hof weitergetragen, und es entwickelte sich bald das in Versen ausgestaltete *Heldenlied* in episch-balladesker Form. Mit der Entwicklung der Buchliteratur wurde das volkstümlich einfachere Heldenlied bald zum *Heldenepos* hochstilisiert. Von gelehrten Dichtern verfeinert und in künstlerische Verse geschmiedet hatte es nun viele Nebenhandlungen.

Diese Heldenlieder widerspiegeln die Weltsicht der höfischen Feudalkultur des Hochmittelalters und hierin besonders die des Ritterstandes. An der Spitze dieser hierarchisch gegliederten Pyramide steht der König, der über alle weltliche Macht verfügt und als Lehnsherr das Land an die Herzöge, Fürsten und adlige Ritter verleiht. Die Bauern stehen auf der untersten Stufe dieser Pyramide und spielen in der Sage, anders als etwa im Märchen, keine Rolle. Auch das aufkommende Bürgertum bleibt mehr oder weniger unerwähnt.

Ein besonders hoch stilisierter Held ist der idealisierte Ritter. Er verkörpert die eigentlichen Tugenden, die jeder wahre Held haben sollte. Treue, Ehre, Tapferkeit und auch die christliche Barmherzigkeit zeichnen ihn aus. Der Ritter muß sich stets in einem dramatischen Kampf gegen all die Mächte bewähren, die das Gegenteil seiner Tugenden repräsentieren, gegen Feigheit, Unehre und Verrat. Und über alldem weht dann das weiße Banner des Christentums, das es gegen die Heiden, zumeist die muslimischen Sarazenen, zu verteidigen gilt.

Oft genug endet die Sage dann auch tragisch mit dem Tod des Helden, auch dies anders als im Märchen, dessen optimistische Weltsicht meist in ein Happy End führt. Auch die Liebe, die *minne*, die der Ritter gegenüber seiner Dame empfindet und regelrecht zelebriert, scheitert in der Sage zumeist oder bleibt unerfüllt.

Im Spätmittelalter wurden die gereimten Heldenepen bald in großen Sammlungen von *Heldenbüchern* vereinigt und erlebten dann nach der Erfindung der Buchdruckerkunst große Auflagen in den *Volksbüchern*, durch die die mittelalterlichen Sagen dann in vereinfachter Form überall eine große Hörerschaft fanden, sogar auf Märkten, wo sie als Puppenspiel aufgeführt wurden. Im 19. Jahrhundert dann wurden diese Volksbücher von den Romantikern wiederentdeckt und in Deutschland vor allem von Gustav Schwab und Karl Simrock sprachlich bearbeitet. Der romantischen Weltsicht angepaßt, wurden sie zum bekannten Volksgut, das bis heute seinen Niederschlag in Sagenbüchern findet, die sich vor allem an die Jugend richten.

Erwähnung finden sollten auch die Opern von Richard Wagner, die vielfach nationalistisch angehauchten Fanatikern Anlaß gaben, einen Alleinvertretungsanspruch auf das gesamte Erbe der germanischen Literatur zu erheben. Und nicht zuletzt erleben die mittelalterlichen Sagen schon seit einiger Zeit eine neue Renaissance, die u. a. mit den Werken von J. R. R. Tolkien begann und in der höchst lebendigen *Fantasy World* in allen möglichen Medien fröhliche Urstände feiert.

Erich Ackermann, Losheim am See 2010

ANHANG

Quellenverzeichnis

Die schöne Deirdre
Aus: Tvrdíková, Michaela, *Sagen aus aller Welt.* Aus dem Tschechischen übersetzt von Ingrid Kondrková, Erlangen 1986.

Beowulf
Aus: Dietze, Johannes, *Deutsche und nordische Sagen*, Berlin 1911.

Wieland der Schmied
ebendort

Gudrun
Aus: Ritter, Gustav A., *Deutsche Sagen*, Berlin 1904.

Offa
Aus: Fischer, Hans W., *Götter und Helden*, Leipzig 1934.

Irminfried und Iring
ebendort

König Rother
Aus: Ritter, Gustav A., *Deutsche Sagen*, Berlin 1904

Walther und Hildegunde
Aus: Dietze, Johannes, *Deutsche und nordische Sagen*, Berlin 1911.

Die Nibelungen
Aus: Ritter, Gustav A., *Deutsche Sagen*, Berlin 1904.

König Ortnit
Aus: Schmidt, C. und A. Floß, *Germanisches Sagen- und Märchenbuch*, Berlin 1891.

Hugdietrich

Aus: Ritter, Gustav A., *Deutsche Sagen*, Berlin 1904

Wolfdietrich

ebendort

Dietrich von Bern

ebendort

Hildebrand und Hadubrand

Aus: Koch, Max, *Urväterhort*, Berlin 1905.

Roland

Aus: Ritter, Gustav A., *Deutsche Sagen*, Berlin 1904

Eginhart und Imma

Aus: Brüder Grimm, Deutsche Sagen, Kassel 1816.

Frau Olif und Landres

Aus: Unger, Carl Richard, *Karlamagnussaga*, Doon de la Roche, Chanson de geste, o. O. 1921.

Die Haimonskinder und ihr Ross Bayard

Aus: *Blühende Gärten, Deutsches Lesebuch*, Offenburg 1947.

Genofeva

Aus: Ritter, Gustav A., *Deutsche Sagen*, Berlin 1904.

Bertha mit den großen Füßen

Aus: Tegethoff, Ernst, *Französische Volksmärchen*, Jena 1923.

Hüon von Bordeaux

ebendort

Wilhelm von Orange

Aus den altfranzösischen Chansons de geste: *Charroi de Nîmes und Prise d'Orange*, übersetzt und bearbeitet von Erich Ackermann.

El Cid

Aus: Tvrdíková, Michaela, *Sagen aus aller Welt.* Aus dem Tschechischen übersetzt von Ingrid Kondrková, Erlangen 1986.

Iwein

Aus: Tegethoff, Ernst, *Französische Volksmärchen*, Jena 1923.

Tristan und Isolde

Nach verschiedenen alten Quellen, z. B. Kurz, Heinrich, *Geschichte der deutschen Literatur*, Leipzig 1861, und Bédier, Joseph, *Tristan et Yseut*, Paris 1900, bearbeitet von Erich Ackermann.

Lanzelot und die Gralsritter

Aus: Tvrdíková, Michaela, *Sagen aus aller Welt.* Aus dem Tschechischen übersetzt von Ingrid Kondrková, Erlangen 1986.

Parzival

Aus: Ritter, Gustav A., *Deutsche Sagen*, Berlin 1904

Lohengrin

ebendort

Tannhäuser

Aus: Richter, Albert, *Deutsche Sagen*, Leipzig 1894.

Griselda

Aus: Boccaccio, Giovanni, *Der Dekamerone*, Berlin 1924.

Wilhelm Tell

Aus: Fischer, Hans W., *Götter und Helden*, Leipzig 1934.

Libussa

Aus: Lyser, Johann Peter, *Abendländische Tausend und eine Nacht*, o. O. 1838/1839.

König Leir
Aus: Tegethoff, Ernst, *Märchen, Schwänke und Fabeln*, München 1925.
Vom Kaiser Rotbart
Aus: Weinert, H., *Sagen und Märchen*, Duisburg 1897.
Richard Löwenherz und Blondel
ebendort
Heinrich der Vogler
Aus: Fischer, Hans W., *Götter und Helden*, Leipzig 1934.
Heinrich der Löwe
Aus: Richter, Albert, *Deutsche Sagen*, Leipzig 1894.

Weiterführende Literatur

Ashe, Geoffrey, *König Arthur. Die Entdeckung von Avalon*, München 1987.

Becher, Matthias, *Karl der Große*, München 1999.

Bosl, Karl, *Europa im Mittelalter*, Darmstadt 2005.

Brückner, Wolfgang, *Sagenbildung und Tradition*. In: Zeitschrift für Volkskunde 57 (1961).

Bumke, Joachim, *Höfische Kultur. Literatur und Gesellschaft im hohen Mittelalter*, München 2002.

Cotterell, Arthur, *Die Enzyklopädie der Mythologie*, Reichelsheim 2000.

Ehrismann, Otfrid, *Nibelungenlied. Epoche, Werk, Wirkung*, München 2002.

Grabois, Aryeh, *Illustrierte Enzyklopädie des Mittelalters*, Frankfurt a. M. 1981.

Heinzle, Joachim, *Einführung in die mittelhochdeutsche Dietrichepik*, Berlin 1999.
Jacoby, Edmund, *Mythen und Sagen des Nordens*, Hildesheim 2007.
Jiriczek, Otto, *Die deutsche Heldensage*, Leipzig 1906.
Lanz, Rainer, *Ritterideal und Kriegsrealität*, Zürich 2005.
Petzoldt, Leander, *Vergleichende Sagenforschung*, Darmstadt 1969.
Petzoldt, Leander, *Märchen, Mythos, Sage*, Freiburg 1976.
Röhrich, Lutz, *Sage und Märchen. Erzählforschung heute*, Freiburg 1976.
Rölleke, Heinz, *Das große deutsche Sagenbuch*, Düsseldorf 2001.
Runciman, Steven, *Geschichte der Kreuzzüge*, München 2003.
Tuchman, Barbara, *Der ferne Spiegel*, Düsseldorf 1980.
Weddige, Hilkert, *Heldensage und Stammessage*, Tübingen 1989.
Wehrhan, Karl, *Die deutschen Sagen des Mittelalters*, München 1920.
Wesselski, Albert, *Probleme der Sagenbildung*. In: Schweizer Archiv für Volkskunde 35 (1936).